출판정신으로 무장한

# 일본 小출판사 순례기

출판정신으로 무장한 …………

# 일본 小출판사 순례기

고지마 기요타카 지음 ◆ 박지현 옮김

한국출판마케팅연구소

# 다양성과 전문성으로 승부하는 소출판사 이야기

간다 진보쵸에 자리한 도쿄도쇼텐東京堂書店은 1880년대에 설립된 전통 있는 서점으로 다른 서점과 차별화된 전략으로 연구가나 필자들 사이에서 신망이 두터운 서점이다. 고지마 기요타카는 1973년 이곳에 입사해 30년 이상 근무한 베테랑 서점원이다. 인문서고를 담당하던 시절 그는, 평범하던 서고를 주제별로 분류하고 사회문제인 에이즈나 한센병을 다룬 책 코너를 만드는 등 시대적 흐름에 따라 서고를 변화시키며 도쿄도쇼텐을 다른 서점과 차별화하는 데 큰 역할을 했다. 또한 오랜 경험을 바탕으로 1997년에는 '화제의 책'을 만든 출판사와 그 책의 탄생과정을 소개하는 『서점원의 소출판사 노트書店員の小出版社ノート』를 집필하기도 했다.

이 책은 그에 이어 펴내는 고지마의 두 번째 출판사론이다.

일본에는 이미 출판사의 활동이나 편집자의 업적을 정리한 단행본이 여러 권 나와 있다. 대체로 명성을 쌓은 출판인과 편집자를 집중 조명하고 있는데 그들은 이제 현역에서 물러났거나 고인이 된 경우가 많다. 그러나 이 책은 현재 활발하게 활동하고 있는 소출판사 32곳을 엄선하여 '현재 진행형 출판사'를 다룬다는 점에서 다른 책들과 차별화된다. 흔히 출판계 모임에 가면 '출판은 이래서 안 된다'는 말들을 한다. 그러나 어려운 상황에도 아랑곳하지 않고 묵묵히 좋은 책 만들기에 매진하는 출판사가 얼마나 많은가. 이 책은 그런 출판사들을 소개하고 있다. 특히 이곳에 등장한 창업자들은, 예외도 있지만, 대부분 2차 대전 후 태어난 단카이 세대團塊世代다. 즉 1960년대 일원화된 국가적 집단체제에 반발하며 대학 해체를 소리 높여 외치던 전공투 세대, 또는 그와 의식을 같이하던 사람들이다. 사회와 권력에 정면으로 맞서 싸우던 그들은 어떤 출판활동을 했을까. 저자는 남다른 사회의식과 사상으로 무장한 이들이 출판사를 설립하여 어떤 활동을 해왔으며 그것이 일본 출판계와 사회에 어떤 영향을 미쳤는지 창업 1세대가 현장에서 활약하고 있는 지금 정리하지 않으면 안 된다는 사명감으로 이 책을 집필했다.

이 책은 각기 다른 이념과 방향성을 가진 소출판사의 분투기라고 할 수 있다. 모든 이야기는 주로 창업자의 학창시절부터 출판에 입문한 계기, 창업이념, 고난과 역경을 어떻게 극복해냈으며 어떤 과정을 거쳐 오늘날에 이르렀는지, 어떤 책을 펴냈으며 그 성과는 어땠는지를 소개하는 형식으로 구성되어 있다. 이러한 소출판사의 좌충우돌 성장기는 출판창업을 염두에 두고 있거나 색다른 방향성을 찾는 한국의 출판 기획자에게 좋은 자극제가 될 것이다.

환경오염, 반핵, 시민운동 등 일본 소출판사는 다양한 얼굴을 갖고 있지만 번역을 하며 가장 인상적이었던 곳은 트랜스뷰였다. 그들은 회사의 개념을 버리고 트랜스뷰라는 곳을 전문가들이 모여 이야기하고 작업하는 열린 공간으로 활용했다. 그들의 원칙은 '본질을 통찰하는 것'이다. 편집자는 진정으로 만들고 싶은 책을 책임지고 만들어 발행인에 자신의 이름을 올린다. 영업자는 진심으로 널리 알리고 싶어 책을 팔뿐 실적을 올리기 위해 무리하지 않는다. 상업출판사에서 이런 원칙을 지킬 수 있을까, 과연 성공할 수 있을까라는 의문이 든다. 그러나 그들은 창업 이후 지금까지 전체 반품률 2퍼센트(『14세부터 배우는 철학— 생각하는 교과서』는 12만 부 가운데 단 4권만 반품되었다) 정도를 유지했다. 또 2년 동안 간행한 18권 가운데 과반수를 중쇄하며 그들의 실험정신이 성공했음을 증명해보였다. 조직의 힘보다는 개인의 역량이 중시되는 오늘날, 우리 출판시장에서도 팀 제도나 1인 출판 등이 주목을 받고 있다. 무엇보다 에디터십의 중요성이 부각되고 있으며 그들의 자주성과 창의성, 비전에 대한 연구와 실험이 진행되고 있다. 이런 상황에서 트랜스뷰의 활동은 그 가능성에 확신을 심어주는 좋은 본보기가 될 것이다.

트랜스뷰 뿐만 아니라 그 밖의 다른 출판사들이 보여준 행보도 남다르다. 대형출판사가 가벼운 책을 낼 때 오히려 중후한 인문서를 간행하는가 하면(펠리컨샤), 일반 대중이 아닌 학자나 연구가 등 특정 독자층을 발굴하고 철저하게 관리하여 확실한 판로를 개척하기도 한다(후지출판). 또 근대 아시아에 대한 일본의 역사적 책임을 묻는가 하면(가게쇼보), 〈일본 명수필〉이라는 200권짜리 시리즈를 17년 8개월 만에 완간해내는 뚝심과 배짱을 자랑하기도 한다(사쿠힌샤). 이렇게 출판사들의 열정이 담긴 이야기를 읽다 보면 그들의 성공 뒤에는 몇 가지 공통점이 있음을 발견할 수 있다.

첫째, 창업이념과 원칙을 지킬 것.

둘째, 틈새시장을 찾아 공략할 것.

셋째, 가능한 일과 불가능한 일을 냉철히 판단하고 대응할 것.

넷째, 사람과 그 인연의 소중함을 잊지 말 것.

인연을 소중히 여긴다는 말이 진부하게 들릴지도 모른다. 그러나 이들의 발자취를 보면 우연히 알게 된 사람의 소개로 출판계에 입문하고, 도산한 회사에서 망연자실해하고 있을 때 친분을 쌓아온 필자의 도움으로 창업할 용기를 얻기도 한다. 사람을 소중히 여기는 마음으로 맺은 인연이 꼬리에 꼬리를 물고 새로운 기획을 낳아 자산이 되어 돌아오는 것이다.

이 책 역시 그런 인연의 고리 속에서 기획되었다. 한국 문화에 깊은 애정을 갖고 있는 헤이본샤平凡社의 야마모토 도시오山本俊雄의 소개로 고지마는 2003년 1월부터 2005년 12월까지 〈송인소식〉(현 〈기획회의〉)에 글을 연재했다.

나는 이 책을 번역하며 매회 원고의 방향성과 내용에 대해 필자와 의견을 주고받았다. 본업이 서점원인 그는 자투리 시간을 이용해 취재를 했고 매일 밤 11시경에 집으로 돌아와 원고를 집필했다. 3년이란 긴 시간 동안 본업과 집필활동을 병행하는 일이 결코 쉽지는 않았을 텐데, 그는 단 한 번도 마감을 어긴 일이 없다. 나는 그런 집중력과 열정에 늘 황송할 따름이었다. 그렇게 3년 동안 모든 것을 쏟아 부었던 글이 한국에서 출판된다는 것에 저자의 기대는 남달랐을 터이다. (이 책은 한국출판마케팅연구소에서 기획하여 출간되었으며 일본에서도 출판에 대한 논의가 진행중이다.)

그러나 그렇게도 기다리던 책을 보지 못하고 그는 2006년 가을 갑작스럽게 세상을 떠났다. 9월에 입원소식을 들었지만 우리는 그가 반드시 쾌유할 것임을 믿어 의심치 않았다. 그러던 어느 날, 생각지도 못한 비보를 전해 듣고 나는 마지막 병상에서까지 후기를 써준 고지마의 열정과 끝내 책을 못보고 떠나신 데 대한 안타까움에 목이 메었다. 부디 저자의 열정이 고스란히 담긴 이 책이 독자들에게 유의미한 메시지로 남길 간절히 바랄 뿐이다. 무엇보다 책을 마무리하는 과정에서 저자를 대신해 여러모로 도움을 주신 야마모토 도시오 씨께 특별히 감사의 말씀을 드리고 싶다.

삼가 고인의 명복을 빌며 그간의 노고에 감사와 존경의 마음을 담아 고인의 영정에 이 책을 바친다.

2007년 2월 박지현

# | 차례 |

폭넓은 장르를 아우르며 독창적인 출판물을 간행하는

# 사쿠힌샤

2차 대전 종전 50년을 맞이한 1995년. 아우슈비츠 수용소 해방 기념일인 1월 27일에 맞춰 클로드 란츠만 감독의 〈쇼아Shoah〉가 개봉했다. 나는 1995년을 이 영화의 충격으로 시작했다. 영화는 2차 대전을 배경으로 유럽 유대 말살정책을 다룬 9시간 30분짜리 논픽션이다. 주인공은 유대인과 독일인 등 말살정책의 희생자와 목격자 들이다. 그들은 실제로 란츠만이 재현한 모든 사건에 관련된 사람들이다. 영화에는 서른여덟 명이 육성으로 재현한 살육 현장의 실상이 고스란히 담겨 있다. 감독은 당사자와의 인터뷰를 통해 세상에서 격리된 채 어둠 속으로 사라진 사람들의 이야기를 생생하게 재현했는데 영화가 완성된 후 10년이 지나서야 자막이 만들어졌다. '증언'에 따라 화면을 재현해야 하는데 증언 자체가 다국적 언어여서 자막을 화면에 맞춰 제대로 붙이는 것이 어려웠기 때문이다. 란츠만 감독은 직접 프랑스어판 '텍스트'를 번역했다. 그런 과정을 거쳐 겨우 영화 〈쇼아〉를 개봉할 수 있게 된 것이다. 란츠만의 지시대로, 상세한 해설이 들어간 완성본 『쇼아』(사쿠힌샤)가 신간으로 들어왔을 때, 나는 일본 상영이 결정되기 전부터 텍스트를 번역한 다카하시 다케토모高橋武智와, 영화가 상영되지 않으면 애초 간행 목적이 없어진다는 사실을 알면서도 판권을 취득한 사쿠힌샤作品社의 뚝심과 식견에 감동했다. 그 해 6월 초의 일이다.

1979년 1월, '세계문학전집' 등 전집 간행으로 유명한 가와데쇼보河出書房를 그만 둔 사람 몇 명이 모였다. 그들은 자기 손으로 문예서를 중심으로 한 단행본을 만들고 싶어서 사쿠힌샤를 창업했다. 월간지 〈분게이文藝〉의 편집장을 지냈던 데라다 히로시寺田 博, 영업부의 와다 하지메和田 肇 등 가와데쇼보에서 근무했던 출판인 네 명이 의기투합했다. 첫 책은 나카카미 겐지中上健次의 『물의 여자水の女』와 야마다 다이이치山田太一의 『연선지도沿線地圖』였다. 이듬 해에는 '정독자를 위한 문예서'를 모토로 순수 문예지 〈사쿠힌作品〉을 간행했다. '경박단소'를 지향하는 시대에 맞서 조금 딱딱하더라도 인문·일본문학·해외문학·예술·수필 등 폭넓은 장르를 아우르는 독창적인 출판물을 간행하고자 하는 창업 취지에 따른 것이다. 그러나 자본이 부족한 데다가 문예잡지의 적자가 누적되어 회사를 유지하기 어려워졌고 〈사쿠힌〉은 7호를 마지막으로 휴간되었다. 1982년에는 데라다를 비롯한 편집부 전체가 후쿠타케쇼텐福武書店으로 자리를 옮겨, 문예 월간지 〈가이엔海燕〉을 창간했다. 와다를 비롯해 회사에 남은 사람들은 당시 가와데쇼보의 편집부에 있던 다카키 유高木 有와 친한 젊은 평론가들을 소개받았다.

외부 스태프를 활용하면서 적은 수의 내부 인원으로 기획한 것이 '일본의 명수필100日本の名随筆—00'으로 본권 100권과 별권 100권으로 구성되었다.

1982년 10월 『일본 명수필4 – 낚시釣』와 『일본 명수필5 – 그릇陶』을 펴낸 뒤 매월 한 권씩 간행해 1991년 2월 『일본 명수필100 – 생명命』으로 시리즈를 완결했다. 또한 『일본 명수필 별권100 – 성서聖書』를 1999년 6월에 간행했다. 총 200권을 채운 것이다. 각 권 공히 당대의 일류 학자들이 정리한 시리즈로 간행 초기부터 서점에서 좋은 반응을 얻어 문예서 부문을 석권한 우수기획으로 자리 잡았다. 『일본 명수필1 – 꽃花』을 살펴보자.

나카자토 쓰네코中里恒子가 권두를 장식했고 고다로 항幸田露伴의 작품도 수록되었다. 필자들의 일상생활이나 취향이 그대로 드러난 서른여섯 편의 수필이다. '편집자 이직'이라는 생각지 못한 문제를 일으킨 이 기획물은 17년 8개월 만에 완성되었다. 1990년대에는 연간 중판을 100으로 봤을 때 그 중 95 정도가 명수필 시리즈였다고 하니 이 시리즈는 사쿠힌샤의 간판이 된 셈이다. 한자 한 글자짜리 타이틀로 구성된 본권과 두 글자짜리 타이틀로 구성된 별권. 이 기획물은 53회 마이니치 출판문화상을 받았다.

가와데쇼보에서 데라다의 뒤를 이어 〈분게이〉 편집장을 맡았던 다카키가 사쿠힌샤로 옮긴 것은 1990년대 중반이다. 그 무렵부터 사쿠힌샤는 명수필을 간행하는 출판사에서 인문서를 간행하는 곳으로 서서히 탈바꿈했다.

"가와데쇼보 같은 대형출판사는 이미 나름의 주력 분야가 정해져 있기 때문에 단행본을 한 권씩 기획해도 틀 안에 갇힌 기획이 될 수밖에 없다. 편집부 다섯 명, 모두 열 명이 근무하는 사쿠힌샤처럼 작은 출판사는 전통이라는 게 없는 만큼 편집자 한 사람 한 사람의 사고가 직접 반영된다. 그것이 다소 산만한 느낌을 줄 수도 있지만 좋게 말하면 활기찬 모습으로 보일 수도 있"다고 말하는 다카키는 〈분게이〉 편집부에서 한국문학 특집을 담당한 적이 있다. 가와무라 미나토川村湊가 신진 작가였던 시절, 그와 함께 한국에 가서 작가, 평론가 들과 만나 인터뷰를 했다. 다카키가 기획하고 가와무라 미나토가 쓴『기생ー 말하는 꽃』(2001, 한국에서는 2005년 소담출판사에서 출간)을 살펴보자.

1982년부터 4년 동안 부산 동아대학에서 일본어와 일본문학을 가르친 가와무라는 우연한 기회에 일본은 물론 한국에서도 그리 잘 알려지지 않은 기생에 관한 그림엽서들을 손에 넣었다. 다카키에게 '사진집을 만들어볼까'라고 이야기한 것이 출간의 결정적 계기가 되었다. 그때 두 사람이 약속한 것은 '단순한 사진집이 아니라 문화사에 관한, 역사와 사회적 위상을 명확히 밝히는 책을 만들자'였다. 그래서 가와무라는 북디자이너에게 보기 좋고 잘 읽히는 재미있는 책을 만들어달라고 부탁했다. 서문에서 밝힌 집필 의도는 다음과 같다.

"일본인 또는 한국 남성이 한국 여성을 어떤 시각에서 봐야 할 것인가. 그 '시각'에 의한 지배 구조를 해명하고 해체하는 것이 이 책의 진정한 목적이다. 식민 지배에 의한 문화변용과 혼혈적 문화가 일본 문화에 어떤 반작용을 일으켰는가. 일본의 뒷모습을 볼 수 있는 한국 문화, 그리고 기생문화는 무엇보다 일본 또는 일본 남성의 자화상이라 할 수 있다."

이 책은 일본보다는 번역 출판된 한국에서 좋은 반응을 얻어 쇄를 거듭하고 있다. 저자가 객관적인 시점에서 문화사를 정리했다는 점이 한국 독자들에게 어필했기 때문으로 보인다.


가와데쇼보에서 헤겔의 『철학사 강의哲學史講義(상·중·하)』(하세가와 히로시 옮김)를 만들어 호평을 받은 다카키는 사쿠힌샤로 옮긴 후, 이곳을 철학 사상서를 번역하는 곳으로 새롭게 바꿔나갔다. 이를테면, 아도르노의 『부정 변증법否定弁証法』(1996)은 26년 동안 두 명의 옮긴이가 세상을 떠나는 등 어려움이 많았던 책이다. 이 책의 옮긴이 중 한 사람인 기다 하지메木田元는 어떻게 어려움을 극복하고 본격적인 철학서를 간행하게 되었는지 매스컴에 밝혀 화제가 되기도 했다. 그리고 다카키는 하세가와의 번역판이 출간될 때까지 기다렸다가 철학자의 개념을 뒤집는 획기적인 번역으로 평가받은 헤겔의 『정신 현상학精神現象學』을 1998년 3월에 간행했다. 그 밖에 사쿠힌샤에서 간행한 헤겔의 저서는 모두 하세가와 히로시長谷川宏가 번역했다. 『논리학論理學』『법철학 강의法哲學講義』『미학 강의美學講義(전3권)』등이 있는데 현재 그 브랜드 가치를 인정받는 상품이라고 할 수 있다.

1930년 도쿄에서 태어난 오바 미나코大庭みな子는 아버지의 직장문제로 전쟁 중 히로시마로 이주해 원폭 피해 지원활동을 했다. 오바 미나코는 당시 체험을 모티브로 한 작품으로 아쿠타가와 상을 수상한 작가이며 『일본 명수필53ー여자女』의 엮은이이기도 하다. 미나코는 1996년 7월 갑작스런 뇌출혈로 입원했다가 9월에 뇌경색을 일으켜 왼쪽 하반신이 마비되어 휠체어 없이는 생활할 수 없게 되었다. 19년 전에 회사를 그만 둔 뒤, 모든 일을 함께 해온 남편 도시오利雄는 늘 곁에서 그녀를 보살폈다.

오바 미나코는 『옛날 여자가 있었다むかし女がいた』라는 책에 '아귀'라는 이상한 이름을 가진 심해 물고기에 대한 이야기를 썼다.

"아귀는 빛이 전혀 닿지 않는 깊고 어두운 바다에 살기 때문에 같은 무리를 만날 기회도 거의 없다고 한다. 수컷은 암컷보다 훨씬 작은데 운좋게 암컷을 만난 수컷은 암컷의 성기 근처에 달라붙는다. 수컷은 암컷과 한 몸이 되어 핏줄까지 공유하다가 정소만 남게 되는데 암컷은 이를 흡수해 수정이 끝나면 사라진다. 참 묘한 물고기다."

이 작품을 쓸 무렵 남편은 미나코의 비서였기 때문에 미나코는 남편을 '아귀'라고 불렀다고 한다. 아이러니하게도 10년 뒤 병으로 쓰러진 미나코는 『우라야스 노래일기浦安うた日記』(2002)에 그때의 심경을 '암수가 바뀐 아귀가 되어 버린 것 같다'고 썼다. 『우라야스 노래일기』는 문병차 찾아온 다카키가 '회복에는 단가短歌를 쓰는 게 도움이 된다'고 권유하면서 시작되었다. 그 글이 잡지에 실렸고 이후 사쿠힌샤에서

단행본으로 만들어졌다. 사랑하는 남편과 함께 보내는 나날. 만감이 교차하는 심경을 짧은 언어로 표현한 『우라야스 노래일기』는 오바 미나코 문학의 정수라 할 수 있다.

작은 출판사지만 사쿠힌샤는 스스로에게 어려운 숙제를 내며 수준 높고 매력적인 양서를 간행하기 위해 쉼 없이 노력하고 있다.

소수의 독자에 대한 믿음을 바탕으로 활동하는
# 고류쇼인

감수성이 예민한 사춘기, 당신은 서점에서 어떤 경험을 했는가? 오가와 야스히코小川康彦에게는 이런 일이 있었다.

1960년대 말, 당시 가나가와 현 후지사와 시에는 세이운도쇼텐靜雲堂書店이라는 책방이 있었다(지금도 있긴 하지만, 당시의 모습을 전혀 찾아볼 수 없다). 서점 내부는 고서점처럼 약간 어둑어둑했고, 구석진 곳에는 완고해 보이는 주인 영감이 떡 버티고 앉아 손님을 힐끔거리며 쳐다봤다. 책장에는 사르트르, 카뮈, 보부아르의 작품을 펴낸 진분쇼인人文書院과 세리카쇼보セリカ書房의 책이 빼곡히 차 있었다. 책방에 다니며 그저 책을 보기만 해도 자신이 정화되고 마음이 차분해지는 듯했다. '이 사람이 이런 책도 썼구나' 하며 저자와 주제의 관계를 살피다 보면 이것은 꼭 읽어야겠다는 지적 호기심이 생겨 왠지 마음이 뿌듯해지기도 했다. 내일도 열심히 살아야겠다는 각오를 다지게 했던 체험이 그 책방에 얽힌 오가와의 추억이다.

오가와는 대학분쟁 직후 대학을 졸업했는데 그 무렵 회사에서는 사

20

람을 뽑지 않았다. 인재를 공개 채용하는 요즘과 달리 당시 출판사는 저자와 인맥이 있는 사람을 뽑는 일이 많았다. 그래서 출판사에 입사할 방법을 도무지 알 수 없었다. 그러다가 아는 사람이 주오 구 니혼바시에 있는 120년 전통의 마루젠丸善을 소개해주었다. 마루젠에서는 2년쯤 근무했는데, 읽고 싶은 책이 늘 가까이 있어 원 없이 읽을 수 있었다고 한다.

마루젠을 그만 둔 뒤에는 7년 동안 편집 제작 대행사에서 근무했다. 그리고 충분히 준비해 고류쇼인五柳書院을 창업했다. 문예 사상 종합지 〈고류五柳〉를 창간한 것은 상쾌한 바람이 부는 초여름, 햇살 눈부신 1981년 7월이었다. 창간호에는 다카하시 도오루高橋徹의 평론「운둔이란 무엇인가—『논어』에서『오류선생전』으로『隱逸』とはなにか『論語』から『五柳先生 』へ」를 실어 회사명인 '고류五柳'의 유래를 알렸다. 중국 고전에 대해 잘 아는 사람이라면 관직을 버리고 귀향해 농경생활을 하며 시를 쓴 도연명의 자전적 작품『오류선생전』을 읽었을 터이다.

선생이 어디 사람인지는 알 수 없다. 그 이름도 모른다. 집 근처에 버드나무 다섯 그루가 있어, 스스로 '오류선생'이라 불렀다. 차분하고 말수가 적으며 명예나 이익에도 관심이 없다. 책 읽기를 좋아하지만 끝까지 읽지 않아도 개의치 않으며 '이거다' 싶으면 밥 먹는 것조차 잊었다. 술을 좋아했는데 가난해서 늘 마시지는 못했다. (⋯) 늘 글을 쓰고 혼자 즐기며 자신의 주장을 드러냈다. 이해득실 따위는 잊고 살다가 홀연히 세상을 떠났다.

오가와는 당시 유행이나 시대의 흐름에 반감을 가졌다. 그 가운데 하나는 출판계의 총아로 주목받은 대형 출판사의 사장이 선보인 텔레비전 광고였다. 문고 한 권이 비에 젖어 흙탕물 속에 들어가 있는 장면. 창업자의 후계자인 그는 창업자가 경영기반을 마련하는 데 큰 역할을 한 문고본을 매장함으로써, 지난 시절과 결별한다는 의미를 나타내고 싶었던 것일까. 아니면 책은 소비재라고 말하고 싶었던 것일까. 의도는 확실하지 않지만 그 무렵부터 문고본은 '읽고 버리는 책'으로 인식되기 시작했다.

또한 서브컬처가 전성기를 맞은 80년대에 카피문화가 대두하였다. 저명한 작가가 거대 자본과 손잡고 회사 경영전략을 '맛있는 생활'이라는 카피로 소개한 일은 충격적이었다. 내용 없는 그럴듯한 말로 대중을 자극했고 행동 원리까지 규정했다. 대량생산과 대량소비의 막이 열린 것이다. 유행이나 시대 흐름에 어느 정도 따를 필요도 있지만 오가와는 그런 흐름과는 일정한 거리를 두었다. 대량소비 사회에서 대박을 꿈꾸며 베스트셀러만 내려고 욕심 부리지 않겠다는 신념을 갖고 있었던 것이다. 오류선생의 삶은 오가와에게 가장 이상적인 삶이었다. 또 버들 잎이 바람에 날리는 모습, 무엇보다 쓰러질 듯 쓰러지지 않는 그 모습이 '1인 출판'을 시작한 오가와에게는 인상적이었다.

완성된 〈고류〉를 들고 지방 소출판 유통센터에 가서 인사를 했다.

자본주의 사회에서 일하고 있는 이상 동인지가 아닌, 상업지를 만들고 싶었기 때문이다. 인쇄비와 원고료도 확실히 처리하겠다고 하여 유통시킬 수 있었는데 '주문은 스스로 알아서 할 것, 그러면 배본하겠다'는 조건이었다. 직접 수도권 서점을 돌아다니며 주문을 받았다. 결국 팔다 남은 것을 회수하러 다니느라 교통비만 들어 오래 하지 못하고 〈고류〉는 3호로 끝낼 수밖에 없었다.

오가와의 기운을 북돋운 것은 세이운도쇼텐에 드나들던 젊은 시절의 체험이다. 갑자기 세이운도쇼텐에 진열할 수 있는 책을 만들고 싶다는 생각이 들었다. 책으로 만들기 위한 기준은 두 가지였다. 첫째, 시대와 함께 숨 쉴 것. 뒤쳐지거나 한창 뜨는 내용이 아니라 현실에 근거를 두고 깊이 있게 표현하는, 다시 말해 저자가 이해한 것을 곱씹어 새롭게 분석한다거나 그럴 가능성을 보여주는 것, 또는 사고의 이면을 확실하게 드러내는 것이어야 한다. 둘째, 두루 살필 것. 지금까지 시가, 하이쿠, 문예평론, 문예 에세이, 기행문, 연극, 음악, 현대미술 등 각 분야를 아우르며 책을 냈는데 한 분야를 집중적으로 파헤치는 것이 아니라, 다양한 것을 두루 다뤄 다른 분야에서도 자극을 받아 수용할 수 있는 요소가 있어야 한다가 두 번째 기준이었다. 고류쇼인에는 마감이 없다. 모든 원고를 훑고 완벽하게 이해할 수 있을 때까지 검토한 후 내기 때문이다. 따라서 저자의 오만은 허용되지 않았고 독자도 겸허한 마음으로 읽어주기를 바란다. 오가와는 저자와 독자 사이에서 교량 역할을 하고 싶어 한다.

그리고 생산된 원고를 모아 책을 만들기보다 새 원고로 만드는 것을 좋아한다. 시대에 안테나를 세우고 그 분야에 흠뻑 빠져 자신의 언어로 일정한 동기를 갖고 절실하게 표현해 완성하는 책. 이것이 책의 진정한 모습이 아닐까? 의욕적으로 대형 도매상과 교섭해 위탁구좌를 트는 등 준비기간을 거쳐 1984년 10월 가장 먼저 기시타 다가히로木下長宏의 『돈황원망 막고굴의 미술사 노트敦煌遠望莫高窟の美術史ノオト』가 출간되었다.

1987년 5월에는 미우라 스케유키三浦佑之의 『촌락 전승론 ─ 도노 모노가타리에서村落傳承論 遠野物語から』가 출간되었다. 출판이란 모험이 따르는 일이므로 저자를 믿고 맡겨볼 요량으로 낸, 미우라의 첫 작품이 바로 『촌락 전승론 ─ 도노 모노가타리에서』였다. 초판 2000부를 발행했는데 현재 재고는 거의 없다고 한다. 1989년 11월에는 새로운 원고를 기획하기 위해 미우라와 논의해 『미시마 타로의 문학사 ─ 연애소설의 발생浦島太郎の文學史 戀愛小說の發生』을 간행했다. 그 후 미우라의 작품은 순풍에 돛 단 듯 잘 팔렸고 2002년 6월 분게이슌주샤文藝春秋社에서 발행한 『구어역 고사기 완전판口語譯 古事記 完全版』은 10만 부를 돌파했다고 한다.


오가와는 세이운도쇼텐에 진열될 만한 책을 만들겠다는 자세로 1년에 5-6종씩 간행했고 이제 그 책은 80여 종에 달한다. 지금까지 발행한 책에 공통적으로 나타난 오가와의 또 다른 고집에 대해 이야기해보

자. 사륙판, 둥근 책등, 하드커버. 옛날부터 존재하던 책 형태다. 어린 시절부터 봤던 책의 이미지이기도 하다. 오가와는 이 형태가 마음에 들어 모든 간행서를 사륙판 하드커버로 만들었다. 그리고 저자의 동의를 얻어 모든 간행서에 '고류총서五柳叢書'라는 브랜드를 붙였다. 하지만 모두 같은 스타일로 만들지는 않았다. 표지 디자인은 1-60권까지 현대 미술가인 고마 다카히코高麗隆彦가, 나머지는 아즈마 유키오東幸央가 했다. 표지 디자인을 현대 미술로 한다! 이 역시 '고류총서'가 시대와 함께 숨 쉬는 존재임을 나타낸다.

이런 오가와의 고집은 지금까지 함께한 출판사나 독자와의 신뢰관계, 그리고 그 인연의 연장선상에 있는 1200-1500여 독자에 대한 믿음에서 비롯되었다. 특정 독자층만을 타깃으로 펴낸 책은 늘 서평에 소개되었다. 광고비를 전혀 쓰지 않았지만 서평이 광고 역할을 톡톡히 해준 셈이다.

2002년 4-6월에는 세 권짜리 아카사카 노리오赤坂憲雄의 작품을 발간했다. 10년 전 야마가타현으로 이사한 아카사카는 그 동안 써 놓은 글이 많았다. 본래 짧은 에세이를 재미있게 쓰는 저자인데 정리해보니 상당한 분량이라 3부작으로 냈다. 처음에는 동북을 테마로 한『민속지 여행民俗誌を織る旅』을 간행했고, 다음으로 신문이나 잡지에 썼던 서평을 정리해『서평은 정말 어려워書評はまったくむずかしい』를 출간했다. 세 번째는 야나기다 구니오柳田國男의 업적을 정리한『한 나라의 민속학을 넘어—國民俗學を越えて』였다. 세 작품 모두 이미 발표된 원고

를 모은 것이지만 전혀 다른 새로운 형태로 완성되었다.

젊은 시절 서점에서의 체험. 그것이 오가와의 인생을 바꾸었다.

무명 필자를 향해 안테나를 세우는

# 겐다이쇼칸

제18회 도쿄 올림픽이 개막된 1964년 10월 10일은 시원한 가을바람
이 상쾌하게 부는 청명한 날이었다. 아시아 최초의 올림픽 개최. 그것
은 '소득증대계획'에 의한 일본의 경제성장을 상징하는 사건이기도 했
다. 1965년 6월 일본은 한일 기본조약과 부속 협정에 조인해 한국을
한반도 유일의 합법 정부로 승인했다. 일본 자본이 한국으로 진출하
게 되었음을 의미하는 일이었다. 일본은 국제사회로 진출하기 위해
인재를 육성하는 고등 교육이 필요했지만 기반이 되는 대학 교육은 근
대 교육과 거리가 멀었다. 한편 1960년대 후반부터 1970년대 초에는
전국 대학에 학생 운동회가 조직되어 전공투 운동으로 발전했다.

　1967년 7월 1일 스물다섯 살의 기쿠치 야스히로菊地奉博와 니혼대학
경제학부 선배, 그리고 같은 동아리에 있던 여학생 세 명이 모여 겐다
이쇼칸現代書館을 창업했다. 모교 근처에 자리한 세 평짜리 도장가게 2
층 사무실을 빌린 것이다.

　본래 기쿠치를 비롯한 멤버들은 출판사에 근무할 생각이 없었다.

그렇다고 특별히 이념이 있었던 것도 아니다. '취직이 안 되니 여기서 출판사를 하면 그럭저럭 먹고살 수 있겠지'라는 생각으로 시작한 일일 뿐이다. 학생운동 기간 중에는 같은 동아리 선후배가 경찰에 쫓겨 사무실에 피투성이가 되어 뛰어들기도 했다.

겐다이쇼칸을 함께 시작한 동료 중에 출판에 대해 아는 사람은 한 명도 없었다. 그래서 기쿠치는 책 만드는 법에 관한 책을 읽으며 독학으로 편집을 시작했고 편집 프로덕션을 하며 사보를 비롯해 돈이 되는 일이라면 닥치는 대로 다 했다.

사회문제와 반권력. 학생운동이라는 틀에서 펴낼 수 있는 책은 한정되어 있었다. 그럭저럭 출판사다운 모습을 갖추게 된 것은 1969년부터 8년 동안 간행한 『반교육 시리즈I — 읽고 쓰기反教育シリーズIよみかきのしかた(전20권)』를 펴낸 뒤였다. 이 책은 사범계 학생과 현장교사들의 지지를 받았다.

그 밖에 『반교육 시리즈V — 통신부와 평가권通信簿と評價權』『반 교육 시리즈XIX — 학교 사무 노동자學校事務勞働者』 등도 잘 팔렸다. 교사라면, 교육 자체에 내포된 권력을 정면에서 다룬 이 시리즈를 모르는 사람이 없을 정도였다. 정가는 300엔 정도였는데 교사의 초봉이 4-5만 엔이던 시절, 교사모임에 갖고 가기만 하면 50만 엔어치는 거뜬히 팔 수 있었다. 그런데 겐다이쇼칸에는 출판일을 해본 사람이 없어서 책 속에 주문 전표를 넣는다는 사실도 몰랐다. 따라서 서평지에 '금주의 베스트셀러'로 소개되어도 전표가 집계되지 않아 실제 판매 부수는 알 수 없었다.

출판사다운 모습을 갖춘 겐다이쇼칸이 학생 운동에서 손을 떼고 방향을 수정한 계기는 계간 〈복지노동福祉勞働〉 때부터였다.

　〈복지노동〉은 1978년 출간되어 2003년 6월 99호를 맞이했는데 〈복지노동〉을 통해 파생된 장애 복지 임상심리에 관한 책들이 이후 겐다이쇼칸의 주력 분야로 자리 잡았다. 당시 정당의 기관지 기자로 일하던 와타나베 에이키渡辺銳氣는 신체장애인 시설에 가서 몇 개월 동안 일했다. 이후 그는 복지노동 편집위원회를 조직한 후 자신이 체험하며 깨달은 점을 바탕으로 장애인 문제에 대한 글을 썼다. 예를 들면, 1979년에 양호학교 의무화가 시행되자 양호학교나 특수학교를 만들기 위해, 일반 수업을 받을 수 있으나 특수학교 입학 대상이 되는 아이들을 그곳에 입학시키려는 움직임이 일어났다. 그 문제를 다룬『의무화된 양호학교란義務化される養護學校とは』은 아주 잘 팔렸다. 편집위원회는 주류였던 발달 보장론을 비판했다. 발달 보장론은 "목표를 세우고, 일정수준을 달성해야 한"다고 규정했다. 그 연령대에 맞는 교육이라는 대의명분을 내세워 아이들에게 목표달성을 강요했다. 이런 근대화 노선에서 발전된 이론은 교수법에도 영향을 끼쳐 교육계의 전반적인 흐름을 만들어냈다.

　그에 대해 위원회는 "아이들은 저마다 개성이 있으니 반드시 목표에 도달해야 하는 것은 아니"라고 주장했다. '세 살에는 여기까지, 열

살에는 이 정도'라고 규정해두고 그 지점에 도달하지 못하는 아이는 모자라는 아이로 취급하기 쉽지만 사실 아이들에게는 저마다 나름의 삶이 있다, 뺄셈을 잘 하는 아이나 개성이 아직 드러나지 않은 아이나 각자의 개성을 발전시켜 나아가야 한다, 한 사람 한 사람 저마다 삶의 방식이 있으므로 그 아이에게 맞는 방식을 찾아야 한다, 획일적인 발달이라는 개념은 말이 안 된다는 주장이었다.

이 논쟁의 기폭제가 된 『반발달론 신장판反發達論 新裝版』(야마시타 쓰네오 지음, 1977)은 겐다이쇼칸의 복지관련서로 최초의 스테디셀러가 되었으며, 이 책은 겐다이쇼칸의 폭넓은 열린 사고의 초석이 되었다.

겐다이쇼칸은 출판의 방향성이 정해지자, 회사의 간판이 될 만한 '잘 팔리는 책'을 찾았다. 1976년에는 전후 베이비 붐 세대가 총인구의 절반을 넘었고, 젊은 세대는 역사상 인물이나 사건에 대해 쉽고 빠르게 이해할 수 있는 책을 찾았다. 1980년 10월, 겐다이쇼칸은 표지에 'FOR BEGINNERS'라고 씌어진 '비기너' 시리즈를 출간해 독자들의 니즈를 충족시켰다. 영국, 미국, 프랑스, 독일 등 젊은이들에게 호평을 받은 일러스트나 사진을 대량으로 넣어 주제별로 해설한 『보는 사상서見る思想書』 판권을 획득한 것이다. 처음으로 출간한 것은 『프로이트』 『마르크스』『레닌』 등 3종이었다. 특히 시대정신이 담긴 책과 종교물이 잘 팔려 고정 독자도 생겼다. 출간 후 이렇다 할 광고도 하지 않고 방치해두었지만 1만 부는 족히 팔렸다. 또 일러스트가 있어서 글로 전달하기 어려운 본질에 보다 쉽게 접근할 수 있었다. 따라서 대학 교양

과정 교과서로 쓰는 데에도 손색이 없었다.

겐다이쇼칸의 특징이 가장 잘 드러난 것은 『호적 ⑥戶籍』(사토 분메이 지음, 가이하라 히로시 그림)을 비롯한 일본 오리지널 판이었다. 기쿠치는 이 책의 출간에 대해 이렇게 말했다.

"무심코 지나치는 호적제도에 대해 많은 사람들이 관심을 갖게 되었고 부부별성이나 재일 외국인 차별 문제가 부각되는 계기가 되었습니다. 그전까지 일본인은 호적이 당연히 있어야 한다고 생각했습니다. 그러나 전세계에서 호적이 존재하는 나라는 '과거 식민지'였던 한국과 대만, 그리고 일본뿐입니다. 이 사실을 알고 시민이 시민으로서 살아가는 데 호적이 필요한지를 진지하게 생각해보고 싶었습니다."

이 시리즈는 『육대학야구六大學野球』(사토 분메이 지음, 다케우치 히사오 그림, 2003)를 비롯해 94종을 냈다. 또 최근 자매편으로 출간한 '포 비기너 사이언스ㅡ몸을 보호하는 건강문제'가 좋은 반응을 얻고 있었다.

경영기반이 된 시리즈를 만들었다 해도 회사 설립 이후 "유명 저자 등 인맥이 없기 때문에 아직도 저명한 저자와 친분이 없"다고 하는 기쿠치.

그는 편집자가 잘 할 수 있는 주제라면 분야나 노선에 얽매이지 않는다. 신간이 새로운 노선으로 성장할 것이라고 믿기 때문인데, 이것이 겐다이쇼칸이 다른 회사보다 더 빨리 다양한 장르의 책을 만들 수 있었던 이유다. 또 신인작가가 많은 이유이기도 하다. 그 가운데 특히 시대정신을 다룬 작품이 사회적으로 호평을 받았다. 이제 『원자력 발

전소의 집시原發ジプシー』(호리에 구니오 지음, 1979)와『모스크바 지하철의 공기モスクワ地下鐵の空氣』(스즈키 쓰네오 지음, 2003)를 살펴보자.

일본에서 원자력 발전이 시작된 때가 1967년 7월이다. 그 후 일본 정부는 '경제성장을 지탱하는 전력의 안정적 공급 및 과소過疎지역 활성화'라는 정책을 실현하기 위해 장기적인 대책을 제시하지 않은 채 원자력 발전소를 건설했다. 호리에는 미하마, 후쿠시마, 쓰루가 등에서 원자력 발전소 하청 노동자로 일했다. 그는 그 동안 방사능에 노출된 피폭자가 되어 기민棄民 노동의 모든 것을 체험했다. 원자력 발전소 노동의 실상을 극명하게 정리한 고발 르포『원자력 발전소의 집시』는 원자력 발전 반대 운동의 기폭제가 된 책이다. 이 무렵부터 겐다이쇼칸의 뒤를 이어 많은 출판사들이 원자력 발전을 사회문제로 다루기 시작했다. 겐다이쇼칸은 그 후 원자력 발전 반대에 관한 단행본을 여섯 권 펴냈다.

『모스크바 지하철의 공기』는 〈니혼게이자이신문〉〈마이니치신문〉〈산케이신문〉〈아사히신문〉 서평란을 휩쓸었다. 스즈키는 1998년 10월부터 2002년까지 4년 동안 모스크바에 머물며 건축을 공부했다. 수도인 모스크바의 지하에, 세계에서 가장 깊은 교통망을 만든 이유는 방공호로서의 기능 때문이었다고 한다. 다른 한편으로 마야콥스카야 역 천정에 있는 화가 디네카의 모자이크 그림에서 알 수 있듯이, 모스크바 지하철의 근원적인 의미는 공산주의가 지향하는 평화적인 미래, 즉 유토피아를 그린 데 있었다. 무엇보다 이 책이 대단한 점은 "나는 러시아가 싫"다고 단언한 지극히 주관적인 한마디에 있다. 이 말은 개인적인 의견으로 보기엔 너무 도발적이다. 그런 생각을 하며 다 읽고 보니 안타까워하는 저자의 심경에 공감할 수 있었다. 왜 이렇게까지 과거의 공산주의 국가가 타락한 걸까? 옛 소련 시절, 치안상태는 양호했다는데 소련 붕괴와 함께 지금까지 억눌려 있던 러시아인의 '악의 꽃'이 한꺼번에 싹을 틔운 것일까? 러시아 사회의 부정부패는 민주주의의 도덕이 뿌리내리기 전에 사회 곳곳에 침투해버렸다. 정치가, 의사, 경찰관, 교원에 이르기까지 뇌물 없이는 사회가 원활하게 움직이지 않는다. 지하철을 통해 러시아 역사와 소련 붕괴 후 사회상을 살펴볼 수 있는 한 권이다.

직원 모두가 무명 필자를 향해 안테나를 세우고 자부할 수 있는 단행본을 완성함으로써 겐다이쇼칸은 출판활동을 계속할 수 있었다. 도장 가게 2층을 빌려 시작한 겐다이쇼칸은 창립 30주년을 맞은 1997년 7월 1일, 사옥을 오픈했다. 열심히 하는 것. 그것이 겐다이쇼칸의 방침이자 동인이다. 출근시간 10시를 지키고 정시에 퇴근하는 출판사 겐다이쇼칸. 사장인 기쿠치를 비롯한 모든 직원이 당번을 정해 교대로 화장실 청소를 하는 곳. 이런 근면함과 팀워크가 겐다이쇼칸의 출판활동을 지탱하는 힘일 것이다.

본질을 통찰하기 위한 출판활동
# 트랜스뷰

1980년대, 한 출판인이 교토에서 도쿄로 왔다. 니시무라 시치베西村七兵衛라는 출판인이다. 그가 경영하는 출판사는 도요토미 히데요시 시절부터 지금까지 이어져오고 있다. 정말 대단한 일이다. 그 기원은 데지야丁字屋라는 출판사인데 메이지 시대에 회사명을 호조칸法藏館으로 바꾸고 꾸준히 불교서를 간행했다.

어느 날 니시무라는 '이것만 하다 보면 언젠가 힘들어질 것'이라는 생각이 들어 편집자를 찾아다니다가 지쿠마쇼보ちくま書房의 후지와라 시게카즈藤原成一를 만났다. 후지와라는 『선어록禪の語錄』 등을 기획한 편집자다. 불교서에 관심을 갖고 뭔가 새로운 것을 하고 싶었던 후지와라에게 니시무라는 구세주 같은 존재였다. 게다가 1978년 7월 지쿠마쇼보의 도산으로 임원이던 후지와라는 언젠가는 책임을 지고 물러나야 하는 상황이었다.

1978년 4월, 지쿠마쇼보가 도산한 해에 도쿄대를 졸업한 나카지마 히로시中嶋廣는 지쿠마쇼보에 들어갔다. 그리고 9년이 흘렀다. 1987년

10월, 호조칸에서는 『법장선서法藏選書』를 성공시킨 후지와라에게 새로운 축이 될 기획을 맡겼다. 후지와라는 〈계간불교季刊佛敎〉를 창간하며 도쿄에 사무실을 열었다. 잡지 간행을 기점으로 후지와라는 지쿠마쇼보를 그만둔 나카지마를 합류시켰고, 몇 년 동안 노력하여 〈계간불교〉를 궤도에 올려놓은 뒤 이 일을 나카지마에게 맡기고 호조칸을 떠났다. 사무소를 열고 3년 뒤 편집자 하야시 요시에林美惠가 입사했다.

〈계간불교〉를 창간할 무렵의 사정은 어땠을까? 1989년에는 베를린 장벽이 무너졌고 소련에서는 페레스트로이카가 한창이었다. 그리고 일본에서는 쇼와기가 막을 내렸다. 그때까지 세계는 사회주의와 자유주의가 대립하고 있었다.

　나카지마는 1972년, 도쿄대학에 입학했다. 그보다 조금 앞선 1968년 1월 도쿄대학 의학부 학생 자치회는 인턴제를 대신하는 의사등록제 도입에 반대하며 무기한 휴업에 돌입했다. 굳게 닫혀있던 야스다 강당 봉쇄령이 해제된 것이 1969년 1월. 고비는 넘겼지만 아직 풀리지 않은 응어리는 그대로 남아 있었다. 나카지마는 그런 학창시절의 경험 때문에 동서 대립에 거부감을 갖고 있었다. 〈계간불교〉 창간은 기존의 이데올로기나 세계관에 휩쓸리지 않는 사람들의 등장, 아니 그런 시절의 도래를 재촉하는 일이기도 했다.

　창간호 특집으로 '불교에 대한 재고'를 다루며 우메하라 다케시梅原猛와 가와이 하야오河合準雄의 좌담을 실었다. 새로운 시대를 상징하는 일이었다. 그때까지 사상계에서 주목받지 못하던 저자를 기용한 〈계간불교〉는 3호에 요로 다케시養老孟司의 글을 실었다. 그리고 그 글이 호평을 받아 요로는 연재를 시작하게 되었다. 나카지마는 저자인 요로를 다음과 같이 소개하며 그의 등장 전후를 구분했다.

"요로는 대상 자체를 논하지 않습니다. 사람들은 어떤 이데올로기가 옳은지, 어떤 체제가 바람직한지에 대해 이야기합니다. 하지만 요로는 자유주의와 사회주의를 흑백논리로 구분하지 않습니다. '자유주의가 좋다' 또는 '사회주의가 좋다'고 주장하는 사람을 통해 그 이유를 파헤쳐나갑니다. 또는 그 사람이 왜 그런 문제를 제기했는지에 초점을 맞춥니다. 인간의 의식을 완전히 뒤집어 보는 거죠."

〈계간불교〉는 1만 부 정도로 시작해 야마오리 데쓰오山折哲雄, 나카자와 신이치中澤新一, 가마타 도지鎌田東二, 모리오카 마사히로森岡正博, 이케다 아키코池田あきこ 등을 필자로 맞이했다.

오늘날 새로운 분야를 개척해 큰 결실을 맺은 걸출한 저자들이 당시 〈계간불교〉를 발판으로 언론에 불을 당긴 것이다. 도쿄 사무실은 잡지를 중심으로 단행본을 기획했는데, 직원은 총 여덟 명이었다. 또 그 무렵 나카지마를 보고 입사한 구도 히데유키工藤秀之도 빼놓을 수 없는 인물이다.

나카지마와 도쿄대학 교양강좌를 함께 듣던 학우로, 종교 과학 분야의 시마다 히로미島田裕巳도 있다. 시마다는 1991년 9월, 지하철 사린사건(옴진리교 신도들이 도쿄 지하철 5개 전동차에 맹독 신경가스인 사린을 살포

한 사건 - 옮긴이)으로 체포 기소된 아사하라 쇼코麻原彰晃의 옴진리교를 "불전佛典으로 되돌아와 자신들의 종교를 설파하고 있다. (…) 오늘날 일본의 불교는 세속화되었다. 옴은 이단처럼 보이지만 오히려 그들은 불교의 전통을 바르게 계승하고 있"다고 논했다.

사린 사건 이후 시마다는 '옴을 옹호한 종교학자'라는 낙인이 찍혀 몸담고 있던 대학을 그만두었다. 그런 편견은 여전히 남아 있다.

나카지마는 시마다의 명예 회복을 위해서라도 사건을 명확히 밝혀내야 한다고 생각했다. 그래서『옴, 왜 종교는 테러리즘을 일으켰는가オウム-なぜ宗教はテロリズムを生んだのか』를 기획했고 회의에서도 무사히 통과되었다. 그런데 시마다의 A5판 541쪽에 이르는 원고가 완성되자 회사는 간행을 주저했다. 사람들에게 어떻게 보일지 알 수 없다는 이유였다. 이 일로 회사와 나카지마는 서먹해졌다. 급여문제에서도 의견이 엇갈렸다. 이런 의견 차이는 겉으로 드러났고 곧 도쿄 사무소의 직원이 모두 퇴직하는 사태로 발전했다. 혼자 남으면 아무것도 할 수 없다, 처음부터 다시 시작하고 싶지 않다, 그렇다면 따로 회사를 차리자는 생각을 했다. 2001년 4월의 일이다.

나카지마와 하야시, 그리고 구도 세 사람은 '희망을 갖고 살 수 있는, 미래와 통하는 안내자 같은 책을 내고 싶다'는 바람이 있었다. 그 바람을 담아 트랜스뷰transview라는 회사명을 붙였다. 트랜스뷰는 영어가 아니다. '본질을 통찰한다'는 뉘앙스의 조어다. 그럼 왜 회사명을 이런 국적 불명의 단어로 지었을까?

"이제 일본문화는 일본뿐 아니라 세계를 향해 나아가야 하는 시점이다. 따라서 앞으로는 세계적으로 통할 수 있는 책을 내야 한다. 영어나 프랑스어, 중국어나 한국어로 번역해도 좋은 평가를 받을 수 있는 책을 만들고 싶다."

이런 선구적인 의지를 표현하려면 흔치 않은 브랜드로 자리매김할 수 있는 신선한 단어를 써야 했던 것이다.

복잡한 과정을 거치며 창업한 후 처음으로 간행한 책은 시마다 히로미의 『옴, 왜 종교는 테러리즘을 일으켰는가』였다.

"저는 회사 자체가 싫었습니다. 일본의 회사 시스템은 정상이 아닙니다. 책을 만들기 위해 편집이 있고 독자에게 책을 전달하기 위해 영업이 있는 겁니다. 그런데 요즘은 모두 회사를 유지하기 위해 책을 만듭니다. 정말 이상해요. 그래서 우리는 회사라는 개념을 완전히 버리고 이곳을 단순한 모임의 장으로 생각하고 싶습니다. 그러고 나서 정말 만들고 싶은, 가격이 매겨진 책을 만드는 겁니다. 영업자는 스스로 팔고 싶은 마음으로 책을 팝니다. 실적을 올리기 위해 무리하지 않습니다. 그것을 지키기만 하면 됩니다."

21세기 초 탄생한 트랜스뷰가 한계를 타개한 사고방식이다.

2003년 7월의 일이다. 나는 주요 거래처인 도서관의 주문을 받아 트랜스뷰에 전화를 했다. 이케다 아키코의 『14세부터 배우는 철학 — 생

각하는 교과서14歳からの哲學 考えるための教科書』때문이었다. 전화를 받은 남성은 '호조칸에 근무하던 구도입니다'라고 했다. 아! 그 구도. 예전에 내가 인문서고를 담당하던 시절, 구도는 매월 거르지 않고 신간을 소개하러 왔다. 구도는 트랜스뷰를 창업한 후 대형 도매점에 도매계좌를 개설하러 갔지만 거래조건을 맞출 수 없었다고 한다. 그래서 그때 "800여 곳의 서점에 팩스로 신간 안내서를 보내고 빠른 택배로 발송하는 직판 방식"을 택했다.

이렇게 해서 『14세부터 배우는 철학─생각하는 교과서』는 2003년 3월 간행 이후 9월까지 12만 부를 판매했다. 믿기 어렵겠지만, 이 책은 겨우 4부 반품되었다고 한다(창업 이후 지금까지 전체 반품률은 약 2퍼센트). 저자인 이케다는 지금까지 20여 종의 책을 엮었다. 이케다가 중학생을 대상으로 도덕책을 쓴 이유는, 60여 년 전에 요시노 겐자부로吉野源三郎의 『여러분은 어떻게 살 것입니까君たちはどう生きるか』(이와나미 문고)가 발간된 뒤, 이런 책이 거의 나오지 않았기 때문이다. 일본에서 소년 범죄를 저지르는 연령대는 해마다 낮아지고 있다. 이런 사회상황에서 중학생 스스로 '삶이란 무엇인가'를 생각하게 하는 인문서 간행은 서점 사람들의 주목을 끌기에 충분했다. 발매 당시 하루에 2-300부의 주문이 쇄도했고 4월 20일자 〈아사히신문〉 서평란에 실린 뒤에는 5-600부로 급증, 텔레비전에 저자가 출연한 뒤에는 하루에 3000부가 팔렸다. 그것이 한 달 이상 계속되었다.

트랜스뷰는 창업 2년 만에 18종을 간행했고 절반가량을 중쇄했다.

그중 하나가 다기리 마사히코田桐正彦가 번역한『촘스키 누가 무엇으로 세상을 지배하는가チョムスキー, 世界を語る』다. 현대의 정치, 경제, 사회, 모든 영역의 문제에 대해 열정적으로 이야기하고 있다.

또 트랜스뷰에서 간행한 책에는 발행인이 대표자가 아닌, 담당 편집자 이름으로 되어 있다. 회사라는 고정관념을 버리고 만남의 장으로 기능한다면 책은 편집자가 책임져야 하는 것이기 때문이다. 예를 들면 하야시는 2002년 7월 집안 사정으로 고향인 후쿠오카로 돌아갔다. 원고는 인터넷으로 주고받았다. 저자와 만나야 할 경우에는 그쪽으로 찾아가면 된다. 보수는 작사가처럼 인세방식으로 지불된다. 하야시가 담당한 책으로는『살아가는 힘을 몸으로 배우다生きる力をからだで學ぶ』(도리야마 도시코 지음)가 있다.

"어느 날, 어린이들과 은행잎을 한 장 한 장 말려 가지에 붙어있던 순서대로 마루에 늘어놓아 보았습니다. 아이들은 우선 잎의 크기와 형태를 관찰하며 제각기 크기가 다르다는 것, 단 하나도 그 모양이 같지 않다는 것을 깨달았습니다."

『살아가는 힘을 몸으로 배우다』의 앞부분이다. 어린이들이 싫어하는 것은 공부가 아니라 주입식 교육이 아닐까? 이 책에는 아이들에게 도전정신과 의욕을 북돋워주는 도리야마의 교육방법과 실천기록이 담겨 있다. 상황에 안주하지 않으며 현재와 미래를 흘러가는 대로 두지 않는 것. 그런 트랜스뷰의 경영 방식이 출판계의 '상식'이 될 날을 기다리는 것은 독자들인지도 모른다.

색다른 관점에서 세상을 바라보는

# 사이류샤

센슈대학 경제학부에서 경제학사를 가르치는 우치다 요시히코內田義彦의 세미나에 다니며 학생신문을 발행하기도 한 다케우치 아쓰오竹內淳夫는 졸업 후 3~4년 동안 정해진 직장 없이 생활했다. 1970년 어느 날의 일이다. 우연히 전차 안에서 시골에서 함께 지냈던 선배를 만났다. 그 선배는 인쇄소에서 일한다며 한번 놀라오라고 했다. 선배의 권유대로 인쇄소에 갔다가 공교롭게 사장의 눈에 띄었다. 인쇄소 사장이 국서간행회國書刊行會라는 출판사를 창업한 직후였다. "지금 특별히 하는 일이 없으면 우리와 일해보지 않겠나?"라는 말을 듣고 이제 막 설립된 국서간행회의 일원이 되었다. 다케우치가 스물 여섯 살 되던 해의 일이다. 엉뚱하게도 그는 이 일을 계기로 출판인이 되었고 그로부터 10년이 흘러 1980년이 되었다. 그러나 조금씩 사장과 생각이나 감정적인 골이 깊어져 다케우치는 독립을 결심하고 편집 프로덕션을 차렸다. 그리고 반 년 후 사이류샤彩流社를 창업했다.

사이류샤를 함께 시작한 것은 학생신문을 함께 만들었던 대학 후배

시게야마 가즈오茂山和也였다. 다케우치는 이런 생각을 했다. '완전히 몰두해서 만들고 싶은 책이 한두 권밖에 없으니 평생 동안 그걸 하면 되겠다. 생활을 꾸려가기 위해 시작한 일이니 내용이 좋고 나쁨은 따지지 않겠다. 그저 내고 싶으면 낸다.' 두 사람은 이것을 원칙으로 삼기로 했다. 그렇다면 책 만드는 기준은 무엇일까?

다케우치는 자신이 아는 것은 하고 싶지 않았기 때문에 잘 모르는 분야에 관한 책을 만들고 싶었다. 대충 아는 것은 그릇된 판단을 끌어내기 쉽다. 그러나 자신이 모르는 새로운 이야기가 나올 때마다 책으로 펴낸다면 출판사 특유의 노선을 만들 수 없다. 그는 그래도 개의치 않겠다는 생각이었다. 단 한 쪽으로 치우치게 되면 잘될 때는 괜찮지만 그렇지 않을 경우에는 낭패를 보기 쉽다. 그렇기 때문에 위험을 분산한다는 의미에서 여러 분야를 두루 다루기로 했다.

1980년 6월, 스페인 내전 이후 40년을 되돌아보는 사회적 분위기에 따라『스페인 전쟁을 회상하며回想のスペイン戰爭』(필립 토인비 엮음) 등의 관련서를 출간했다. 적절한 시기에 출간된 이 책들은 서평에 실려 그럭저럭 잘 팔렸다. 이렇게 해서 사이류샤는 어느 정도 두 사람의 수입을 확보할 수 있을 정도로 안정되었다.

1982년 9월부터는 다케우치와 사상적 대극에 있는 나가타 히로코永田洋子의『16인의 묘비 — 화염과 죽음의 청춘―六の墓標·炎と死の青春(상·중·하)』를 간행했다. 나가타는 연합적군聯合赤軍의 지휘자였던 인물이다. 당시 젊은이들에게 충격을 준 연합적군 사건은 1971-72년에

일어났다. 1971년 대학 신좌파 투쟁에서 출발한 적군파와 일본 공산당 혁명 좌파 등 각기 다른 그룹이 세계 동시혁명을 위한 무력투쟁을 기획하며 연합적군을 결성했다. 군마 현에 있는 하루나 산에 베이스캠프를 치고 무력투쟁을 하던 중 16명이 살해되었다. 시게야마는 1982년 정월 연휴, 나가타가 재판에 대비해 써둔 5000장 가량의 원고를 우연히 접하게 되었다. 나가타는 한 변호사를 통해 이 원고를 여러 출판사에 보냈던 듯하다. 그러나 편집자들은 나가타를 굉장히 싫어했기 때문에 그 어느 곳에서도 관심을 보이지 않았다. 시게야마는 이 원고로 책을 만들 수 없을 것이라고 생각했지만 옥중에 있는 나가타에게 "1500장 정도로 줄이고 자전적인 글로 다시 쓸 생각이 있다면 출판을 고려해보겠"다는 편지를 썼다. 나가타는 그 의견에 따랐다. 자신을 다른 시각에서 봐주어서 고마웠던 것이다. 다케우치는 나가타뿐 아니라 사건 당사자들이 쓴 글을 남겨야 한다고 생각했다. 기득권층의 정보나 매스컴에서 발표한 자료만 남는다면 진상은 가려지고 말기 때문이다. 당사자가 그룹 내부 사정을 '시대의 증언'으로 기록한 일종의 역사서로 내볼 만하다는 생각이었다. 그리하여 이 책은 초판 7000부, 1995년 7월 15쇄 총 4만 부를 찍었고 여전히 잘 팔린다. 이를 계기로 사이류샤는 당사자의 증언을 담은 책을 9종 더 냈고 이는 회사 경영의 든든한 기반이 되었다.

넉넉한 자본도 없고 이렇다 할 인적 자원도 없는 상황에서 계속 회사를 꾸려나가야만 하는 것이 소형 출판사들의 실정이다. 그런 이유로 다케우치는 육상경기에서 한 바퀴쯤 처진 후진 그룹의 선두처럼 출판 활동을 하면 된다고 생각했다. 특별한 화제를 기획해 진행한다 하더라도, 작은 출판사는 경제력이 부족하고 필자들도 적극적인 태도를 보이지 않기 때문에 결굴 적절한 시기에 책을 내지 못하게 된다. 원고가 마무리된다 해도 그 밖의 다른 일상적인 잡무도 처리해야 해서 바로 책으로 낼 수 없는 사정도 있다. 즉 '올 가을에 어떤 상황이 될지' 예측한다 해도 기획으로 연결할 수 없다는 말이다. 그렇기 때문에 '어, 왜 지금 이런 책을 낸 걸까'라는 생각이 드는 책을 낼 수밖에 없다.

그래도 어쨌든 내면 신기하게 팔리기는 한다. 할 수 있다면 그때그때 상황에 맞춰 신속하게 내야 하지만 현실적으로 그렇게 할 수 없기 때문에 '어! 사이류샤는 이런 책을 내는구나'라는 인상을 남길 수 있는 책을 내면 된다고 생각한다. 그러므로 몇 바퀴 늦어도 괜찮다는 생각이다.

연합적군 당사자의 증언을 책으로 펴낸 뒤에 간행한 『문학비평입문 文學批評入門』(W.L. 게린 외)은 사류이샤에게 큰 전환점이 되었다. 이 책은 미국에서 교재로 쓰였던 책이다. 단편·장편소설, 시, 희곡 등 장르별 대표작을 엄선해 다양한 방식으로 비평한 내용이다. 한 작품을 여러 시각에서 비평하다 보면 전혀 다른 해석이 나오기도 한다. 그것은 읽는 이로 하여금 자신만의 고유의 시각을 갖게 한다. 그때는 아직 비평 텍스트라는 것을 찾아볼 수 없던 시절이라 간행된 후 주로 영문과 학생이나 대학 교수들이 몰래 읽었다고 한다. 이 책을 계기로 영문과

교수들과 친분이 생겼는데 그러다가 소설도 내보는 것이 어떻겠느냐는 제안을 받았다. 저널리스트이자 국민적 작가로 미국의 정신을 대표하는 작가. 그래서 선택한 작가가 마크 트웨인이었다. 측근이 된 대학 교수들은 한 달에 한 번 연구회를 겸해 모이기로 했다. 이렇게 시작해서 책이 나오기까지 꼬박 10년이 걸렸다. 『톰 소여의 모험』은 읽었다 해도 그의 모든 작품을 읽은 사람은 그리 많지 않다. 그래서 1994년 10월 『마크 트웨인 컬렉션① 바보 윌슨 & 왕자와 거지マークトウェイン·コレクション①·まぬけのウィルソンとかの異形の生兒』를 냈다. 이후 전 20권이 완결된 것은 2002년 4월로 18년이 걸린 셈이다. 다케우치는 "문학은 좋아하지 않는다, 잘 모르기 때문에 했을 뿐"이라고 한다. 어쨌든 마크 트웨인 시리즈를 간행한 이후 사이류샤는 다양한 외국문학을 소개하여 해외 문학작품으로 손꼽히는 출판사가 되었다.

갑작스런 말이지만, 물 위에 떠 있는 오리의 물갈퀴에 관한 이야기를 들어본 적이 있는가? 물 위를 유유히 떠다니는 오리 말이다. 보기에는 평온하게 둥둥 떠다니는 듯하지만 사실 수면 아래에 있는 오리의 발은 쉴 새 없이 바쁘게 움직인다. 다케우치는 일본 고대사를 연구하는 향토 사학가 사와 시세이澤史生의 원고를 읽고, 그에게 '고대사를 완전히 뒤집어 수면 아래 숨겨진 부분을 적나라하게 보여주는 글을 써 달라'고 부탁했다. 이후 1년쯤 걸려 완성된 책이 사와 시세이의 『갇혀진 신들, 황천의 외인전閉ざされた神 黃泉の國の倭人伝』(1984)이다. 정통과 전혀

다른, 한 재야 연구자의 추론이다. 이 책에 대해 사와는 이렇게 말을 했다.

"쓸모없어 보이는 별 볼 일 없는 사람을 흔히 '변변치 못하다碟でなし' 고 하는데, 일반적으로 이 표현에 쓰이는 한자 '碟'는 '陸'으로 쓰는 것이 옳다. 즉 '변변치 못하다'라는 표현은 '뭍陸에서 쓸모 없다'는 의미를 가진다. 어떤 사정으로 뭍에서 살 수 없게 된 사람이 깊은 산에 들어가면 '산신'이 되고 물에 들어가면 '갓파河童(물 속에 산다는 어린애 모양을 한 상상의 동물 - 옮긴이)'가 된다고 한다. 고대사를 살펴보면 위정자에 의해 뭍에서 쫓겨난, 버림받은 사람들이 있다. 그동안 전해지던 이야기를 '변변치 못한' 사람의 입장에서 풀어낸 일본사가 있으면 좋겠다고 생각했다."

다케우치는 반체제 인사이며 비상식적인 인물이다. 그는 이 이야기가 인상적이었기에, 잘 모르는 이야기였기에 펴냈다. 다섯 권의 저서를 낸 사와를 중심으로 향토 사학가가 쓴 일본 고대사는 정통학파의 정석으로는 이해할 수 없는 세계를 그리고 있다.

창업 이후 사이류샤는 800권이 넘는 책을 냈다. 오랫동안 2인 출판사였으며 지금도 직원 10명에 불과한 곳에서, 이렇게 많은 책을 냈다는 것은 그야말로 쉴 새 없이 일해 왔음을 증명한다. "정말 만들고 싶은 책 한두 권 만들겠다"던 다케우치의 말이 떠올라 그 책들은 펴냈는지 물어봤다. 스스로 인정하고 낸 책은 아직 없다는 것이 그의 대답. 다케

우치는 학창 시절 경제학 교수인 우치다 요시히코선생을 만남으로써
센슈대학에서 공부할 의미를 찾았다고 한다. 그가 정말 내고 싶은 책
은 바로 그 은사인 우치다 요시히코 교수가 자신의 학문 방법론을 피
력하는, 그런 책이라고 한다.

# 호쿠토출판

요즘은 행정부가 수돗물 정화에 예산을 할당하고 있어 예전보다 나아지기는 했다. 그러나 병에 담긴 물이 유료로 판매되고 이를 선호하는 구매자가 있는 것에서 알 수 있듯 도쿄나 오사카의 수돗물이 식수로 '적합하지 않다'는 사실에는 변함이 없다.

1980년대의 이야기다. '수돗물에 트리할로메탄이라는 발암성 물질이 들어 있다'는 사실을 알고 오사카 히라카타시에 사는 한 주부가 나섰다. 혼마 미야코本間都는 '일회용 시대를 생각하는 모임'이라는 시민단체의 회원이다. 이 모임은, '물자가 남아돌아 돈의 논리로 움직이는 사회가, 자연이나 인간을 일회용으로 취급하는 현상'에 대해 생각하며, 스스로 생활습관을 바꾸기 위해 만들어졌다. 수돗물에 발암물질이 들어있다는 사실을 알린 것은 교토 오수 처리장에서 일하는 노동조합원이었다. 노동조합과 시민단체, 학자 들까지 참여한 운동은 이렇게 시작되었다.

교토부 전역을 흐르는 세 개의 하천 가쓰라가와, 우지가와, 기즈가와가 만나 요도가와가 된다. 교토의 생활하수 처리장은 요도가와가 오사카에 흘러들기 직전인 교토와 오사카의 경계에 설치되었다. 여기에 처리장을 둔 이유는 오수를 처리한 후 다시 교토 시민의 식수로 쓰지 않아도 되며 모든 시민의 오수를 한 곳에서 처리할 수 있기 때문이다. 또 하류에 위치한 오사카 부에서 가능한 한 깨끗한 물을 수원으로 쓰고 싶어 해서 요도가와 상류(부경계)에 정수장을 둔 것이다. 그런데 생물의 배설물에 들어 있는 암모니아 질소가 교토 처리장에서 걸러지지 않은 채 오사카의 상수도에 흘러들어 섞여버렸다. 그 때문에 오사카 부의 정수장에서는 염소를 투입해 증류 정수 처리했다. 그런데 이 염소 및 염소 화합물에 트리할로메탄이 들어 있었던 것이다.

이에 문제의식을 갖은 혼마는 "오사카 시민은 교토의 오줌을 마시고 있"다며 강이나 호수 및 지하수의 오염, 하수처리, 합성세제의 위험성, 가정에서 실천할 수 있는 대책 등을 일러스트와 함께 설명한『누구나 알 수 있는 친절한 식수 이야기だれにもわかるやさしい飲み水の話』(1987)를 썼다. 이 책에 이어 쓴『누구나 알 수 있는 친절한 하수도 이야기だれにもわかるやさしい下水道の話』(1988, 2001 개정판)는 스테디셀러가 되었다.

이번에는 주부의 지혜를 정리해 입문서로 완성하는 등 식수 오염을 비롯한 환경문제에 관심을 기울이는 호쿠토출판北斗出版을 소개해보겠다.

1964년 10월, 아시아에서 처음 열린 도쿄 올림픽이 사회에 미친 영향은 상상할 수 없을 정도로 컸다. 공공사업이 대도시로 집중되었고 신칸센이 개통되었다. 일반 가정에 컬러 텔레비전과 가전제품이 빠르게 보급되었고 사람들의 생활습관은 급격히 바뀌었다. '고도성장'에서 '안정성장'의 시대로 옮겨간 것이다. 그 무렵의 일이다. 도쿄 토박이인 나가오 아이치로長尾愛—郞는 세상이 바뀌었음을 실감하고 게이오 대학 경제학부에서 경제 사상사를 공부했다. 나가오는 마르크스나 루소의 사상을 지식으로만 가르치는 교수들에게 불만을 갖고 있었다. 경제학 이론과 생활인으로서의 접점을 어떻게 찾아야 하는지 관심을 갖지 않았기 때문이다. '그래 편집자가 되자.' 1969년 3월, 대학을 졸업한 나가오가 선택한 직장은 기노쿠니야쇼텐紀伊國屋書店 출판부였다.

기노쿠니야쇼텐에서는 주로 사륙판 양장본으로 된 문화인류학 총서나 장 보드리야르의 『소비사회의 신화와 구조消費社會の神話と構造』등 수준 높은 번역서를 냈다. 따라서 서유럽의 자연과학서를 읽을 기회가 많아 자연과학 분야에 눈뜰 수 있었다. 얻은 것은 많았다. 하지만 그것은 자신이 원하는 것을 포기하고 회사 경영자가 추구하는 이익증대와 권위주의를 순순히 받아들인 대가였다. 일본인이 새롭게 쓴 일본인을 위한 사상서나, 무명의 실력 있는 저자를 발굴하는 작업과는 동떨어진 일이었다. 또 번역은 옮긴이와의 관계에 한정된다. 저자와 직접 사귀면서 서민의 삶과 사회의 접점을 찾는 책을 만들고 싶었지만 생각대로 할 수 없었다. '내가 옳다고 생각하는 기획으로 좋은 책을 내

고 싶다.' 나가오와 함께 편집부에서 10여 년 동안 일했던 후루가와 히로후미古川弘典와 야마자키 히로유키山崎弘之도 같은 생각을 갖고 있었다. 1997년 1월, 기노쿠니야쇼텐을 퇴직한 세 명의 편집자는 공동대표가 되어 호쿠토출판을 창업했다.

호쿠토출판의 첫 책은 도야마 시게히코外山滋比古의 『일본의 문장日本の文章』이었다. 도야마는 영문학을 전공한 학자인데 그에게 일본의 문장에 대한 에세이를 써달라고 했다. 호쿠토출판에서 에세이를 펴냄으로써 기노쿠니야쇼텐에서 했던 출판활동과 다른 측면을 보여주려는 의도였다. 나중에 이 책은 고단샤의 학술문고로 간행되었다. 서점과 독자에게 창업한 지 얼마 안 된 호쿠토출판을 알린 책으로는 『기호학연구記号學研究』(일본기호학회, 1981년 4월 1호부터 연간 5호까지 간행)가 있다. 기호학은 인간의 행동에서 중요하다고 인정되는 기호의 역할을 탐구하는 학문이다. 기호는 인식, 사고, 표현, 전달 및 행동과 깊이 관련되어 있기 때문에 철학, 논리학이나 그 밖에 과학, 문학, 디자인 등 다양한 분야의 연구까지 기대할 수 있다. 그것은 새롭게 시야를 넓히는 일로, 서로 다른 전문 영역의 학자들이 공동으로 연구하는 '새로운 발상'을 끌어내는 일이기도 했다.

　호쿠토출판은 순조롭게 시작했지만 2년쯤 지나 전기를 맞는다. 편집자 셋이 시작했기 때문에, 이를테면 영업자가 기획에 대한 장단점을 판단하고 확인하는 기능이 없었다. 따라서 모두 자신의 기획으로 먹고살 수 있다고 생각하는 제왕 같은 존재였고, 세 사람이 각자의 주체성을 주장하게 되자 함께 활동하기 어려워졌다.

1981년에 후루가와가 하루쇼보はる書房를 창업했고, 1983년에 야마자키는 다른 업계로 옮겼다.

호쿠토출판에 혼자 남은 나가오는 나름의 주제를 잡고 다시 시작했다. 끊임없이 변모하는 도쿄에서 살다 보면 환경문제는 특히 심각한 도시문제라는 생각이 든다. 환경문제를 학자의 지식이 아닌, 일반인의 감각과 지혜로 풀어낸 책을 만들고 싶었다. 그래서 환경문제에 주력하기로 결심했다. 그것이 첫 번째 소망이었기 때문이다. 혼마의 저작물은 이런 나가오의 새로운 생각이 있었기에 세상에 나올 수 있었다.

일반인이 쓴 글을 편집한 나가오는 '내가 읽고 시야를 넓힐 수 있는 책을 만들었으니 독자들도 공감해주었으면 좋겠다'고 생각했다. 하다케야마 시게아쓰畠山重篤의 『숲은 바다의 연인森は海の戀人』(1994)은 그런 나가오에게 커다란 계기가 되었다.

"오랜 항해를 마친 어선이 게센누마 항으로 귀로를 서둘렀다. 이윽고 신경을 집중해 필사적으로 수평선을 응시하던 어부의 시야에 먼지와 검은 육지의 그림자가 비쳤다."

이것은 숲과 바다가 처음으로 만나는 장면으로 숲과 바다가 만들어내는 이야기의 시작 부분이다.

하다케야마는 독자를 매료시키는 문체로 미야기 현 게센누마 만에서 굴 양식을 하는 어민의 생활을 소개했다.

바다는 도쿄 올림픽 무렵부터 오염되었다. 굴이 새빨갛게 변해 더이상 양식업을 할 수 없을 만큼 심각했던 적도 있다. 그러던 어느 날 하다케야마는 프랑스의 굴 양식장을 시찰하게 되었다. 프랑스 해변에는 어린 시절 뛰놀던 바다처럼 풍부한 해양 생물이 서식하고 있었다. 동시에 뒤쪽에는 아름다운 숲이 펼쳐져 있었다. 그때 문득 좋은 생각이 떠올랐다. '게센누마 만 뒤에도 강이 있다. 그 강에서 흘러오는 물이 깨끗해지면 우리 어장도 좋아지지 않을까?' 그 생각에는 나름의 근거가 있었다. 강 상류에 있는 숲에서는 부엽토가 만들어진다. 이 부엽토에서 나오는 후루보산이라는 물질은 이온과 결합해 후루보산철이 된다. 이때 식물에게 중요한 요소인 철분을, 식물 플랑크톤이 직접 섭취할 수 있게 된다. 숲이 확실히 제 기능을 하면 하구에 있는 플랑크톤이 잘 자라고 플랑크톤을 먹이로 하는 어류도 잘 자란다. 그래서 산에 나무를 심기 시작했다.

홋카이도 이외의 다른 지역 어민들도 동참해 본격적인 운동으로 이어졌다. 하다케야마의 주도로 1989년부터 시작된 '굴의 숲을 생각하는 모임'의 '숲은 바다의 연인' 운동은 사람들에게 숲과 바다의 연관성을 쉽게 전달하는 계기가 되었다. 또 자비를 털어 수원水源 근처에 사는 사람들을 해변에 초청해 체험 학습을 시키기도 했다. '숲은 바다의 연인' 운동이 설득력을 얻은 것은 단순히 '나무를 심자'는 구호가 아니라 사람들에게 그 정신이 전해졌기 때문이다. 그것이 왜 중요한지를 깨달을 때 진정한 운동이 되는 것이다. '숲은 바다의 연인' 운동은 1994년 '아사히 삼림 문화상'을, 2000년에는 '환경 미나마타상'을 받았다.

나가오는 1994년 8월에 개최된 '빗물이용 도쿄국제회담'의 실행위원으로 참가한 이후 빗물 이용이나 빗물 침투, 상수도 및 하수도에 대한 재고, 물을 낭비하지 않고 자원으로 만드는 오물처리 시스템에 대한 연구에 지속적인 관심을 가졌다. 도시에서는 빗물순환을 돕는 건축이 각광받기도 했다. 하늘과 바다와 대지를 잇는 비에 관한 이야기에는 우리 생활에서 빼놓을 수 없는 중요한 요소들이 들어 있다.


"비에 관한 책을 냈다며 보내주었는데 거대한 『비 사전雨の事典』이었습니다. 매력적인 문학의 짙은 향기를 느낄 수 있는, 마음을 적시는 비에 관한 이야기. 옆에 두고 정서가 메말랐다고 느낄 때마다 보기로 했지요. 마음속에 흙을 갖고 그곳에 빗방울을 떨어뜨리면 생명의 향기가 솔솔 피어날 것입니다. 최고죠."

나가오도 참여한 '빗물 시민의 모임'에서 엮은 『비 사전』(2001)에 가수인 가토 도키코加藤登紀子가 쓴 글의 일부다.

읽다 보면 기분이 좋아지는 신비한 책이다. 비를 이용한 뒤 하늘에 되돌려준다는 생각으로, 모든 생물의 생명수인 비를 소중히 여기는 '빗물시민모임'에서 6년간 작업했고, 나가오가 다시 3년간 공들여 편집했기 때문이 아닐까.

환경문제는 고발하기만 한다고 끝나는 게 아니다. 시민으로서, 출판사로서, 무엇을 하면 좋을지 모색하는 가운데 새롭게 다시 시작하는 것이다. 주부든 어부든 과학자든 지식을 논하기 전에 풍부한 감성을 갖지 않으면 그 저작물은 독자의 공감을 얻을 수 없다. 호쿠토출판은 그것을 증명해 보였다. 나가오는 이런 활동을 하길 잘했다고 생각하고 있다.

새로운 전략과 사상을 생각하는
# 후지와라쇼텐 1

1970년대 초의 일이다. 오사카 시립대학에 다니던 후지와라 요시오藤
原良雄는 사토 긴자부로佐藤金三郎 교수에게 사회과학과 마르크스 경제
학을 배웠다. 그때 이미 후지와라는 마르크스주의가 붕괴될 것이라고
생각했다. 그 방법론으로는 일본사회는 물론, 세계를 제대로 분석할
수 없기 때문이다. 그렇다면 변화된 사회를 파악하는 방법이나 역사
의식이 있을까?

　1973년 3월 대학을 졸업한 후지와라는 일본 사회를 분석할 새로운
방법론을 찾아 도쿄에 왔다. 그래서 선택한 직장은 교수가 소개해준
출판사 신효론新評論이었다. 신효론은 1952년 미마사카 타로美作太郎
가 창업한 신효론샤新評論社의 바뀐 회사명이다. 미마사카는 군부가
자행한 언론 탄압사건, 요코하마 사건(치안유지법 아래 자행되었던 최대규
모의 언론탄압사건을 일컫는다. 정치 평론가 호소카 가로쿠는 1942년 잡지 〈개조〉
에 쓴 논문 〈세계사의 동향과 일본〉이 공산주의 선전물이라는 혐의로 체포되었다.
이 일을 계기로 출판인 약 60명이 체포되었고, 4명이 옥사하였으며 약 30명이 유죄

판결을 받았다-옮긴이)으로 투옥된 출판인 중 한 명으로 사실을 중시하는 저널리스트로도 유명하다.

  명확한 목적의식을 갖고 취직한 후지와라는 아예 회사 창고에서 지냈다. 한 권의 책이 "어째서 성공했는지 나중에는 설명할 수 있지만 책을 낼 때는 성패를 알 수 없습니다. 편집자의 감에 따를 수밖에요. 열심히 했는데 실패했다면 그 이유를 곰곰히 생각해야 합니다." (사실 후지와라가 첫 책으로 소개한 이마무라의 『역사와 인식』은 잘 팔리지 않아 '창고의 골칫거리'로 끝나고 말았다. 산더미처럼 쌓인 재고를 바라보는 것이 괴롭긴 했지만 큰 공부가 되었다고 한다.) 후지와라는 미마사카의 영향을 받아 편집자의 혼과 전문인으로서의 감성을 기를 수 있었다. 타협하지 않으며 빈틈없이 책을 만들어온 후지와라는 1981년 편집장이 된 이후에도 간행할 원고를 모두 훑었다. 이것이 당연한 자세라고 생각했기 때문이다. 그리고 마음에 들지 않으면 재인쇄는 물론 커버 교체도 마다하지 않는, 철저한 책 만들기로 알려지게 되었다. (당시 일본은 거품경제였다. 그 무렵 중소 출판사의 신간은 대형 출판사의 신간 인쇄가 끝난 다음에 인쇄를 해야 했기 때문에 출간이 늦어지는 경우가 많았고, 표지가 디자인대로 나오지 않거나 판권 검인이 거꾸로 찍히는 등 예측불허의 사태가 잦았다. 중소 출판사들은 어쩔 수 없는 상황이라, 울며 겨자먹기 식으로 출간해야 했다. 그러나 후지와라는 자신의 소신대로 만족할 수 있는 책을 만들기 위해 노력했다.) 편집자 생활을 시작하며 기획한 첫 책은 이마무라 히토시今村仁司의 『알튀세르의 사상 — 역사와 인식ア
ルチュセールの思想·歷史と認識』(1975)으로, 알튀세르의 구조주의가 사회를 어떤 방법론으로 분석했는지 정리한 책이다. 프랑스 책을 번역하기도 했다. 첫 책은 『프롤레타리아 독재란 무엇인가プロレタリア獨裁とはなにか』(에티엔 발리바르, 1979)였다. 이 책은 '마르크스주의는 이제 갈 데까지 갔다'에서 출발했다. '공산당을 어떻게 바로 세울 것인가'라는 독재비판에 관한 것으로 어떤 의미에서는 내부 비판이었다. 1981년에는 이후 역사의 대전환을 예견한 엘렌 카레르 당코스의 『붕괴된 소련 제국 민족의 반란崩壞したソ連帝國·諸民族の反亂』을 간행했다. 당코스는 소련의 데이터를 민족, 언어, 종교로 나눠 분석하다가 이슬람교도의 힘이 어떻게 그렇게까지 확대되었는지 의문을 갖게 되었다. 그리고 '소련연방은 지배력을 발휘하지 못하고 분열될 것'이라는 결론을 내렸다. 소련이 붕괴되기 10년 전의 일이다. 역사 인구학을 바탕으로 한 눈이 번쩍 뜨일 만한 방법론과 만난 것이다. 이것은 후지와라에게 소련 붕괴라는 결론보다 더욱 자극적이었을 것이다. 그 사상이 자신의 생각과 딱 맞았다는 후지와라. 후지와라는 방법론을 찾는 과정에서 인문사회, 자연과학 등 다양한 지식을 아우르는, 역사학을 초월한 '역사학'이라는 '아날 방법론'과 만난 것이다. 아날이란 1929년 1월 스트라스부르그대학에서 간행한 『사회경제사 연보社會經濟史年報』의 약칭이다. 소르본 대학 중심의 〈역사잡지歷史雜誌〉로 대표되는 사건사와 정치사, 그러니까 표층 역사학이라는 기존 역사학과 달리 심층적인 힘을 대상으로 한 새로운 수법의 '역사학'이었다. 이런 역사학에 대한 투쟁이 '아날학파'를 탄생시켰다.

아날을 소개한 것은, 이에 대해 잘 모르는 일본 독자들에게 아날의 개념과 전체적인 구상도를 제시하려는 의미도 있었다. 『새로운 역사新しい歴史』(엠마뉴엘 르 루아 라뒤리 지음, 1991)는 그 역할을 완수하기 위해 간행했다. 원서는 『역사가의 영역』이라고 해서 500쪽짜리 2권, 즉 1000쪽이 넘는 대작이었다. 『새로운 역사』는 그것을 축소해 일본인이 이해하기 쉽게 만든 책이었다. 이렇게 해서 아날에 관한 책이 일본에서 번역 출간되었다. 신효론에서는 그 후 『중세의 결혼中世の結婚』(조르주 뒤비 지음, 1984)이나 『새로운 세계사新しい世界史』(마크 페로 지음, 1985) 등을 출간했다.

여기서 잠깐 이 무렵 일본 출판계 상황을 살펴보자. 1980년대가 되자 대형 출판사는 잡지 간행에 온 힘을 기울였다. 1980년대 창간된 이후 지금까지 발행되는 잡지는 〈Number〉(분게이슌주)나 〈토라바유とらばーゆ〉(리크루트)가 있다. 1983년에는 여성잡지 창간 종수가 25종에 달해 사상 최고를 기록했다. 1984년에는 국민 가운데 90퍼센트가 자신을 '중산층'이라고 생각했는데 이를 배경으로 〈주간 소년 점프〉(슈에이샤)가 400만 부를 돌파했다. 출판계는 대량판매에 대한 기대감으로 한껏 부풀었다. 후지와라가 기획한 '읽어야 할 양서'는 비대해진 잡지유통의 틈새를 파고들어 전국 학자나 학생층에 전달되었다. 〈아사히신문〉 〈요미우리신문〉 〈마이니치신문〉 〈니혼게이자이신문〉의 4개 일간지 서평이 폭넓은 독자를 확보했던 사실을 증명했다. 후지와라가 기획한

『성과 역사性と歴史』(1987), 『지식인의 패권知識人の覇權』(1987), 『공무원 생리학 役人の生理學』(1987)이 1987년 4월부터 12주 연속 독서란에 실린 것이다. "일본인이 아날에 대해 잘 모르고 있어서 일본 학문, 즉 사회학이나 경제학에 그 개념이 들어 있지 않을 뿐 전세계에서 이미 다양한 형태로 이를 접하고 있"다는 것을 보여주었다.

1988년에는 역사적 분석을 중시하는 새로운 경제학파 레귤라시옹을 발굴해 『기축통화의 종말基軸通貨の終焉』(1989)을 간행했다. 그 후 1990년 9월에는 로버트 보이저의 『입문 레귤라시옹入門 レギュラシオン』과 『레귤라시옹의 이론レギュラシオン理論』 등 2종을 간행할 수 있다.

일류 편집자로 주목받은 후지와라는 1987년 미마사카가 세상을 떠나자 독립을 한다. 1990년 4월 겨우 찾아낸 이반 일리치의 저작이나 아날의 '역사학'을 정성껏 간행해온 후지와라는 미마사카의 죽음을 계기로 신효론을 떠나 자신이 시작한 20종의 판권을 양도받아 후지와라쇼텐藤原書店을 창업했다. 최초의 간행서는 신효론에서 판권을 갖고 나온 『골프장 망국론ゴルフ場亡國論』 등 환경에 관한 책이었다. 이후 환경 문제는 후지와라쇼텐의 주요 분야로 자리 잡았다. 이 책에서 후지와라는 아날에서 배운 방법론을 편집술에 도입했다. 숫자와 사례를 포함해 주변 생활환경이 오염된 사실을 파헤치는 것이다. 지구의 환경 위기를 쉽게 이해할 수 있도록 상세하게 서술한, 저자의 큰 스케일이 담긴 책이었다. 〈니혼게이자이신문〉의 '인간발굴'란 취재에 응한 후지와라는 이렇게 이야기했다.

"출판인으로서 제가 해온 일은 내 나름의 세계에서 역사를 거시적으로 재고하는 작업입니다. 시대를 이데올로기로 논하는 것은 잘못이라고 생각합니다. -이즘(주의)의 색안경을 끼면 실체는 보이지 않습니다. 지금까지의 사회과학은 주변잡기랄까, 민중의 일상을 꼼꼼히 관찰하지 않고 오로지 거시적인 상황만 이야기해왔는데, 그건 잘못된 것이라고 생각합니다. 국가를 논하는 것이 전체사全體史냐 하면 그렇지 않습니다. 바로 사소한 일상에 전체상이 담겨있습니다. 그런 측면에서 시작해 전지구적으로 문제를 파악하는 사고방식에 끌렸습니다. 프랑스 아날파의 역사관입니다."(〈니혼게이자이〉, 2000.11.6)

후지와라는 지난 날을 되돌아보며 1980년대 신효론 시절 강한 인상을 남기지 못했다고 자평했다. 그래서 1980년대에는 가끔 접할 수 있었던 아날 제3세대를 개별적으로 소개했고 1990년대에는 그것을 그룹으로 연결해 점차 꽃을 피웠다.

1985년 11월에는 『문명의 역사 인류학 「아날」 브로델·월러스틴文明の歷史人類學「アナール」ブローデル ウォーラーステイン』을 펴냈다. 아날의 제3세대 주자인 이매뉴얼 월러스틴의 저작물은 그때까지 이와나미쇼텐에서 3종이 간행되었다. 월러스틴은 미국에서 페르낭 브로델Fernand Braudel(아날학파 제2세대에 해당함. 대표 저서에 『지중해』 『물질문명과 자본주의』가 있음 - 옮긴이) 센터를 설립한 인물로 브로델의 후계자라 할 만한 연구활동을 했다. 그 월러스틴이 1986년 일본에 왔다. 후지와라는 월러스틴에게 연락을 해서 자신의 계획을 전했다. 그의 작품을 한 사회과학자 또는 정치학자의 저작물로 소개하는 것이 아니라, 브로델과의 관계 속에서 확실하게 자리매김할 수 있는 책으로 간행하고 싶다는 내용이었다. 브로델이 아날의 제2세대 중심에 있음을 알고 있었기 때문에 가능했던 일이다. 흔쾌히 허락한 월러스틴은 나중에 월러스틴 책임편집 『총서 세계 시스템1叢書世界システム1』(1991), 『총서 세계 시스템2叢書世界システム2』(1992)을 보냈다.

1991년, 월러스틴에게도 들은 적이 있는, 1980년대 후반부터 무척 간행하고 싶었던 페르낭 브로델의 『지중해地中海(전5권)』의 번역을 하마나 마사미浜名優美에게 맡겼는데 그 첫 원고가 완성되었다. 16세기 프랑스, 시베리아 반도, 그리스, 터키까지 망라한 아날파 최고 걸작 번역물이다. 브로델은 제2차 대전이 한창일 때 독일 포로수용소에서의 기억을 더듬어가며 1년도 되지 않아 이 대작을 완성했다. 불후의 명작, 인문과학의 금자탑이라 불리는 『지중해』는 최초로 제32회 일본어 번역문화상과 제31회 일본번역출판문화상을 동시 수상했다. 또 후지와라는 우수한 저작을 간행한 편집자에게 수여하는 '제1회 아오무기 편집자상'을 수상했다.

새로운 전략과 사상을 생각하는
# 후지와라쇼텐 2

아날의 역사학을 일본에 정착시킨 후지와라 요시오는 후지와라쇼텐
의 대표가 되고 나서 페르낭 브로델의 『지중해』를 출간했다. '대단한
학자가 극한 상황 속에서 쓴 대작인 만큼 꼭 출간하고 싶다'는 것이 간
행 동기였다. 후지와라는 1980년대 초 아날 제2세대의 중심에 있던
브로델을 접하고 주요 저서가 『지중해』임을 알게 된 후 몇 명에게 번
역을 의뢰했다. 그런데 그때마다 모두들 '못하겠다'며 거절해 적당한
사람을 찾을 수 없었다. 어려운 상황은 난잔대학 교수인 하마나 마사
미와 만나면서 해결되었다. 얼마나 힘든 작업이었는지는 하마나가 옮
긴이 후기에 "(이 번역 기획은) 미친 짓이었"다고 쓴 것으로 충분히 짐작
할 수 있다.

그런 만큼 '잘 나갈 것이다' '널리 보급하고 싶다'고 생각하는 것이
출판하는 사람의 솔직한 심정 아니겠는가. 그럴 때는 보통 가능한 '정
가'를 낮추고 '부수'를 늘린다. 하지만 후지와라쇼텐은 그런 방법을 쓰
지 않았다. 애초부터 환상을 갖지 않았던 것이다. 『지중해』 첫 권은

2000부를 발행했다. 그리고 발매 초기부터 1000부 단위로 몇 달동안 중쇄를 거듭해 2001년 초까지 1만 5000부를 팔았다. 소부수, 높은 정가. 왕성한 지적 호기심을 가진 독서인들이 원하는 책을 기획해 최대한 높은 정가를 매겨 2-3000부를 확실하게 파는 것. 이런 후지와라쇼텐의 마케팅 수법이 적중한 것이 『지중해』였다. '얼마나 벌 수 있는가'보다는 '손해를 최소화하는' 지점에서 채산을 맞춘 덕이다. 이렇게 진행해 몇 권이 성공하면 된다고 생각했다. 그 후 후지와라쇼텐은 『지중해』를 모본으로 1999년 1-11월까지 '후지와라 셀렉션' 전10권을 B6 변형판 1만 7400엔으로 출간했다. 그리고 2004년 1월부터 『지중해 보급판(전5권)』을 발행하기 시작했다.

『지중해』 다섯 권이 완결된 1995년 4월, 도쿄 외환시장은 1달러에 79-75엔으로 사상 최대치를 기록하며 엔고 시대를 맞았다. 이어 1996년에는 주택금융 전문회사의 불량채권문제가 부상했고 1997년에는 홋카이도 다쿠쇼쿠 은행北海道拓殖銀行과 야마이치 증권山—證券이 잇달아 파산했다. 오늘날까지 계속되는 불황, 책이 안 팔리는 시대가 시작되었다.

　재건에 쫓기는 시대상을 반영하는 것 가운데 하나가 교양서를 대중에게 판매하는 수법이다. 오늘날 '신서창간붐'은 그것을 상징하는 사례라 할 수 있다. 출판사는 진정한 지식인이나 학자가 심혈을 기울여 쓴 책을 읽고 싶어 하는 독자가 3-5000명은 될 것이라고 생각하지만 사실 그런 독자의 존재는 잘 보이지 않는다. 또 진정한 지식인이나 학자가 크게 줄어든 것도 사실이다. 출판사가 그런 필자를 키우거나 지원하는 본연의 자세를 잃어버린 측면도 있을 게다.

후지와라는 이에 대해 이렇게 말했다.

"요즘 국립대학 교수들은 월급쟁이와 다를 바 없어요. 그 틀을 벗어나는 것이 통용되지 않지요. 하지만 예전엔 달랐습니다. 출판사에 찾아오기도 하고 책을 내고 싶어 하는 학자가 몇 명씩은 있었어요. 이젠 그런 사람이 거의 없습니다. 저는 사람들이 진정으로 만물의 이치를 생각하기를 바랍니다. 독서, 즉 책을 읽는 것은 만물의 이치를 생각하는 행위니까요. 그런데 대학교육은 물론 사회 전반적으로 만물의 이치에 대해 깊이 생각하지 않게 되었습니다. 이래서야 어떻게 제대로 된 학생을 길러낼 수 있겠습니까. 그러니 이제 후지와라쇼텐의 주요 독자층은 1980년대 후반 주축을 이뤘던 학자나 학생층이 아닙니다. 자신이 어떻게 살아가야 할지 삶의 방향을 모색하는 사람이 독자입니다. 월급쟁이든 농부든 좋습니다. 이제 출판사에게는 직업에 관계없이 문제의식을 가진 독자가 가장 소중한 존재입니다."

이런 현상인식을 토대로 후지와라쇼텐은 늘 '좋은 책'을 간행하기 위해 끊임없이 노력한다. 후지와라는 언제나 '좋은 책은 독자가 안다'는 것을 믿고 있다.

그럼 책은 어떻게 만들었을까? 분업화된 대형 출판사에서는 편집부원은 기획만 하고 교정은 외주를 준다. 창업 이후 후지와라쇼텐에 근무하는 10여 명의 편집자들은 장정에서 종이선택, 제본에 드는 경비 계산까지 직접 처리하고 있다. '해보고 실패하고 깊이 생각한다.' 후지와라의 책 만들기 정신이다. 독자가 책을 고를 때 가장 먼저 보는, 사람의 첫인상과 같은 것이 바로 제목이다. 제목이 메시지를 얼마나 제대로 전달하며 어필할 수 있는가에 따라 판매량이 달라진다. 그러므로 제목은 후지와라가 직접 결정한다. 이렇게 해서 매월 4종, 연간 50여 종, 13년 동안 470여 종의 책을 만들었다. 출판활동 전체를 이해하는 사람이라면 이것이 최대 한계임을 안다. 이전에는 2종을 내면 1종은 중쇄했는데 이제는 3종 중 1종으로 떨어졌다. 후지와라쇼텐은 이런 주변 상황의 변화를 불황 탓으로 돌리지 않는다. 각 출판사의 출판 마인드와 자세가 바로 그 원인이라고 생각하며 독자를 발굴하기 위해 노력하고 있다.

그럼, 예를 들어보자. 2003년 4월에는 ARESER일본(고등교육과 연구의 현황을 생각하는 모임)편 『대학계 개조요망大學界改造要綱』을 간행했다. 이 책을 홍보하기 위해 후지와라쇼텐은 ARESER일본과 함께 2003년 7월 13일 '대학개혁의 대안: 경쟁과 분단을 넘어'라는 주제로 심포지엄을 열었다.

2003년 9월 23일에는 우미세도 유타카海勢頭豊의 『MABUI』출판기념회를 가졌다. 지요다구 공회당에서 열린 이 행사는 '오키나와의 미래가 일본을 만든다'라는 주제로 한 영화 상영과 콘서트로 구성되었다. 오키나와전(2차 대전 말기, 오키나와 섬과 그 주변에서 일어난 미국과 일본의 격전. 이 전투로 히메유리 부대 등 섬 주민 십여만 명이 희생됨 - 옮긴이)에서 살아남은 여성의 회상을 통해 전쟁 중 동굴(가마)로 피난한 사람들의 치열하고 고된 삶을 그린 영화상영과 콘서트다. 콘서트를 연 우미세도 유타카는 오키나와에 머물며 오키나와의 혼MABUI을 잊지 못하고 사는 뮤지션이다. 우미세도의 생활과 음악은 오키나와는 물론 본토 사람들에게도 깊은 감명을 주었다. 그가 쓴『MABUI CD 수록판』(2003)은 일본인의 마음의 고향인 오키나와의 가장 깊은 정신세계를 다룬 작품으로 후지와라가 인터뷰를 진행하는 형식으로 완성되었다.

준쿠도쇼텐ジュンク堂書店과는 공동 토론회를 개최했다. 2003년 11월 11일에는 오사카 본점에서『몸, 영혼의 드라마— 삶의 원동력을 깨우기 위해からだ=魂のドラマ「生きる力」がめざめ』(다케우치 도시하루 엮음)의 출간을 기념해 다케우치 도시하루의 토론회 '영혼의 영향을 받는 신체의 성장'을 열었다. 2003년 11월 15일 이케부쿠로점에서는 오이시 요시노大石芳野의 사진집『아프가니스탄 전쟁 속을 살아가다アフガニスタン戦禍を生きぬく』의 간행을 기념하여 '아프가니스탄을 취재하며'라는 토론회를 열었다. 후지와라쇼텐은 간행서를 매개로 한 다양한 행사를 열어, 독자와 저자가 직접 만날 수 있도록 유도했다.

이러한 활동은 출판에만 국한되지 않는다. 하나 더 소개하면 2004년 1월 14일 도쿄도 시부야구 아오야마카쿠인 대학에서 개최된 국제 심포지엄 '『제국의 몰락』과 일본, 대미종속에서 벗어날 수 있는가'라는 강연회가 있다. 강연의 주인공은 프랑스 국립인구학연구소 자료국장으로 『제국의 몰락』(2003)을 쓴 엠마누엘 토드였다. 『제국의 몰락』은 한국판(까치글방, 2003)을 비롯해, 28개 국어로 번역되었고 프랑스에서 12만 부, 독일에서 20만 부가 팔리면서 세계적으로 큰 반향을 일으켰다. 전혀 새로운 '인류학적 수법'으로 쇠퇴하는 미국의 현재를 날카롭게 지적한 책이었다.

질퍽한 진창/ 또 다시 그 길인가/ 부름을 받고/ 해외파병을 위해/ 짐을 꾸리는 일본

이 단카短歌의 낭독자는 쓰루미 가즈코鶴見和子다. 1918년 도쿄에서 태어난 쓰루미는 어린 시절부터 단카와 일본 무용을 배웠다. 일본에 있는 대학을 졸업한 후 미국으로 건너가 철학석사와 사회학박사 학위를 취득한 국제적인 학자다. 후지와라는 1980년대 초 쓰루미를 알게 된 후 꾸준히 친분을 쌓아왔다. 후지와라쇼텐 창립 기념회에서는 쓰루미가 연설을 했다. 아날파가 규정한 '남녀의 관계'에 대해 정리한 여성사 『여성의 역사女の歷史(전5권)』(1994~2001)와 함께 일본판으로 기획된 『남녀의 시공女と男の時空(전6권)』(1995)을 간행할 때는 기획 단계부터 참여하여 감수를 맡았다. 또한 1995년 11월에 개최한 『남녀의 시공』 출간기념 심포지엄에도 참가했다. 그런데 다음 달인 12월 24일, 쓰루미는 자택에서 뇌출혈로 쓰러져 왼쪽 하반신이 마비되었다.

한편 1934년, 이바라키 현 유키 시에서 태어난 다다 도미오多田富雄는 면역학을 전공한 도쿄대 명예교수인데 1984년에는 문화공로자로 선정되었다. 특히 '노能-(사루가구노猿樂能의 약칭으로 노가쿠能樂라고도 한다. 노래인 우타이, 무용 음악인 하야시로 이루어진 가면극으로 가부키적 요소가 풍부하다-옮긴이)'에 조예가 깊어 스스로 작은북을 치며 신작 노를 선보이기도 했다. 그러나 2001년 5월 2일 출장지인 가나자와에서 과로로 인한 뇌경색으로 쓰러져 오른쪽 하반신이 마비되었고 가성구마비假性球麻痺의 후유증으로 구음장애(발성기관의 기능 이상에 따른 장애-옮긴이)를 겪게 되었다.

국제적인 두 학자, 그것도 사회학과 자연과학 분야의 권위자다. 후지와라쇼텐은 이 두 사람의 대담을 기획해 날짜까지 정해 두었다. 그런데 두 사람 모두 병으로 쓰러진 것이다. 그러나 이후 두 학자는 모두 사선을 넘어 기적적으로 기사회생했다. 대담은 형태를 바꾸어 두 사람의 왕복 서간집『해후邂逅』(2003)로 출간되었다. 다다 도미오는 왼손에 지팡이를 들고 조금씩 걸을 수 있지만 말을 할 수 없다. 쓰루미는 오른쪽 뇌를 다쳐 말은 할 수 있지만 왼쪽 하반신을 쓸 수 없다. 두 사람은 쓰러지고 난 뒤 '삶이란 무엇인가'라는 새로운 사상을 향해 한 발 더 다가갈 수 있었다. 이것이 당초 기획을 뛰어넘은 엄청난 책의 탄생 배경이다. 두 사람이 각자 전문 분야에 대해 설명하고 서로 배려하며 만들어낸 이 왕복 서간집은 간행되자마자 여러 매체의 서평에 실려 많은 사람들에게 감동을 주는 화제작이 되었다.

이런 과정을 보면 프랑스의 주요 인문 사회과학서를 소개하여 1997년 프랑스 정부로부터 '예술문화훈장'을 받은 후지와라가 단순히 프랑스 번역 출판에만 역량을 발휘한 편집자가 아니었음을 알 수 있다. 창업 10주년 기념으로 기획한 학술종합지 계간 〈환環〉은 2004년 1월 16호를 발행했다. 이 계간지를 보면 후지와라쇼텐의 출판활동이 일본에 중심을 두고 있음이 명백히 드러난다. 〈환〉은 일본의 자연, 일본어론 등 일본에 대해 되짚어보는 기사를 특집으로 다루고 있다. 계속 논의되어온 일본의 역사를 후지와라쇼텐 나름의 시점과 역사인식을 갖고 다시 생각한다. 사회를 읽는 시선, 역사를 보는 안목이 없으면 편집자가 될 수 없다. 용솟음치는 지적 탐구심을 구체적인 형태로 만들어가는 후지와라쇼텐은 '초심'을 잃지 않고 일본 사회에 대해 꾸준히 탐구하고 있다.

# 도와야 1

여러분은 어릴 때 무엇이 되고 싶었는가? 지금도 그 꿈을 기억하는가? 일본이 2차 대전에서 패한 1945년, 열 살이 된 다나카 가즈오田中和雄는 '어른이 되면 고서점을 해야지. 내가 주인이 되면 아이들이 책을 읽어도 총채로 떨며 내쫓지 말아야지' 하고 결심했다. 그렇게 어린 시절을 보낸 다나카가 가쿠슈인대학 정치경제학부를 졸업한 1950년대 후반은 취업난이 계속되던 시절이었다. 인기 직종은 항공사와 언론사, 전쟁 전부터 있던 대형출판사 등이었다. 지원서를 넣고 여러 번 고배를 마신 다나카가 마지막으로 선택한 곳은 오늘날 시대를 주름잡는 광고회사 하쿠호도博報堂였다. 그는 처음에 '카피라이터라니 복사하는 사람인가'라고 생각했다. 카피라이터가 광고문을 만드는 일임을 알고 한 달 동안 일했지만 결과는 불합격이었다. 인사담당자는 "(카피라이터로는 부적합하지만) 성실하니 다른 부서로 옮기는 게 좋겠"다고 했다. 마땅히 갈 곳도 없는데 인정상 일하게 해준다니 그대로 있기로 했다.

하쿠호도에 입사했을 때만 해도 이곳을 아는 사람은 거의 없었다.

"뭐 하는 회사야? 하쿠아이샤博愛社라는 곳이 있던데 장의사인가?"
"아니야, 광고회사야"라고 하면, "아니 뭐야, 그럼 칭동야チンドン屋(기이
한 복장을 하고 악기를 연주하며 선전이나 광고를 하며 다니는 사람 – 옮긴이)란 말
이야?"라고 말하는 사람도 있었다. 덴쓰電通와 함께 일본 자본주의 사
회의 발전을 이끌어온 대형 광고회사 하쿠호도도 이 무렵의 대중에겐
이렇게 생소했다.

이곳에는 같은 시기에 입사해, 훗날 시인으로 성공한 구도 나오코工
藤直子도 있었다. 이후 도와야를 창업(1977년 10월)하고 출판부를 창설
(1980년 3월)한 다나카는 미야자와 겐지宮澤堅治의 「비에도 지지 않고雨
ニモマケズ」, 이바라기 노리코茨木のり子의 「듣는 힘聴く力」, 마도 미치오
まどみちお의 「내가 여기에ぼくが・ここに」, 가네코 미쓰하루金子光晴의
「노예근성의 노래奴隷根性の唄」 등 근현대 작가 30명이 쓴 32편의 수준
높은 현대시를 3년 동안 엄선해 『포켓 시집ポケット詩集』(1998)을 간행
했다.

다나카의 메시지이기도 한 이 작품집의 '머리말'은 다음과 같이 시
작한다.

"어린이 여러분, 시를 읽으세요. 수준 높은 좋은 시를 읽으세요. 좋
은 시란, 시인의 깊은 생각을 통해 보편(진실)까지 도달한 작품을 말합
니다. 시인은 삶의 기쁨을 노래하는 사람입니다. 좋은 시는 삶의 충만
으로 가득하지요."

다나카는 사춘기에 읽어야 할 시선집에 구도의 작품 「만나고 싶어

서あいたくて」를 넣었다.


누군가를 만나고 싶어서
무언가와 만나고 싶어서
태어났다.
그런데


그것은 누구인가 무엇인가
언제쯤 만날 수 있을까.
심부름하다가
길 잃은 아이처럼
어찌해야 할 지 모르겠다.


그래도 손에
보이지 않는 소식을
쥐고 있는 것 같아서
그것을 건네야겠기에…
그래서


만나고 싶어서

(「만나고 싶어서」)

도카이도 신칸센이 개통되고 도쿄올림픽이 개최되었다. 1960년대 중반, 다나카의 주변에는 디자이너와 카피라이터 들이 모였고 광고 제작이 각광받는 시대가 되었다. 그 무렵에는 대기업을 그만두고 창업을 하는 붐이 일어 광고회사가 우후죽순 생겨났다. 다나카는 월급쟁이 노릇을 할 수 없어 5년 만에 하쿠호도를 그만두었다. 사회는 독창적인 일을 요구했다. 그런 시대의 요청에 따라 1964년 11월 광고계에서 인정받던 몇 사람이 모여 광고 홍보사 '레만'을 차렸다.

1971년 10월에는 다이이치 은행第一銀行과 니혼칸교 은행日本勸業銀行이 합병해 일본에서 예금고 1위를 자랑하는 다이이치칸교 은행第一勸業銀行이 설립되었다. 그 무렵의 일이다.

레만은 이전부터 니혼칸교 은행의 일을 맡아왔지만 합병으로 이 일이 끊길 처지에 놓였다. 다이이치칸교 은행은 새로운 광고 전략에 대한 광고안을 여러 회사에 공모했다. 레만은 덴쓰나 하쿠호도와 함께 일곱 번째 회사로 공모에 참여할 수 있었다. '하트' 마크를 제안한 것은 레만이었다. 하트 마크로는 어림도 없다는 지적을 받기도 했지만 결국 그것이 채택되었다.

"깜짝 놀랐어요. 그로 인해 통장 디자인에서 지점 디자인까지 전부 맡게 되었거든요."

이렇게 해서 소규모였던 레만은 크게 성장할 수 있었다. 그러나 다나카는 광고일에 점차 흥미를 잃었다. 광고를 만드는 작업은 즐거웠지만 곧 사라져버리는 것이기에 허무하다는 생각이 들었다. 또 광고는 스폰서가 지시하는 대로 따르지 않으면 안 되는 일이다. '자본가의 앞잡이가 되어 팔기 위한 광고를 만든다, 잘하면 잘할수록 돈을 많이 번다, 그러나 돈이 인생의 전부는 아니다'라는 생각을 하던 찰나, 문득 어린 시절 어른이 되면 고서점을 하겠다던 꿈이 여신처럼 미소 지으며 다가왔다.

다나카는 책을 좋아하는 아이였다. 그러나 전쟁 말기였던 만큼 학교 나 집에는 아이들이 볼 만한 책이 없었다. 유일하게 접할 수 있었던 책 은 어머니가 보던 월간지 〈부인클럽婦人俱樂部〉(고단샤) 과월호였다. 그 러나 어머니는 '읽지 말라'며 잡지를 못 보게 했다. 명령이었다. 못 보 게 하면 더욱 더 읽고 싶은 게 사람의 마음인지라, 어머니가 안 볼 때면 여성지를 들고 캄캄한 벽장에 들어가 미닫이 문을 15센티미터 정도 열어두고 몰래 책을 읽었다.

이 잡지에는 야마모토 유조山本有三의 「진실일로眞實一路」(나중에 신쵸 문고로 발간)가 연재되었다. 「진실일로」에는 한자 위에 히라가나가 씌 어 있어 아이도 읽을 수 있었다. 정신없이 읽다가 문득 올려다보면 어 머니가 벽장 앞에 장승처럼 서 있다가 팔을 잡아끌고 나가 헛간에 가 두었다. 그러기를 몇 번이나 반복했다.

어느덧 일본은 패전했고 피난 갔던 다나카는 도쿄로 돌아왔다. 도 쿄는 잿더미였다. 어린 다나카는 책을 읽고 싶었다. 간다의 고서점도 모두 타서 허허벌판이 되었다. 그런데 밀감상자에 이와나미문고를 가득 채우고 노점상을 하는 사람이 있었다. 다나카는 그곳에 쭈그리고 앉아 마음껏 책을 읽었다. 할아버지는 아이들이 책을 읽어도 화내지 않았지만 밤이 되면 총채로 떨며 이제 끝났으니 돌아가라고 했다. 그러면 아쉽지만 읽던 부분을 몰래 표시해두고 왔는데, 나중에 가보면 책이 팔려버려 속상했던 적도 있다. 고서점 주인이 되겠다던 그때의 희미한 기억이 마흔이 되어서야 떠오른 것이다.

'책방을 하려면 아이들을 위한 책방을 하자. 생선을 팔면 생선가게魚 屋, 고기를 팔면 고깃간肉屋. 그러니 도와야童話屋라고 하면 어린이 책 을 다루는 곳인 줄 알겠지.' 그때부터 다나카는 저녁이 되면 서점에서 아동서와 그림책을 읽었다. 그 무렵 봤던 책으로 『흰 토끼와 검은 토 끼しろいうさぎとくろいうさぎ』(후쿠인칸쇼텐, 1980)가 있다. 어린시절에 봤 던 그림책은 좀 칙칙했는데, 그것과 비교하면 굉장히 멋스러운 책이었 다. 감정이 책에 그대로 표현되어 있었다. 사랑을 고백 받은 하얀 토끼 가 눈을 동그랗게 뜨고 반짝반짝 빛내며 '나도 좋아'라고 말하면 검은 토끼가 '우와-' 하고 좋아하며 눈을 동그랗게 뜬다. 풍부한 감정 표현 을 보며 이게 바로 그림책이라는 생각이 들어 관심을 갖게 되었다. 그 것으론 부족하다는 생각에 도서관도 찾아다녔다. 책의 세계를 모르던 다나카는 서점과 유통을 공부하는 데 꼬박 2년을 투자했다. 그리고 1977년 10월 시부야 1번지에 30평 남짓한 아동서 전문서점 '도와야'를 열었다.

어린이를 위한 책을 팔려면 어린이의 시선에서 바라보아야 한다고 생각하며 자신의 원칙을 지켜왔다. 어린이들의 미래를 그들과 함께 바라보는 일이기도 하다. 당장 잘 팔린다고 좋은 게 아니다. 아이들은 어린 시절에 좋은 책을 많이 읽을 수 있어야 한다. 그것이 곧 아이들의 인생이 될 테니까.

그래서 다나카는 자신의 이런 신념을 실천하기 위해 '작은 학문의 글'과 '이 사람을 주목하라'라는 두 가지 시리즈를 만들었다. 신간으로 오케타니 시게오桶谷茂雄의『이 사람을 주목하라 3 ─ 마리 퀴리この人を見よ 3マリ キュリ─』(2004)가 있다. 퀴리는 방사능 연구로 여성 최초로 노벨 물리학상을 수상했고 노벨 화학상까지 받은 인물이다.

지금이야말로 아이들에게 한 차원 높은 정신세계를 보여주는 위인전을 읽혀야 한다고 생각한 다나카는 1954년에 간행되었던『세계전기전집(1) 퀴리부인世界傳記全集(1)キュリ─夫人』을 복간했다. 그때 삽화를 담당했던 무대미술가 아사쿠라 세쓰朝倉攝에게 책을 복간하고 싶은데 삽화를 써도 되겠느냐고 물었다. 아사쿠라는 자신이 젊을 때 그린 그림은 수준이 낮다며 이 시리즈의 다른 작품까지 모두 다시 그렸다.

개점을 앞두고 다나카는 책을 고르는 데 심혈을 기울였다. 광고계의 동료들에게 '투자 좀 하라'고 했더니 어느새 2000만 엔 이상의 자금이 확보되었다. 다나카는 이 자본으로 심사숙고해 골라낸 책만 구입해 비치했다. 그것도 위탁이 아니라 이를테면『흰 토끼와 검은 토끼』는

30권을 사두는 식으로 좋아하는 책을 수십 권 구입해 평대에 진열했고 좋은 책을 선별해 입소문이 났다.

"책을 읽고 싶을 때에 읽지 못했던 기억 때문에 광고쟁이가 책방을 차리다."

〈아사히신문〉〈마이니치신문〉〈도쿄 요미우리신문〉 등 언론사에서 취재를 하러 몰려왔다. 기자들은 다나카의 전직과 어린이책에 바치는 정열에 호의적인 기사를 썼다. 이렇게 해서 도와야는 큰 화제를 모으며 문을 열었다.

도와야의 평판을 듣고 공공도서관 사람들도 찾아왔다. "종류는 많지 않지만 우리가 원하는 이와나미쇼텐이나 후쿠인칸쇼텐의 책이 수십 권씩 놓여있다. 몇 권을 집어도 책이 그 자리에 남아있기 때문에 부담스럽지 않다. 그래서 편리하"다고 했다. 일반서점은 많이 팔기 위해 매장 서가에 책을 한 권밖에 두지 않지만 도와야는 그렇게 하지 않았다. 학기말이 되면 도와야에 도서관 사서가 현금을 들고 올 정도였다.

거래를 하고 싶으니 등록을 하라며 공공도서관 직원이 찾아오기도 했다. 등록했더니 도서관에서 목록이 도착했다. 가격을 써넣으라는 것이었다. 하루 만에 어림잡아 200만 엔 이상의 매출을 올리는 듯했다. 정가를 기입하고 두근거리는 마음으로 기다렸더니 도서관직원이 "아니 당신네들 이게 뭡니까?" 하며 화를 냈다. "이건 견적서가 아니잖소"라고 하길래 견적서를 보냈다고 하니 "얼마나 할인해 줄 것인지 써 달라는 말이오"라고 했다.

결국 다나카는 도서관과 거래를 끊기로 했다. 그때 그는 이런 심정이었다. '우리 서점에 들여 놓은 책은 후쿠인칸이든 이와나미든 내가 들여 놓았으니 도와야의 책이다. 그 책은 정가대로 팔고 싶지 않다. 오히려 정가보다 비싸게 팔고 싶다. 모두 내가 직접 힘들여 골라서 산 책이니까. 정가보다 비싸게 팔고 싶은 것을 정가로 팔고 있으니 나로선 할인이나 마찬가지다.' 어린이 책을 다루는 공공도서관이 도와야에서 할인해서 책을 사가게 하고 싶지 않았던 것이다.

정말 대단한 고집이었다. 다나카는 자신의 의지와 신념을 지킨 결과, 도서관의 주문을 받을 수 없게 되었다.

# 도와야 2

신념을 갖고 공공도서관의 할인요구를 거절한 다나카 가즈오가 '정말 어린이를 위한 도서관이 있었으면 좋겠다'고 생각하던 1978년 2월 말의 일이다.

"뭐 재미있는 거 없나요?"라고 묻는 손님이 있었다. 대형 슈퍼마켓 이토요카도의 직원이었다. 다나카가 질문의 의도를 파악하지 못하자 그 직원은 시즈오카 현 누마즈 시에 슈퍼마켓 신규 출점 계획을 추진하고 있다고 설명했다. "지방 상점과 협의해 몇 천 평이나 되는 대형점을 낼 경우, 300평 정도는 비영리 공간으로 쓰도록 되어 있다. 지금까지는 이 공간에 어린이용 완구를 비치해두었다. 시책에 따라 억지로 공간을 활용하다 보니 말도 많고 아이들끼리 싸우기도 해 쓸모없고 볼품도 없다. 그보다는 어린이와 지역에 도움이 되는 의미있는 일을 하고 싶"다는 얘기였다. 좋은 뜻을 가진 사람들이었다. 다나카는 그 자리에서 좋은 생각이 있다고 했다.

'전천후형 300평 공간에 들판을 만든다. 거기에 오솔길을 깔고 나무를 심어 목장처럼 만든 다음 한쪽에 숲을 꾸민다. 그리고 지붕에 빨간 두건 아가씨 그림책을 그린 '어린이 도서관'을 만든다. 도서관 안에는 표지 전체가 보이는 책꽂이를 설치하고 이용하는 아이들이 증명서를 제시하거나 이름을 쓸 필요가 없도록 한다. 물론 도서관 이용 대출 서비스는 모두 무료다. 또 경험이 풍부한 사서가 이야기를 들려주거나 공작회를 하는 등 이벤트도 연다. 중요한 것은 어린이 도서관의 책을 소모품으로 다루며 더러워지거나 파손되면 바로 교환할 수 있는 예산을 할당하는 것이다. 책은 누군가가 읽어야만 책이며 읽히는 것이 가장 중요하다. 어린이들이 책과 만나는 화원 같은 낙원을 만들고 싶다.' 꿈같은 이 제안이 실현되리라고는 생각지도 못했는데 이토요카도 사람들은 "좋네요. 한번 해 봅시다"라고 했다.

1978년 7월 이토요카도 누마즈 지점에는, 공공도서관에서 하지 못하는 부분까지 아우르는 어린이 도서관 제1호가 생겼다. 현재 도와야는 전국 11개 이토요카도 어린이도서관의 기획 운영업무를 맡고 있다.

어째서 이토요카도 같은 대기업이 창업한 지 얼마 안 된 도와야에 관심을 가진 걸까. 그 답을 찾으려면 도와야를 창업한 지 채 한 달도 안되었던 1977년 11월로 거슬러 올라가야 한다.

도와야에 들어온 한 남자가 일에 정신을 쏟고 있는 다나카에게 인사를 했다.

"안녕하세요, 저는 다니카와 슌타로谷川俊太郎입니다."

잘못 들었나 싶어 돌아보니 텔레비전에서나 볼 수 있었던 시인 다니카와 슌타로가 서 있었다. 그는 "여기 참 좋은 서점이네요, 아주 마음에 들어요, 여기서 제가 시 낭독회를 하고 싶은데 협조해주시겠습니까"라고 물었다. 갑작스레 그런 말을 들으니 다나카는 다니카와가 어떤 일을 하고 싶은 건지 잘 알 수가 없었다. 그래도 다니카와가 좋아해주니 다행이라고 생각하며 너무 기뻐서 "네, 낭독회를 해보죠"라고 대답했다. 일주일 후 다니카와는 자비로 마이크와 스피커 등 기재를 사들고 와서 '다니카와 슌타로 낭독회'를 시작했다. 이 행사는 매주 계속됐다. 이윽고 낭독회는 작가나 편집자를 끌어 모으는 행사로 발전했다. '도와야에 가면 뭔가 특별한 것이 있다.' 꼬리에 꼬리를 물고 소문이 났다. 이렇게 다니카와와 만난 후 도와야는 어린이책을 매개로 각계의 저명 인사와 책을 사랑하는 사람들의 만남의 장이 되었다. 이토요카도는 다나카의 사람을 끄는 인품을 간파하고 모든 일을 맡겼던 것이다.

서점경영과 어린이 도서관 운영, 이 두 가지 사업이 궤도에 올라 도와야가 가장 바빴던 1978년 가을 무렵이다.

서점에 거구의 남자가 들어왔다. 그는 다나카를 향해 방긋 미소 지었다. 참 인상이 좋은 사람이라고 생각하며 바라보았는데 순간 눈이 마주쳤고 어느새 두 사람은 금방 친근감을 갖게 되었다. 그 사람이 바로 국제적으로 호평을 받는 그림책 화가 안노 미쓰마사安野光雅였다. 안노는 도와야를 둘러보지도 않고 다나카를 카페로 데리고 갔다.

자리에 앉자마자 안노는 컵 안에 들어있던 종이 냅킨을 휙 뽑아들더니 무엇을 하는지 생각할 틈도 없이, 붓펜을 꺼내 비딱하게 일그러진 이상한 그림을 그리기 시작했다. 그리고 다나카에게 코카콜라를 한 캔 사오라고 했다. 돌아온 다나카에게 이번에는 "종업원에게 알루미늄 호일을 잘게 찢어달라고 부탁해 주실래요?"라고 했다. 캔에 알루미늄 호일을 두르자 호일 거울이 완성되었다. 좀 전에 그린 그림 옆에 완성된 호일 거울을 세우자 무엇인지 알 수 없었던 그 그림이 호일거울에 'K'로 비쳤다. 안노는 "어때요? 재미있죠?"라고 말했다. "네, 재미있네요"라고 대답했더니 "그럼 출판합시다"라고 했다. 너무 신기해서 "네"라고 대답하고 도와야에 출판부를 만들었다. 그 자리에서 '네'라고 할 수밖에 없을 정도로 안노는 굉장히 뛰어난 인물이었던 것이다.

도와야에서 낸 첫 책 안노 미쓰마사의 『마법사 ABC 魔法使いのABC』는 셀로판 거울과 그림 종이를 붙여 1980년 3월에 간행되었다. 도매상은 안노의 신간을 내고 속편을 기획하던 도와야에 마법이라도 걸린 듯 좋은 조건으로 거래구좌를 터주었다.

1980년대에 안노의 저작을 꾸준히 간행해온 도와야는 90년대에 들어 오로지 어린이의 성장만을 다뤘던 샬롯 졸로토Charlotte Zolotow의 작품을 간행했다. 그림작가 카렌 군더샤이머Karen Gundercheimer의 『함께란 즐거운 것いっしょってうれしいな』, 에리크 블레그바드Erik Blegvad의 『지금이 좋은 걸いまがたのしいもん』 등 열네 점이었다. 졸로토는 미국의 고명한 편집자로 그림은 전혀 그리지 않고 글만 쓰는 작

가다. 작품 하나하나에 화가가 그린 삽화를 넣어 70여 점의 작품을 발표했다.

어느 날 다나카는 저렴하고 얇은 페이퍼 백으로 된 고서 중에서 졸로토의 『함께란 즐거운 것』을 발견했다. '함께란 즐거운 것.' 이 말을 보고 다나카는 좋은 내용이 담긴 책임을 직감했다. 도와야는 저자의 동의를 얻어 일본에서 간행되지 않은 35종가량의 저작을 차례대로 간행했다.

도와야가 운영하는 어린이 도서관은 몇 차례 위기를 넘기고 지역사회에 뿌리를 내렸다. 한편 여러 만남을 만들어낸 도와야쇼텐은 1998년 10월 집주인의 임대료 인상으로 문을 닫았다. 바로 그해 1998년 10월에 간행한 그림책 이야기를 시작해보겠다.

1995년 1월 17일 아침 5시 46분에 일어난 고베대지진은 경제적 피해뿐만 아니라 친척이나 친구를 잃은 아이들의 마음에 커다란 상처를 남겼다.

'어린이들의 마음을 위로하고 싶다.' 자원봉사자들이 주목한 것은 미국에서 만들어진 위기관리 텍스트였다. 그 중 '세계는 언제나 변화하고 있다'는 내용의 책이 있었다. 그 책에는 알에서 벌레가 나와 번데기가 되었다가 이윽고 나비가 되는 그림이 담겨 있다. 변화란 무서운 일도 슬픈 일도 아니다. 인생은 끊임없이 변화하며 이는 죽을 때까지 계속된다. 그때 당신은 어떻게 하겠는가. 다나카는 그 책을 좋은 텍스트라고 생각했으나 정신과 의사들과 함께 해야만 간행할 수 있었다. 도와야는 이 텍스트의 간행을 포기했다.

한창 그런 생각을 하고 있을 무렵 다나카는 한 수입 대리점에서 미국의 철학자 레오 버스카글리아Leo Buscaglia의 『나뭇잎 프레디』 원작을 발견했다. 원저인 사진집 첫 장에는 비에 젖어 떨어진 나뭇잎 사진이 나온다. 그다지 흥미를 두지 않고 펄럭펄럭 책장을 넘기는데 "변화하는 건 아주 자연스러운 일이야."라는 글이 눈에 들어왔다. 어디선가 본듯한 이야기라고 생각하며 그 책을 읽다 보니 "모든 것은 변해. 변하지 않는 것은 하나도 없지." "죽는다는 것도 이처럼 변하는 것 가운데 하나일 뿐이야."라고 씌어 있었다. 죽음이 변화하는 과정의 일부라고 생각하면 그 공포감도 상당히 옅어진다. 다나카는 기분이 좋아져 이 사진에 그림을 더해 책으로 만들기로 결심했다.

사진에서 받은 이미지를 토대로 나뭇잎 프레디의 생애를 그림으로 표현한다. 그리고 원문을 사계절의 변화가 있는 일본의 기후풍토에 맞게 번역한다. 간행을 결정하고 모든 상황이 정리되는 데 3년이 걸렸다. 레오 바스카글리아의 글과 시마다 미쓰오島田光雄의 그림이 어우러진 『나뭇잎 프레디 생명의 여행』(2004, 이하『나뭇잎 프레디』)은 1998년 10월 22일에 출간되었다.

책은 간행되자마자 〈산케이신문〉과 〈니혼 게이자이신문〉의 일면 칼럼에 소개되었다. 1997년 11월, 홋카이도 다쿠쇼쿠 은행과 야마이치 증권의 파산 등 대형 금융회사의 도산 여파로 구조조정이 일상화되기 시작할 때였다. 사람은 왜 사는 걸까, 죽음이란 무엇인가라는 보편적인 테마를 그림책으로 표현한『나뭇잎 프레디』는 급변하는 세상을 살아가는 봉급생활자에게 심리적인 위안이 되었다. 도쿄와 오사카의 대형 서점에서 3-400부의 추가 주문이 이어졌다. 그림책의 독자 영역을 뛰어넘은『나뭇잎 프레디』는 폭넓은 층의 호응을 얻어 그해에 10만 부씩 세 번이나 중쇄했다.

또 80만 부를 돌파한 1999년 가을에는 배우 모리시게 히사야森繁久의 낭독CD 〈나뭇잎 프레디〉(도시바 EMI)가 10만 장의 매출을 기록했다. 이 CD는 1999년 레코드 대상 특별상을 수상했다.

'지진과 화재로 상처 입은 어린이들의 마음을 치유하는 책을 만들고 싶다.' 다나카의 생각에서 시작된『나뭇잎 프레디』는 다나카와 도와야에서 출발해 생명의 여행뿐 아니라 사람들의 마음에서 마음으로 여행했다. 1999년 가을에는 또다시 생각지도 못한 일이 기다리고 있었다. 세이로카 국제병원聖路加國際病院 명예원장인 히노하라 시게아키日野原重明로부터 한 통의 전화가 왔다. 히노하라의 제자뻘 되는 간호사가 개인 헬퍼 센터를 차리는데 상호를 지어달라고 부탁했다는 것이다. 그래서 새로 발족하는 사회복지영역과 의료영역의 간호를 연계한 방문간호 스테이션의 이름을 '나뭇잎 프레디 헬퍼 센터'로 지어도 되겠느냐는 내용이었다. 다나카는 아주 좋은 제안이라고 생각해 "네, 사용하세요"라고 대답했다.

어느 가을 밤 '나뭇잎 프레디 헬퍼 센터'의 개소식이 열렸고 그곳에 다나카와 역자인 미라이 나나みらいなな가 초청되었다. 식후 간담회에서 히라노는 다나카에게 『나뭇잎 프레디』를 책으로만 묶어두는 것이 아까웠다며 그동안 속으로 지니고 있던 생각을 이야기했다. "이걸 뮤지컬이나 음악극으로 만들어보면 어떨까요. 제가 잘 아는 각본가나 연출가가 몇 명 있는데…." 히노하라가 『나뭇잎 프레디』에 심취해있음을 안 다나카는 "그럼 선생님이 써주시죠"라고 부탁했다. 그 다음 주부터 호텔에 방을 하나 잡아두고 히노하라와 다나카는 공동작업을 시작했다. 이윽고 각본에 에세이를 추가한 히노하라 시게아키의 『프레디에게 배운 것フレディから學んだこと』(2000)이 완성되었다. 그것을 히노하라의 여든아홉 번째 생일에 맞춰 발행했다. 다나카는 이 날 또 하나의 선물을 준비했다. 히노하라의 각본으로 만든 뮤지컬 첫 회를 상영한 것이다. 다나카는 이 아이디어를 히노하라와 친분이 있는 구로이와 유지黒岩祐治에게 부탁했다. 이 뮤지컬은 대성공을 거두었다.

이 성공을 계기로 장기흥행을 목표로 한 '나뭇잎 프레디 프로젝트'가 결성되었다. 2004년 봄부터는 도와야가 상영권을 소유한 키즈 뮤지컬 〈나뭇잎 프레디 생명의 여행〉 전국순회공연이 시작되었다. 놀랍게도 히노하라는 3월 30일, 도다 시 문화회관에서 열린 공연에 출연해 아흔두 살의 나이에 배우로 데뷔했다.

가장 중요한 것은 어린 시절 좋은 책과 좋은 어른을 만나는 것. 그것을 위해 좋은 책을 골라 어린이들에게 제공한 다나카. 어린 시절의 꿈을 이루어 책방을 차리고 어린이 도서관 운영에 정력적으로 노력한 다나카는 앞으로도 꿈을 좇아 끊임없이 변화할 것이다.

시민출판의 길을 걷는
# 나나쓰모리쇼칸

한 조교수와 운명적으로 만나 그가 세상을 떠난 뒤 저작물을 간행한 편집자가 있다. 여기서 조교수는 1997년 12월 M. 슈나이더와 함께 스웨덴 바른생활재단Right Livelihood의 '바른생활상Right Livelihood Award'을 공동 수상한 과학자 다카기 진자부로高木仁三郎다. 다카기가 '또 하나의 노벨상'이라 불리는 바른생활상을 받은 이유는 '세상에서 플루토늄의 위험을 없애기 위해 투쟁하며, 플루토늄 산업과 관련된 정보조작이나 사실 은폐와 맞서 싸우는 사람들에게 힘이 되었기' 때문이다. 수상의 계기가 된 책으로 국제 연구를 정리한 『MOX 종합평가 IMA '국제 MOX 연료평가' 프로젝트 최종보고 MOX 總合評 IMA〔國際MOX燃料評〕プロジェクト最終報告』(1998)를 낸 나나쓰모리쇼칸七つ森書館의 대표 나카자토 히데아키中里英章는 그의 제자다.

오토 한과 프리츠 슈트라스만이 핵분열 반응을 발견한 1938년, 다카기는 군마 현 마에바시에서 태어났다. 1957년 도쿄대학 화학과에 진학했는데 '내 나름의 과학관을 갖고 싶다'는 게 그가 내린 명제였다. 원자력 시대를 향해 나아가고 있던 시절이었다. 다카기는 졸업을 하고 원자로를 건설하는 일본원자력사업 주식회사에 취직했다.

핵화학 연구실에 발령받아 일하던 중에 방사성 물질의 방출과 오염에 흥미를 갖게 되었다. '방사성 물질은 굉장히 복잡해서 아직 밝혀지지 않은 게 많다. 기초 연구를 더욱 확실히 해야 한다'고 생각했다. 그러나 회사에서 원하는 방사능 전문가로서의 역할은 '방사능은 안전하게 가둘 수 있'다거나 '방사능을 얼마나 효과적으로 이용할 수 있는지'를 대외적으로 알리는 일이었다. 원자력 발전을 추진하는 선도자로서의 역할을 해야 했던 것이다. 다카기는 갈피를 잡을 수 없었다. 1964년경에는 도카이 원자력 발전소 건설이 시작되었고 일본 전역에서 원자력 발전소 건설이나, 원자력선에 관한 계획이 급부상했다. 이런 계획을 둘러싼 찬반양론이 나뉘어 주민의 반대운동이 일어나기도 했다. 복잡한 양상을 띠는 방사능 물질에 대해 아직 해명할 게 많다고 생각하던 다카기는 주민의 불안감을 단순한 무지함으로 규정지을 수 없음을 깨달았다.

일을 그만 두기로 결심한 다카기는 1965년 7월 도쿄대학 원자핵 연구소의 연구원 공채에 응시해 합격했다. 다카기는 연구소에서 핵화학 수법을 이용해 우주나 지구의 생성과 역사를 연구하는 우주 핵화학을 선택했다. 다카기는 연구를 하며 실제로 바다와 산 등 현장에 나가보고 문제의 심각성을 깨달았다. 바다나 산에서 채집한 모든 시료에서 핵실험으로 인한 핵폐기물('죽음의 재') 성분이 검출되었다. 충격이었다. '지구가 오염되고 있음'을 실감했다.

그 무렵 무엇보다 다카기의 마음을 사로잡은 것은 과학기술과 밀접하게 관련된 공해사건이었다. 구마모토의 미나마타 병, 도야마 진즈가와 유역의 이따이이따이 병, 욧카이치의 천식. 고도 경제성장이 초래한 이런 공해병에 대해 회사에서는 상세한 데이터를 숨기려 했고 원인조사에 착수한 과학자들도, 일부를 제외하면, 풍토병이나 바이러스 설을 가설로 내세우며 기업을 옹호했다. '방사능 오염과 관련된 공해문제가 생겼을 때, 그와 정면으로 맞설 수 있을까.' 다카기는 사회 문제와 동떨어져 기초 연구를 하고 논문을 쓰는 연구자로서의 자신을 다시금 되돌아보게 되었다.

때마침, 일본대학과 도쿄대학에서 학생 투쟁이 일어났다. 학생들은 '대학이란 무엇인가' '과학이란 무엇인가' '과학자는 무엇을 해야 하는가' 등을 날카롭게 물었다. 체제 내부에서 어떻게 해야 할 것인지에 대한 물음이었다. 그러던 중 다카기는 1969년 「우주선 뮤 중간자와 지구 물질과의 반응 생성물에 관한 연구」로 학위를 받고 같은 해 7월 도쿄도립대학 화학과에 조교수로 부임해, 학생들과 만날 수 있는 곳에 적을 두기로 했다.

1950년 도쿄도 네리마 구에서 태어난 나카자토는 1969년 대학입학시험을 치렀다. 지망하는 곳은 도쿄대였다. 그러나 도쿄대학은 학생 투쟁의 영향으로 신입생을 뽑지 않았다. 그래서 4월 도쿄 도립대학 화학과에 들어갔다. 입학은 했지만 강의를 들을 새도 없이 도립대학은 6월, 학생대회에 승리한 전공투에 의해 봉쇄되고 말았다. 그해 7월 다카기가 화학과 조교수로 부임해왔다. 나카자토는 동료들과 삼삼오오 다카기의 연구실에 모였다.

사회문제에 관심을 가진 다카기는 치바 현 나리타 시 산리즈카를 방문했다. 그곳에서는 나리타 공항 건설에 반대하는 농민들이 '산리즈카 투쟁'을 하고 있었다. 농민들의 주장은 단순명쾌했다.

"이곳은 오래된 마을로 우리는 조상대대로 논을 경작하며 농작물을 재배해왔다. 그런데 우리에게 아무런 양해도 구하지 않고 토지를 빼앗을 권리가 누구에게 있다는 말인가."

농민이 농사를 지으며 살아가기 위해, 농민이 대지에서 살아가는 것이 푸른 들판을 파괴하며 공항을 만드는 것보다 소중한 일임을 내세워 사회적, 이성적 합의를 얻을 필요가 있었다. 다카기는 자신과 같은 위치에 있는 사람이 나서야 한다고 생각했다.

산리즈카에 온 나카자토를 기다린 것은 '인간의 삶에는 여러 가지 길이 있는데 자기가 편한 길을 선택하면 별 재미가 없다'는 다카기의 한마디였다. 나카자토는 산리즈카에서 많은 것을 배웠다. 도쿄에서 맺을 수 없는 농밀한 인간관계, 논이나 밭에서 하는 육체노동, 그 밖에도 인생에 관해 많은 것을 배울 수 있었다.

1973년 3월 대학을 중퇴한 나카자토는 친구와 엘리베이터를 설치 보수하는 회사를 세웠다. 1973년 8월에 다카기는 학생과 농민과의 만남을 통해, 대학의 이해관계에서 벗어나 시민 속으로 비집고 들어갔다. 독립된 일반 시민으로서 '시민의 과학'을 하기로 결심하고 도립대학을 퇴직했다.

친구가 다쳐 엘리베이터 회사를 그만하기로 한 나카자토에게 다카기가 '원자력 정보자료실을 시작했는데 아르바이트라도 좋으니 나오지 않겠느냐'며 권유한 것은 1977년이다. 다카기는 1975년 원자력 정보자료실을 창립했다. 이미 일본 전역에 원자력 발전소 건설계획이 세워졌고 이에 대항하는 시민운동이 활발하게 일어나고 있었다. 원자력 정보자료실은 이에 호응해, 연구자들이 자유롭게 이용할 수 있는 공공장소로서 설립된 것이었다. 다카기의 꾐에 빠져 약 2년 동안 근무한 나카자토에게 1979년 3월 전환기가 찾아온다. 나카자토는 한 출판사의 공채에 응시해 채용되었다. 3월 28일 미국 드리마일 섬에서 원자력 발전소 사고가 일어나기 일주일 전이었다.

편집자가 된 나카자토는 가시와키샤柏樹社에서 뇌성마비 소녀의 일기 『17세의 오르골─十七歲のオルゴール』(마치다 토모코 지음, 1981)을 편집했다. 이 책은 10만 부가 넘게 팔렸다. 3년 반 정도 근무했을 때 나카자토는 다카기를 찾아가 '출판사다운 일을 하고 싶다'며 상담했다. 이렇게 해서 1985년에 나나쓰모리쇼칸이 창립되었다. 첫 책 마에다 도시히코前

田俊彦와 다카기 진자부로의『숲과 마을의 사상─ 대지에 뿌리내린 문화森と里の思想 大地に根ざした文化へ』는 1986년 10월에 출간됐다. 마에다는 인간미를 풍자한 개인 통신잡지〈표만정통신瓢鰻亭通信〉을 통해 독자적인 사상으로 주목받았다. 만년에는 산리즈카에 살며 농민의 권리 투쟁으로서 막걸리(탁주) 만들기를 제안하고 국세국 장관에게 초대장을 보내 자작 막걸리 시음회를 열기도 했다. 이 두 사람이 독자적인 자연관을 웅대한 스케일로 다루며 현대문명에 대한 발상의 전환을 도모한 책이『숲과 마을의 사상─ 대지 뿌리내린 문화』였다.

두 번째 책은 1986년 4월 26일에 일어난 사상 최악의 체르노빌 원자력 발전소 사고를 취재하여 전세계적 규모의 방사능 오염의 실태를 밝힌『체르노빌 마지막 경고チェルノブイリ 最後の警告』(다카기 진자부로 지음, 1986)였다. 이 책을 출간하고 나나쓰모리쇼칸은 단번에 성장했다. 그때까지는 프로딕션 일로 생계를 꾸리며 시민운동을 병행해 1년에 3권쯤 책을 낼 수 있었으면 좋겠다는 가벼운 마음이었다.

1991년 12월에는 이듬해 1월 아오모리 현 지사 선거에 맞추어『시모키타 반도의 6개 마을 핵연료 재사용 시설 비판下北半島六ヶ所村核燃料サイクル施設批判』을 간행했다. 건강이 악화되어 두세 달 쉬던 다카기는 정보자료실을 닫아둔 동안 키 높이쯤 되는 엄청난 양의 핵연료 재처리 시설에 관한 자료를 해석했는데 이것을 책으로 펴낸 것이다.

그리고 서서히 분야를 넓혀 나아갔다. 유기농업과 먹거리, 건강관련 분야로, 예를 들면 계림동의학원鷄林東醫學院의 량철주梁哲周와 만나 한

방에 관한 책을 냈다(『한방으로 낫는 아토피성 피부염漢方で治すアトピー性皮膚炎』 등). 학원명인 '계림鷄林'은 한국에 대한 미칭美稱이고 '동의東醫'는 일본에서 한방을 일컫는 말이다. 나카자토는 가시와키샤를 그만두려고 고민하고 있을 때나 정신적으로 힘들었을 때 량철주의 한약으로 쾌유한 경험이 있었다.

'바른 생활상'을 공동 수상하고 스웨덴에서 돌아오자 그때까지 다카기를 재야의 연구자로 책이나 읽고 발언하는 사람으로 보던 사회적 평가가 완전히 바뀌어 있었다. 업적을 쌓은 연구자로 인식되어 탄탄대로가 눈 앞에 보였으나 1998년 4월 다카기의 건강이 악화되었다. 7월에는 암 수술을 받았다. 나나쓰모리쇼칸에서 마지막으로 낸 책은 『증언 핵연료 재사용 시설의 미래는證言 核燃料サイクル施設の未來は』(2000)이었다. 임종이 다가왔음을 느낀 다카기는 2000년 4월 아오모리에서 열린 핵연료 재판에 증인으로 출두해 더 이상 핵연료 시설을 건설하면 안 된다고 호소했다. 반년 후인 2000년 10월 다카기는 암으로 세상을 떠났다. '부탁한다'는 말을 남긴 다카기와의 약속을 지키기 위해 나카자토는 2001년 10월 『다카기 진자부로 저작집高木仁三郎著作集(전12권)』 (마이니치 출판 문화상 수상)을 간행하기 시작했다. 2004년 4월 완결하기까지 재정적인 압박에 시달리기도 했지만, 독자가 주주가 되는 방식으로 '증자'해 수많은 사람들의 지원을 바탕으로 위기를 타개하고 목적을 이룰 수 있었다.

전집 완결로 사회적 평가를 얻은 나나쓰모리쇼칸은 지금까지 시민운동에 참가하며 자신이 좋아하는 주제만 다루던 스타일에서 탈피했다. 적극적인 출판활동을 시작한 것이다. 그 가운데 한 권을 소개하면 야마시타 소이치山下 —, 오노 가쓰오키大野和興의 『농민이 시대를 만든다 百姓が時代を創る』(2004)가 있다. 농민 작가인 야마시타와 농업 저널리스트인 오노가 일본의 농업, 농촌, 농민이 가야 할 길에 대해 또 아시아 농업의 현재상과 미래에 대해 한 자극적인 발언을 담고 있다.

나나쓰모리쇼칸은 앞으로도 시민과 함께 걷는 출판사(시민출판)의 길로 나아갈 것이다.

# 고사쿠샤

기업 홍보지를 만들던 소가와 하루에十川治江는 1971년 3월, 갈 곳도 정하지 않고 퇴직을 했다. 때는 학원 분쟁이 끝나고 문화적으로 무엇을 해야 할지 막연하던 시절. 젊은이들 사이에서는 데라야마 슈지寺山修司나 가라 주로唐十郎가 이끄는 언더 그라운드 연극이 인기를 끌었다. 그해 어느 여름 날, 실업급여로 근근히 살고 있던 소가와는 새로운 잡지를 만드는 사람들이 있다는 소문을 듣고 이케부쿠로 역 동쪽 출구에 자리한 카페 2층 사무실을 찾아갔다. 그곳에서는 남자 여럿이 잡지의 창간호 마무리 작업을 하고 있었다. 와세다 대학 이공학부 건축학과를 졸업한 소가와는 이런 일이라면 뭐든 도울 수 있을 것 같다고 생각했다. '이상한 느낌'에 끌려 소가와는 잡지 창간에 참여해 고사쿠샤工作舍 창립 멤버가 되었다.

고사쿠샤의 창업은 하나하나 우연이 필연으로 이어지는 드라마였다. 소가와가 만난 남자들 이야기부터 시작해보자. 나카가미 지사오中上千

里夫는 1939년 교토에서 태어나 와세다 대学을 졸업한 뒤 광고 대행사에 입사해 영업을 담당했다. 부하직원으로는 마쓰오카 세이고松岡正剛가 있었다.

마쓰오카는 그 대행사에서 1967년부터 발행하던 신문 〈하이스쿨 라이프ハイスクール ライフ〉의 편집장이었다. 〈하이스쿨 라이프〉는 마쓰오카가 와세다 대학에 다닐 때 대학신문 편집장을 맡고 있던 것을 본 관계자가 '고교생의 관심이 서점으로 향하게 하는 미디어를 만들어 봤으면 좋겠'다고 한 말이 계기가 되어 만든 신문이다. 이 신문으로 마쓰오카는 이리사와 야스오入澤康夫, 다카하시 무쓰로高橋睦郎, 가이코 겐開高健, 아마자와 다이지로天澤退二郎, 히지카타 다쓰오土方巽, 스즈키 다다시鈴木忠志 등 다채로운 집필진과 만났다. 고교생을 대상으로 하는 15만 부짜리 독서신문 〈하이스쿨 라이프〉의 편집은 마쓰오카의 출판인으로서의 장래성을 확실하게 다지는 계기가 되었다. 〈하이스쿨 라이프〉를 본 가멘샤畵面社의 대표는 잡지화를 권유했다. 가멘샤는 전위 문학을 중심으로 활동하던 출판사였다. 마쓰오카는 회사를 그만두고 새로운 잡지 창간에 전력을 다하려고 했지만 어이없이 가멘샤가 도산하고 말았다. 이미 원고를 받았던 저자들의 응원으로 1971년 4월 오브제 매거진 〈유遊〉의 편집 제작팀을 꾸렸다. 그리고 고사쿠샤를 발족시켰다.

그리고 또 한 사람, 1932년 도쿄에서 태어나 1955년 도쿄 예술대학 건축학과를 졸업한 스기우라 고헤이杉浦康平가 있다. 스기우라는 1971

년 5월부터 〈유〉의 편집디자인을 맡았다. 마쓰오카가 〈유〉의 간행에 대해 스기우라와 상담해야 한다고 생각해 "아트 디렉터를 해 주십사" 부탁한 것이 계기가 되었다. 스기우라는 곧바로 견본과 표지 시안을 만들어주었다. 인쇄 회사를 소개해준 것도 스기우라다. 이렇게 해서 1971년 9월 〈유〉가 창간되었다. 「원리의 사냥꾼」이라는 꼭지의 첫 회에는 스기우라의 인터뷰 기사가 실렸다. 〈유〉를 먼저 기획해두고 그것을 간행하기 위해 주식회사 고사쿠샤를 설립한 때가 1971년 12월이다. 사무실 확보나 창간에 드는 비용을 마련하는 등 〈유〉와 관계된 일에는 마쓰오카가 적극적으로 나섰고 나카우에가 사장으로 취임했다.

〈유〉 창간호는 서점 낚시 책 코너에 놓이기도 했는데 책을 손에 넣은 노사카 아키유키野坂昭如나 스기우라 고헤이 등 마쓰오카 주변의 모든 사람들이 "이야! 잘 나왔네, 쾌거다"라며 흥분에 들떴다. 그러나 계간으로 시작한 〈유〉는 제작 기간이 길어져 어쩔 수 없이 비정기 간행물로 바뀌었다. 과학과 인문의 융합으로 마쓰오카가 안테나를 세우고 파내려간, 그만이 할 수 있는 기획으로 가득한 〈유〉였지만, 결국 돈만 쏟아 붓고 돌아오는 게 없음을 알게 되었다.

두말 할 것 없이 출판은 경제 활동이기도 하다. 어떻게 그 균형을 맞출 것인지가 관건이었다. 종합적으로 생각한 결과 고사쿠샤는 '출판'과 병행해 기업이나 각종 단체의 주문을 받아 광고나 홍보지 등을 기획·제작하기로 했다. 그런 일련의 제작 활동을 '프로젝트'라 불렀는데

'출판'과 '프로젝트'는 두 개로 분리되지 않고, 출판물의 저자가 홍보지 기획에 참여하거나 프로젝트를 통해 이루어진 만남이 새로운 출판기 획으로 이어지기도 했다. 시간을 거슬러 올라가 지금까지 고사쿠샤에 서 작업한 기업 홍보지를 잠깐 언급하면 '메르세데스 벤츠 일본' '메이 지 유업' '올림푸스 광학공업' '도시바 EMI' 등이 있다. 상업 인쇄의 세 계는, 나름대로 기술이 연마되는 세계다. 고사쿠샤는 출판만 대단하고 기업 홍보지는 생계수단일 뿐이라고 치부하지 않았다. 1997-2004년 까지 일본산업광고 종합전에서 고사쿠샤가 제작한 호리바 제작소堀場 製作所의 홍보지 〈ABIROH〉와 달력이 금상을 비롯한 각종 상을 연속 수상했기 때문이다. "우리는 관념을 불태우는 사람만 모여 있기 때문 에 오히려 그런 일을 통해 배우는 게 많"다는 것이 그들의 말이다.

이야기를 다시, 창업 초기로 돌려보자. 디자인부터 시작했던 소가와 는 마쓰오카와 만나 새로운 눈으로 과학을 볼 수 있게 되었고 서서히 편집에 전념하게 되었다. 소가와는 자기가 좋아하고 자신 있는 이공 계로 진학했지만 오히려 그동안 놓치고 지나쳐온 과학의 즐거움, 인문 적 재미를 이때 재발견했다. 성이나 페미니즘에 대해서도 자연과학적 시점으로 접근하면 사회학적 접근법과 다른 방향이 생긴다는 생각도 들었다. 〈유〉를 중심으로, 거기서 만들어진 최초의 간행서로는 다카우 치 소스케高內壯介의 『유카와 히데키론湯川秀樹論』(1974)이 있다. 또한 『타오 자연학タオ自然學』(1979)이나 『생명조류生命潮流』(1981) 등의 베스 트셀러도 계속 나왔다. 교육에 관심을 두고 있던 나카우에의 지지를

받아 마쓰오카는 1979년 4월 〈유〉를 모체로 우주사에서 존재학까지 무료로 강의하는 편집학원 '유숙遊塾'을 열었다. 창업한 지 10년이 지난 1982년에 고사쿠샤는 전환기를 맞았다. 마쓰오카가 독립하고 〈유〉의 휴간이 결정된 것이다.

고사쿠샤는 핵심 멤버를 잃었지만, 소가와는 회사를 그만둘 수 없었다. 〈유〉를 끝낼 무렵, 시모무라 도라타로下村寅太郞에게 찾아가 "라이프니츠 저작집을 하고 싶습니다, 끝까지 성심껏 할 테니 감수를 해주세요"라고 했던 것이다. 『라이프니츠 저작집ライプニッツ著作集(전10권)』을 완결할 때까지…. 1982년 10월, 뜻을 세우고 편집장이 된 소가와는 출판의 중심을 잡지에서 '뉴 사이언스' 단행본으로 옮겨, 고사쿠샤를 단행본에서 제 목소리를 낼 수 있는 출판사로 바꾸려 했다. 특히 『홀론 혁명ホロン革命』(1983)을 통해 단행본 출판사로서의 흐름을 만들 수 있었다.

이후 '뉴 사이언스' 노선은, 출판계의 주류였던 뉴아카데미즘의 조류와 나란히 두 개의 축으로 기능했다. 펴낸 책 가운데 『지구 생명권 가이아 과학地球生命圈 ガイアの科學』(1984)이 있다. '가이아'라는 개념을 아는 사람이 거의 없었기 때문에 지구 생명권이라는 설명을 덧붙인 것이다. 5년이 지나 『가이아 시대, 지구 생명권의 진화』(1989)를 냈는데 이 무렵에는 혹성 생태계의 위기 상황이 심각해졌고 지구상에 살아 있는 온갖 것을 포함한 유기 생명체 '가이아'의 개념을 아는 사람이 많아져

자연스럽게 제목으로 쓸 수 있게 되었다. '살아 있는 지구＝가이아'라는 이론을 담고 있어 환경문제에 관심 있는 많은 사람들에게 읽히고 있다.

소가와는 출판사의 모태가 된 뉴사이언스의 근간을 알리기 위해서라도 라이프니츠 저작집을 간행하고 싶었다. 1646년에 독일 라이프치히에서 태어난 라이프니츠는 '천재의 시대'라 일컬어지는 17세기에서도 가장 돋보이는 천재였다. 그러나 일본에는 그의 철학만 약간 번역되어 있을 뿐이었다. 소가와는 특히 자연 과학계의 책이 거의 번역되지 않았다는 사실에 지적 허기를 느꼈다. 감수에는 시모무라 도라타로, 야마모토 마코토山本信, 나카무라 고시로中村幸四郎, 하라 고키치原亨吉가 투입되었다. 『라이프니츠 저작집』 가운데 첫 책 『논리학論理學』이 1988년 11월에 간행되었고, 이후 『수학 자연학數學 自然學』(1999)이 나오기까지 10여 년을 공들여 완결했다. 이 기획은 제35회 일본 번역출판 문화상(일본번역가협회)을 수상했다.

"언젠가 저작집을 완결하고 싶었습니다. 그 바람이 있어 저는 에너지를 얻을 수 있었어요. 이로써 하나의 노선이랄까, 색깔이 생겼습니다."

창업한 지 30년이 지난 2002년, 나카우에가 회장으로 취임했고 그 뒤를 이어 소가와가 사장이 되었다. 고사쿠샤의 출판활동은 종수만 봤을 때는 완만하게 늘었다고 할 수 있다.

"기준을 정해놓고 몇 권 낸다는 식의 발상에는 아무래도 동의할 수 없어요. 책을 내는 것도 살아가는 활동 가운데 하나입니다. 따라서 재미있고 즐거운 경험이 되며 유익한 것이어야 합니다. 그렇지 않다면 세상에 어필할 수 없다고 생각해요."

2004년 10월에 펴낸 스기우라 고헤이의 『우주를 두드리다宇宙を叩く』로 고사쿠샤의 간행물은 총 383종이 되었다. 이 책에서 스기우라는 고대 중국에서 만들어져 한국으로 전해진 '건고建鼓'를 고찰했다. 그 울림은 '대자연의 준동蠢動을 두드린다'는 것이다. 어느 여름날의 '이상한 느낌'이 무엇이었는지 소가와는 아직 모른다. 그렇기 때문에 아직도 이 일을 하고 있다고 한다. 책 만들기의 본연의 모습을 갖춘 고사쿠샤의 창조의 나날은 앞으로도 계속될 것이다.

일본 출판의 다양성을 실현하는

# 고세이샤

9월 초의 어느 날, 아침 8시 30분. 여느 때처럼 열쇠로 문을 열고 사무실에 들어갔다. 전화벨이 울린다. 수화기를 들어보니 고세이샤晧星社 영업부의 사토 겐타佐藤健太다. 사토는 "이번에 한센병 환자들의 작품을 엄선하여 '한센병문학전집(제1기 총 10권)'을 간행하게 되었"다며 말문을 열었다.

도쿄 지요다 구 간다 진보쵸. 책의 거리로 유명한 이곳에는 대기업에서 영세 점포에 이르기까지 수많은 출판사와 도매상이 자리 잡고 있다. 신간서점과 고서점이 공존하는 이 거리에 내가 근무하는 도쿄도 쇼텐이 있다. 나는 1972년에 입사한 뒤 줄곧 인문 서고를 담당해왔다. 그리고 3년 6개월 전부터 도쿄도 내의 도서관을 대상으로 영업하는 외상부 영업과로 자리를 옮겼다. 거래처에 따라 다르지만 영업사원들은 보통 9시 전에 회사에서 나가 저녁이 되어야 돌아온다. 그렇기 때문에 사토는 아침 일찍 전화한 것이다.

인문서고를 담당하던 시절, 나는 서고를 주제별로 분류하고 사회문제인 에이즈나 한센병에 관한 코너를 만들었다. 한데 '한센병문학전집'을 간행한다니…. 아무리 엄선한다 해도 아마추어 수준을 벗어나기 어려울텐데… 아니, 기다려보자.

2001년 5월, 한센병 환자들이 국가를 상대로 지방법원에 제출한 '한센 예방법' 위헌 국가배상 청구소송이 원고의 승소로 끝났다. 그 후 국가가 항소를 포기함으로써 2002년 1월 정식 화해가 이루어졌고 승소한 한센병 환자들은 매스컴의 집중 조명을 받았다. 순간 '그 무렵 기획한 책인가?' 하는 생각이 뇌리를 스쳤다.

그래서 사토에게 솔직하게 물었다. 그러자 "15년 전부터 기획한 것"이라고 했다. 또한 고세이샤는 창업 이후 '한반도 문제'와 '한센병'을 출판 활동의 두 가지 축으로 삼았다는 이야기도 들려주었다. 문득 이기획은 기독교 계열의 대학 도서관 장서로 적합할 것 같다는 생각이 들었다. 나는 직업의식이 발동해 소개할 만한 도서관 관계자를 떠올렸다.

JR주오센을 타고 아사가야 남쪽 출구로 나오면 소매점이 죽 늘어서 있다. 그 가운데 펄 센터Pearl Center 상점가 입구에 시선이 멈춘다. 10분 정도 걸어 나와 골목길로  들어가면 1층에 중국 음식점이 자리한 건물이 있다. 그 건물 3층에 고세이샤 사무실이 있다. 출판사가 밀집한 도심에서 30분 정도 떨어진 주택가다.


"회사원 체질이 아니었나 봅니다."

고세이샤 편집부에서 '한센병문학전집'을 책임지고 있는 노토 에미코能登惠美子는 사장인 후지마키 슈이치藤卷修一에 대해 이렇게 말한다.

1946년생인 후지마키가 대학을 졸업한 70년대 초, 일본 젊은이들은 대학 분쟁을 겪으며 기존 기업에 안주하는 것이 아니라, 자신의 가능성을 믿고 소수 의견을 대변하는 일을 하고 싶어했다. 무명 아나키스트 자료집을 공판 인쇄하여 간행했던 후지마키도 출판에 흥미를 가진 젊은이 중 한 사람이었다. 후지마키는 여러 가지 일을 하면서 선배이자 오야마출판사小山出版社 사장인 오야마 히사지로小山久二郎를 만난다. 그리고 오야마의 소개로 편집자이자 시인인 무라마쓰 다케시를 알게 되었다. 무라마쓰는 일본 제국주의 세대로 조선에서 태어나 그곳에서 살았던 것에 대해 '그저 향수에 젖어 이야기해서는 안 된다, 통일될 때까지 절대 돌아가지 않겠다'는 원칙을 세웠다. 그리고 무라마쓰는 후시마키에게 "일본인은 근대화 과정에서 한센병과 한반도를 두 동강이 냈"다고 말했다.

후지마키는 1975년 가을, 무라마쓰를 따라 군마 현 구사쓰草津에 있는 한센병 요양소 '구류 라쿠센엔栗生樂泉園(www3.wind.ne.jp/kuryu)'에 갔다. 그날 재일 시인인 강무(고세이샤 초창기 간행서인 양성우의 『시집 동토의 공화국』을 번역), 평론가 정경모, 작가 이회성 등을 안내하여 요양소에 있는 작가들과 만나게 된 것이다. 무라마쓰는 몇 년 전부터 이 요양소의 시모임에서 작품을 선정했다. 무라마쓰의 가르침을 받은 후지마키가 지요다 구 니시간다에서 고세이샤를 시작한 것은 1979년 11월. 그

106

때는 '한반도 문제'와 '한센병'이 출판 활동의 주축을 이뤘다.

창업 초기의 간행서로는 무라마쓰 다케시村松武司가 쓴 『아득한 고향― 한센병과 조선의 문학遙かなる故郷―ライと朝鮮の文學』이 있다. 그리고 재일 사진가 조근재의 사진과, 한센병 환자들이 국가에 손해배상 청구소송을 했던 때 원고측 대표였던 고다마 유지齣雄二의 시를 모은 『한센병은 긴 여행이니까ライは長い旅だから』도 있다.

뜻하던 대로 고세이샤를 세운 후지마키는 두 가지 목표를 실현하기 위한 계획을 세웠다. 당시 요양원에 수용된 한센병 환자의 평균 연령은 지금보다 낮았고 창작 의욕도 왕성했지만 새로운 발병자는 더 이상 나타나지 않았다. 따라서 머지않아 사라질 한센병 환자들의 작품을 집대성해보자고 생각했다.

먼저 일본의 한센병을 다룬 『소장 '한센병 예방법, 인권침해사죄 국가배상청구소송'訴狀「らい豫防法人權侵害謝罪・國家賠償請求訴訟」』에 대해 살펴보자. 한센병은 감염률이나 발병률이 매우 낮다. 그런데 일본에서는 과거 전시 체제에 돌입하면서 '조국정화, 한센병 없는 일본'이라는 모토 아래 모든 한센병 환자를 강제 수용소에 격리했다. 이 정책은 '한센병 없는 아시아'라는 미명하에 한반도 등 식민지까지 확대되었다. 뿐만 아니라 수용 시설에서 치료를 받아도 사회에 복귀할 수 없었다. 생식 능력을 없애는 단종 및 우생 수술을 시술해 아이를 가질 수 없게 만든 후, 모두 똑같은 옷을 입히고 요양소에서만 통용되는 화폐를 사용하게 했다. 또한 강제 노동으로 증상을 악화시키고 명령에 따르지 않으면 죽음을 감수해야 할 정도의 중징계를 내렸다. 한편, 환자들은 가족에게 피해를 주게 될까 두려워 가명을 사용하는 등 지나치게 가혹한 처사를 감내해야만 했다.

이런 행위를 법적으로 뒷받침한 것이 1931년 제정된 '나병 예방법'이다. 1943년 획기적인 치료약인 프로민이 개발되어 한센병이 더 이상 불치병이 아니라는 사실이 증명된 후에도, 기본 인권을 보장한 일본헌법이 시행된 후에도, 나병 예방법은 존속되었다. 게다가 1953년에는 한센병 환자의 사회 격리를 목적으로 하는 '한센병 예방법'이 국회에서 통과되었다. 이 법은 1996년 3월에 폐지되기까지 한센병 환자 차별에 대한 법적 근거가 된 셈이다.


인간이 아닙니다. 생명이죠. 단순한 생명, 목숨만 붙어있을 뿐입니다. 오다尾田 씨, 제 이야기를 전해주시겠습니까? 우리는 이미 '인간'으로서 죽은 것이나 마찬가지예요. 겨우겨우 목숨만 부지하고 있죠. (…) 하지만 오다 씨, 우리는 불사조입니다. 새로운 생각과 시각을 가질 때, 한센병 환자의 삶에 완전히 익숙해질 때, 그때 다시 인간으로서 살아가게 되는 겁니다. (…) 당신의 고뇌와 절망이 어디서 비롯됐는지 생각해보십시오. 사라져버린 과거의 모습을 찾아 헤메고 있기 때문은 아닌지요?

(호조 타미오 지음,『생명의 초야いのちの初夜』, '한센병문학전집' 1권)


간행된 '한센병문학전집'은 아마추어 수준의 문집이 아니었다. 작품은 1920년에 첫 선을 보였다. 이후 80년 동안 요양소에서 펴낸 기관지에 실리거나 자비로 간행된 작품이 1000종을 넘는다(목록은 홈페이지에 공개). '한센병문학전집'은 오히려 국민을 '격리'하는 일이라 해서 유포되지 않았던, 일본인이 공유하는 시대 배경이 되는 문학 작품을 되살리는 일이다.

"일본 문단이나 저널리즘과 관계없는 곳에서 씌어졌지만, 세계에서 찾아보기 어려울 만큼 문학적 수준이 높습니다. 수준과 분량 모두 타의 추종을 불허하죠. 완결된 시점부터 '한센병'이란 한계를 뛰어넘는 보편적이고 독립된 문학으로 자리매김해 작품 하나 하나, 작가·한 사람 한 사람이 홀로 설 수 있는 '시발점'이 되어야야 합니다."

전집 간행에 대한 후지마키의 설명이다.


고세이샤는 15년쯤 전에 도산한 적이 있다. 니시간다에서 출판 활동을 시작한 고세이샤는 여러 곳을 전전하던 끝에 도심을 떠났다. 한센병과 한반도 문제라는 두 개의 축은 고세이샤에 빚을 남겼고 자사 신간도 뜻대로 나가지 않아 호구지책으로 프로덕션 업무를 하며 위기를 넘겼다. 얼마 후 복각본 간행 프로젝트를 맡은 고세이샤는 수익을 올리게 되었고 이윽고 빚도 갚을 수 있었다. 다시 출발하려면 제작비를 줄여야 했다. 그래서 컴퓨터를 들여놓고 적극적으로 활용했다. 그 결실이 『메이지·다이쇼·쇼와 전기 잡지기사 색인明治·大正·昭和 前期 雜誌 記事 索引』이다. 이로써 공백 상태였던 메이지 초기 기사부터 검색할 수 있게 되었다. 그리고 메이지 이후 경찰, 검찰, 세무서의 은어 해설 문헌을 비롯한 여러 문헌의 원전을 그대로 사전화한 『은어대사전隱語大辭典』(기무라 요시유키·고이데 미카코 엮음)도 간행했다.

지금 고세이샤는 회사를 세우며 구상했던 또 하나의 기획을 추진하고 있다. 합병을 전후해 패전 때까지 조선총독부가 만든 모든 교과서를 체계적으로 복각하는 일이다. 일본 출판사들은 태평양 전쟁 전에 간행되었던 교과서에 관한 연구서를 간행·복각했지만 조선총독부에서 간행했던 교과서를 펴낸 곳은 없다. 더욱 놀라운 점은 국회도서관이나 연구 기관에도 정리된 자료가 없다는 사실이다. 이 사실을 알고 후지마키는 고세이샤에서 그 일을 하기로 했다. 그리고 몇 년 전부터 서울대학 교육학부와 공동으로 조선총독부에서 간행한 교과서 간행목록을 정리해(목록 홈페이지), 여러 방면에서 정보가 들어오기를 기다리고 있다.

취재하던 날 후지마키는 내일 군마현에 간다고 했다. 그곳에는 '구류 라쿠센엔'이 있다. 그리고 한센병 환자들과의 친목을 중시하며 책을 내는 고세이샤가 있다. 이런 소출판사의 꾸준한 활동이 일본 저작물의 다양성을 만들어내고 있다.

삶에 유용한 정보를 제공하는
# 삶의수첩사

1972년 봄, 나는 도쿄도쇼텐 기치죠지점 아르바이트생 모집에 응모했다. 3개월 동안 아르바이트를 한 후 정식사원이 되었는데 그동안 잡지 매장을 담당했다.

매일 아침 출근하면 빌딩 뒤에 도착한 도매상 차에서 수십 개의 잡지 더미를 7층 매장까지 운반했다. 산더미처럼 쌓인 잡지를 옮기고 잡지 더미를 풀어 책과 전표가 맞는지 검품하고 착오가 없음을 확인한 뒤 매장으로 나온다. 잘 팔리는 잡지는 문을 열기 전에 정리를 끝낸다. 그리고 나머지 잡지는 팔다 남은 과월호와 교체해 깔끔하게 정리한다. 시간에 쫓기며 허리를 구부린 채 잡지를 바꿔 넣는 작업은 매장에 손님이 들어온 후에도 계속된다. 이 일련의 작업은 엄청난 중노동이다. 때로는 고객들이 매대에 서서 보다가 팽개쳐 놓은 잡지를 제자리에 정리하지 않으면 안 된다. 흘러가는 일상 속에서, 진열대를 정리하며 무던히 근무할 잡지 담당자는 젊은 직원이 아니면 맡을 수 없다.

한 달쯤 지났을 때의 일이다. 전임자의 지시대로 대량 입하된 잡지

〈삶의 수첩暮らしの手帖〉을 고객이 가장 많이 모이는 입구 쪽 매대에 진열하고 잡지 매장 전체를 정리한 다음 제자리로 돌아왔다. 그곳에는 〈삶의 수첩〉이 한두 권 밖에 남아 있지 않았다. 바로 상자에서 보충분을 꺼냈다. 그냥 둬도 잘 팔리는 잡지. 그것이 나와 〈삶의 수첩〉의 만남이었다.

전쟁 직후 일본에는 종이가 부족했고 잡지 간행은 자유롭지 못했다. 한편, 새로운 삶의 지침이 될 실용서 간행을 기다리는, 활자에 굶주린 독자들이 많았다. 시대의 분위기를 간파한 오하시 시즈코大橋鎭子는 '여성의 삶에 유용한 출판'을 하고 싶었다. 그러던 어느날 오하시는 편집자 겸 디자이너로 유명한 하나모리 야스지花森安治와 잡지 창간을 상의했다. 그리고 하나모리가 편집장을 맡아 〈삶의 수첩〉을 창간하게 되었다. 1948년 9월의 일이다.

전쟁이 없다는 것, 그것은 아주 사소한 일상이었다.

마치 밤이 되어 전등 스위치를 켜는 것,

잠옷을 입고 잠드는 것처럼…

전쟁에는 졌다. 그러나

전쟁이 없다는 것은 아주 멋진 일이다.

하나모리는 『보라 우리의 일전오리의 깃발을見よぼくら一錢五厘の旗』에서 패전 뒤 새로운 출발에 대해 이렇게 기술했다('일전오리의 깃발'은

112

누더기 천조각을 이어 만든 삶의 깃발, 즉 서민의 깃발을 일컬음 - 옮긴이).

자유로운 시대가 왔지만 헐벗고 괴로운 상황이 당분간 계속될 것이다. 모두 헐떡거리며 달리는 숨 가쁜 세상에 조용하고 따뜻한 바람을 일으킬 수 있다면…. 하루 하루 삶에 작고 희미한 등불을 밝히며 열심히 살아가는 것이 '풍요로운 삶'이라고 생각했다.

그 생각을 구체적인 형태로 구현하는 잡지를 만들기 위해 하나모리는 어려운 논의나 현학적인 기사는 싣지 않았다.

'이거다' 싶은 소재나 세련된 감각의 실용기사는 사진을 넣어 컬러 페이지로 만들고, 본문은 주제에 맞는 저명 인사의 에세이를 실었다. 구석구석 활자로 가득 찬 잡지를 한 권 한 권 스스로 만족할 수 있을 때까지 정성껏 만들고 싶었다. 그래서 하나모리는 표지 디자인에서 활자, 테마별 제목과 삽화에 이르기까지 그래픽에 관련된 모든 일을 혼자 처리하며 자신의 아이디어로 맵시 있고 날렵한 지면을 완성했다. 특히 신문이나 전철 광고의 카피와 안정감 있는 바디 카피가 호평을 받았는데, 독특한 글씨체를 사용했으며 문자로만 표현했다.

창간호의 주요 내용을 보자.

「형지型紙 없이 만들 수 있는 직선 재단 디자인」(하나모리 야스지 디자인, 마쓰모토 마사토시 외 사진, 오하시 시즈코 재단), 「스스로 만들 수 있는 액세서리」(하나모리 야스지).

'아름다움은 돈이나 여가와는 무관하다. 잘 연마된 감각과 삶에 대한 깊은 안목, 끊임없이 노력하는 자세만이 아름다운 것을 만들어낼 수 있다.' 이런 생각을 담은 잡지 창간은 자신의 삶을 만들고 지켜내며 소중히 키워가고자 하는 삶의수첩사의 의지였다.

맺음말에서 오하시는,

"새벽, 매일 계속되는 야근이지만 이렇게 즐겁게 책을 만든 적은 없었습니다. 우리는 가난하기 때문에 이 잡지가 팔리지 않으면 어려워질 테고, 팔려면 하고 싶지 않은 일도 해야 합니다. '못하겠다고 하면 되지 않느냐'고 말하는 사람도 있겠지만, 단 몇 명이라도 우리의 뜻을 알아줄 사람이 반드시 있을 겁니다. (…) 부탁합니다. 한 권이라도 좋으니 친구에게도 추천해 주십시오."

라고 호소했다. 입소문은 잡지 존속의 생명이기 때문에 내용에 대한 솔직한 감상이나 삶에 유용한 원고를 찾았다. B6판 96쪽. 1만 부로 시작했다.

"현관문을 열고 보니 개인 주택처럼 마루바닥이어서 구두를 벗고 올라가야 했어요. 특이한 출판사라고 생각했죠. 도중에 수리를 했지만 지금 사옥은 거의 그때 그대로입니다. 언젠가 빌딩을 지을 거라 생각하고 입사했습니다만…"

편집장인 오가타 미치오尾形道夫는 30년 전 입사시험 날의 추억을 이렇게 말했다.

오가타의 이야기를 통해 삶의수첩사의 출판 활동을 되짚어보자. 창간 이후 변함없이 '구석구석 만족할 때까지 만들겠다'던 자세와 경제적 어려움을 감수하면서도 그 누구에게도 구속당하지 않겠다는 결의는 9호(1950) 맺음말에서 드러난다.

"아마 이 잡지를 보고 아주 조금이라도 깨끗한 느낌이 든다면 그것은 이 잡지에 광고가 하나도 실리지 않았기 때문일 겁니다. (…) 몇 백만 엔의 광고비를 받는다 해도 바꾸고 싶지 않은 것이 우리의 굳은 결의입니다."

'깨끗한 느낌을 잃고 싶지 않다'는 지면에 대한 고집은 광고를 싣지 않고 편집자와 독자가 공감할 수 있는 기사로 된 잡지라는 편집 방침을 만들어냈다. 광고 수입에 의존하지 않고 독자가 지불하는 책값으로 잡지 제작비와 급여를 충당했다. 시대보다 '반 보 앞서가는 잡지 만들기'를 표방한 삶의수첩사로서는 당연한 일이었다. 어떤 것에도 의존하지 않는, 반드시 자신의 삶에 필요하다고 여겨지는 부분을 파고들어 납득할 만한 기사를 썼다. 그 결과 놀랍게도 어떻게 독자의 공감을 얻었는지 창간 이후 각 호가 몇 년간 중쇄를 거듭했다.

광고를 하지 않았지만 잡지의 영향력이 발휘되는 30만 부 간행을 기점으로 26호(1954)부터는 '일용품 테스트'(이후 '상품 테스트')를 시작했다. 그 첫 회는 '양말'(3개사, 23종류)이었다.

착용 기간: 3개월

착용 방법: 통학(매일), 친구 집 방문, 쇼핑, 일요일 외출

착용 대상: 초등학교 5학년, 중학교 1학년, 중학교 3학년 여학생

세탁 방법: 3일마다 세탁기로 세제를 이용해서

결과: 구멍이 뚫리지 않는다/ 모두 색이 바랬다/ 울리 나일론, 황색

기가 도는 것이 단점, 형태가 흐트러지는 것은 울리 나일론/ 상표만보고 믿고 살 수 있는 것은 없다.

당시 하나모리는 '상품 테스트는 소비자를 위해 있는 것이 아니라 생산자들이 좋은 물건을 만들게 하기 위해 존재한다'고 그 목적을 밝혔다.

「슬립을 테스트한다」(40호), 「전기밥솥」(44호), 「전기세탁기」(60호)는 어느새 〈삶의 수첩〉의 간판이 되어 우량품 판매 가이드 역할을 했다. 지면에 대한 평판도 좋았다. '새로운 형식의 여성 가정잡지를 만든 노력'으로 하나모리와 〈삶의 수첩〉 편집부는 1956년 기쿠치칸상(문예춘추사가 주최하는 상)을, '독창적인 제작방식'으로 오하시는 미 페어런츠사의 페어런츠상(1958년)을 수상했다. 이렇게 해서 60년대 고도 성장기에는 100만 부 가량 판매되었다. 내가 잡지 담당자로 〈삶의 수첩〉과 만난 것은 이보다 조금 뒤의 일이었다.


부모에서 자식, 그리고 손자까지 3대에 걸쳐 읽는 〈삶의 수첩〉은 2002년 9월 통권 300호를 출간했다. 편집부에서는 12월 '300호기념 특별호 보존판'을 펴냈다. 여기에는 유례를 찾아볼 수 없는 출판활동의 발자취가 기록되었다. 전후 우리의 생활양식은 좌식생활(동양문화)에서 입식생활(서양문화)로 바뀌었다.

〈삶의 수첩〉은 보통사람의 시각에서 주제에 접근하여 사회적 관심을 불러일으켰다. 예를 들면, 히트 상품이 된 '세제가 필요 없는 세탁기'는〈삶의 수첩〉에서 '세계 최초 세제 제로 세탁기'(2002.1)로 가장 먼저 다루었다. 우리 주변에 있는 물건은 대부분 학회에서 평가를 내리기 전에 서로 경쟁하며 상품화된 경우다. 오가타는 "몇 개월 동안 상품을 테스트해 잡지를 만들고 있습니다. 앞으로도 하나모리가 확립한 건강과 요리, 상품 테스트를 중심으로 해나갈 것입니다. 광고를 싣는 일은 없을 거예요."라고 한다.

단행본으로는 학회에서 인정한 학설을 알기 쉽게 소개하는 건강서나 오에 겐자부로大江健三郎가 맛있는 요리를 소개하는 실용적인 요리책을 간행한다. 그 대표적인 예로『최신 Spock 박사의 육아서最新スポック博士の育兒書』나 삶의 수첩편『반찬 12개월おそうざい十二カ月』이라는 스테디셀러가 있다.

삶의수첩사가 근대적인 건물을 세우는 날. 그때가 바로 우리들이 '풍요로운 삶'을 누리는 날이 될지 모르겠다.

시대의 흐름을 읽는 탁월한 기획력
# 세이큐샤

가정을 해보자. 때는 1981년. 장소는 일본. 당신은 3~4년 동안 작은 출판사에서 경리를 제외한 편집과 영업 업무를 대강 해봤다. 나이는 서른. 경제적으로 넉넉하지 않지만 그럭저럭 평온하게 보내던 일상이 출판사의 도산으로 갑자기 깨져버린다. 이때 여러분이라면 어떻게 하겠는가.

야노 게이지矢野惠二의 경우가 그랬다. 회사 사장은 자취를 감추고 회사에 연락도 하지 않았다. 상황이 상황인 만큼 밀려드는 클레임을 한 건씩 정리하며, 후배들은 아는 편집 프로덕션에 소개해주었다. 그러다가 문득 정신을 차리고 보니 자기만 혼자 남았다. 도저히 이력서를 들고 돌아다닐 기운이 없었다. 그저 '어떻게든 혼자 먹고살 수는 있겠지'라는 나약한 생각이 들었다. 행인지 불행인지 친분이 있던 저자가 "야노 게이지 씨가 출판사를 시작한다면 제 원고를 드리지요"라고 했다. 의욕을 북돋워주는 한마디였다. 그렇게 해서 출간된 것이 야하시 이치로八橋一郎의 『오십 명의 작가五十人の作家(상·하)』와 니시이 가

즈오西井一夫의『날짜가 있는 사진론日付けのある寫眞論』이었다.

"책에 대한 비판의 화살을 회사로 향하게 하는 '활弓'. 화살이 급진적이기 바라는 마음은 '푸른靑'색과 잘 어울린다. 그래, 회사명은 '세이큐샤靑弓社'로 하자. 아직 대형 도매상과 거래를 할 수는 없지만, 아는 출판사를 발매처로 하는 방법이 있다. 그래 일단 책을 발행하는 것에 만족하며 부족하나마 시작하자." (일본의 출판 유통은 도매상을 통해 이루어지는데 실적이 없는 소출판사의 경우, 도매상과 거래를 할 수 없는 구조라 유통에 어려움을 겪는다. 따라서 소출판사는 책을 발행한 뒤, 도매상과 거래하는 출판사를 발매처로 삼아 책을 유통시키기도 한다 - 옮긴이)

이렇게 생각이 구체화되자 망상이 현실화되어 출판사를 창업하게 되었다. 당신도 이렇게 할 수 있었을까? "네"라고 답한 당신에게 지금부터 펼쳐질 야노의 출판 활동은 많은 참고가 될 것이다. 이와오 준이치로岩男淳一郎의『절판문고 발굴노트, 잃어버린 명작을 찾아서絶版文庫發掘ノート, 失われた名作を求めて』(1991)는 세 번째 기획물이다. "고서 중 절판된 수많은 명저, 명작을 발굴해 먼지를 털어내고 새롭게 문을 열다. 아달베르트 슈티프터Adalbert Stifter에서 나카지마 아쓰시中島敦까지 고서 84권과 고서점 탐방기를 담아 명작에 대한 향수를 불러일으키는 에세이"라는 신간 보도자료를 만들어, 발매처를 거쳐 도매상에 보냈다. 그것이 〈도매주보取次週報〉에 실려 전국 서점에 알려졌다. '서점원이 읽고 싶어 하는 기획은 반드시 성공한다.' 세이큐샤에서 준비한 세 번째 '화살'은 서점원의 '급소'에 명중했다. 견본 제작이 채 끝나

지 않은 시점에 사전주문이 쇄도했는데 주문 부수는 2000부나 되었다. 발매처에서는 부러움을 감추지 못했고 '신간 배본분이 다 떨어졌다'는 소문이 나돌았다. 바로 2쇄를 준비해 배본했는데 이번에는 여러 매체에 '단평'으로 소개되어 2쇄가 부족할 만큼 많은 추가 주문이 들어왔다. 그 부수는 8000부. 눈 깜짝할 사이에 주문서가 쌓여 총 1만 부를 간행하게 된 것이다. 그 이후, 목표로 삼았던 대형도매상에 거래구좌를 트는 데도 성공했다.

때는 1985년. 1960년대 안보비준 후 일본 사회는 '투쟁의 시대'에서 벗어났다. 출판계에는 야노 또래의 저자들이 한창 활동하고 있었다. 그 가운데 『구조와 힘構造と力』(아사다 아키라 지음, 1984)이 베스트셀러가 되었는데 이 책은 뉴아카데미즘의 대두를 상징하는 것으로, 시대상을 고스란히 반영하고 있다. 야노는 1인 출판사였기 때문에 계간지 형식의 간행물 〈크리티크クリティーク〉를 기획했다. 그리고 철학, 경제학, 사상사를 전공한 30대의 학자 다섯 명을 편집위원으로 초빙했다.

"회사 인지도가 낮았고 조직에 연고도 없었죠. 그래서 여러 가지 사회현상을 다룬 현대 사상서를 윤리적으로 정리해 잡지로 만들고 싶었습니다. 그것이 독자와 저자 들의 공감을 얻어 존재감을 갖길 바랐습니다."

이 기획은 기존의 〈현대사상現代思想〉〈에피스테메Episteme〉에 이어 〈열도 일본사列島の日本史〉〈오르간ORGAN〉이 창간되는 자극제가 되었

다. 곧 6-7개 잡지가 경합하게 되었고, 현재 각 분야의 제일선에서 활약하는 전문학자, 언론인의 등용문이 되었다. 3년 반 동안 15호까지 냈는데 그 중 페미니즘에 관한 6호 특집 「가족과 성」은 호평을 받으며 팔려 나갔다. 이 무렵부터 야노의 기획은, 절판 문고로 성장한 '문예 에세이'와 사진이 들어간 '예술물', 자신의 역량을 시험한 '사상 사회론'이 주축을 이루었다. 여러 가지 사회현상을 다루면서 다른 '샛길'도 준비했다. 90년대부터 야노는 자신이 흥미를 갖고 있던 '독특한' 기획도 시작했다. 예를 들면, 사진총서 가운데 한 권인 시모카와 고시下川耿史의 『일본 에로 사진사日本エロ寫眞史』(1995) 같은 것. 이에 대해 야노는 "단순히 저자의 캐릭터에 따른 기획"이라고 주장한다.

한편 사회현상을 바탕으로 심리를 탐구한 기획물도 있다. 가와사키 겐코川崎賢子, 와타나베 미와코渡邊美和子가 공동으로 작업한 『다카라즈카의 유혹— 오스칼의 붉은 립스틱寶塚の誘惑—オスカルの赤い口紅』(1991)이다. 다카라즈카 가극단은 다카라즈카 극장을 소유하고 있었고 극작가, 연출가, 무대 스태프, 오케스트라, 번역가뿐 아니라 양성 교육기관까지 갖추었다. 따라서 긴밀한 연계 시스템을 바탕으로 작품을 상연해 연간 200만 명의 관객을 모았다. 다카라즈카의 매력은 출연자가 모두 미혼 여성이어야 하고 러브 스토리로 마무리되어야 하며 어떤 역할이든 품위있게 연기해야 한다는 여러 가지 제약에서 비롯되었다. 이 특수성이 다카라즈카에 열광하는 헌신적인 팬을 만들어냈다. 하지만 다카라즈카와 팬 사이에는 지나칠 정도로 강한 유대감이 형성되어 솔직하게 비평하는 잡지가 없었다. 이런 현상에 주목해 스무 명의 논객이 다카라즈카를 다각적으로 분석한 책을 간행했고, 그 책이 좋은 반응을 얻어 출판사의 주력 분야로 자리 잡게 된 것이다. '자신이 좋아하는 것을 해설하고 싶다'던 팬들의 내재된 심리를 예리하게 간파해 기획한 다카라즈카 관련서들은 일반 서점에서 폭발적으로 팔려나가 『다카라즈카 아카데미아宝塚アカデミア』(1996-2002.11, 18호)의 간행으로 이어졌다. 그 사이 직원이 대여섯 명으로 늘어난 세이큐샤는 연간 40여 종의 신간을 꾸준히 간행했다.

그럼 1991년에 발간된 또 다른 책을 살펴보자. 바로 〈크리티크〉의 편집위원 와시다 고야타鷲田小彌太의 『대학 교수가 되는 방법大學敎授になる方法』(1991)이다.

와시다는 90년대 초의 상황을 "현재 일본은 고도 산업사회의 한 가운데 있다. (…) 실업이 아사餓死로 이어지지 않으리라고 장담할 수 없다. 또한 산업 기술 발달로 생산성이 비약적으로 향상되어 잠재적으로나 현실적으로 노동 시간은 크게 줄어들 것이다. 휴일은 재충전을 위한 '준비의 날'이라기보다 '놀이' 자체를 목적으로 하는 시간으로 바뀔 것이다. 결국 '고도 생산성의 사회'는 '고도 소비 사회'로 다시 태어날 것"이라고 분석했다. 이때 대학생은 200만 명을 넘어섰다. 사회적인 지위가 높고 안정적인 대학교수. 그 매력과 실상에 대해 상세히 서술한 이 책은 시대의 흐름을 타고 21쇄 총 18만 부가 팔렸으며 속편인

『대학 교수가 되는 방법 — 실전편大學教授になる方法 實戰篇』(1991)도 11 쇄까지 나가 세이큐샤의 베스트셀러가 되었다.

어느덧 10년이 지났다. 일본 경제는 헤어날 수 없는 불황의 늪에 빠졌고 많은 국민들이 불안정한 미래에 불안해하고 있다.

당신이라면 어떤 기획을 하겠는가?

야노는 『자살한 아이들의 부모自殺した子どもの親たち』(와카바야시 가즈미 지음, 2003)를 펴냈다. 통계에 따르면, 1998년 이후 자살 인구가 급증해, 2002년에는 3만 5000명이 되었다. 실업은 국민을 아사가 아닌, '자살'로 몰아가고 있다. 한 시간에 세 명꼴이라니…. 섬뜩하다.

"가족이 자살할 경우 사람들은 '내가 좀더 노력했으면 죽지 않았을 텐데…' 하는 강한 죄책감에 시달리게 됩니다. 자녀를 잃은 부모뿐 아니라, 부모를 잃은 아이, 형제자매, 친척, 친구, 때로는 특별히 친한 사이가 아니었다 해도, 자살이란 오랜 시간 주변 사람들에게 죄책감을 안겨주기 마련이죠. 문득 그 죽음에 대한 의문이나 공포가 뇌리를 스치기도 합니다. 특히 세상의 급격한 변화에 견디기 힘들 때, 기억의 저편에서 되살아나는 것이 죽음입니다. 위기 상황뿐 아니라 행복에 겨울 때도 마찬가지죠."

이 책은 도망칠 수 없는 현실에 맞서, 남겨진 사람들이 어떻게 살아가는지 보여주는 체험기로 자살의 의미와 사별의 영향을 생각하게 하는 책이다. 개인의 고뇌가 가족과 사회에서 사라질 수 있기를 바란다는 의미에서 더 많은 사람들이 읽었으면 좋겠다.

가만히 돌이켜보면 사상서만 성공한 것은 아니다. 2000년 12월 창업할 무렵 기획한 『친족의 기본구조親族の基本構造』(레비-스트로스 지음)는 1500부를 간행했는데 모두 판매되었다고 한다. 정말 내고 싶어 만든 책이 좋은 평가를 받은 것이다. 야노의 출판활동은 이렇게 이루어졌다.

# 후지출판

일본 근현대사와 여성사에 관한 복각판과 단행본을 꾸준히 출간하는 곳이 바로 후지출판不二出版이다. 후지출판에서 20여 년간 꾸준히 해온 일련의 작업은 연구가들에게 큰 도움이 되었다. 그들이 펴낸 책은 520여 종으로 복각판 310종, 단행본과 연구서가 90종이다. 그리고 복각에 부가가치를 더한다는 의미에서 빼놓을 수 없는 인덱스, 즉 찾아보기 편으로 이루어진 별책이 120종이다. 연구가들에게 도움이 되는 책을 내겠다는 고집스러움으로 낸 이 간행물들은 시간은 걸리지만 대체로 잘 팔린다. 학문으로서 근현대사가 없어지지 않는 한 세월이 지나도 새로운 수요가 생기기 때문이다.

따라서 오랜 기간의 꾸준한 관리는 필수다. 후지출판은 군마 현에 있는 자사 소유지에 3개의 창고를 지었다. 호흡이 긴 책들이 대부분이어서 영업을 잘 해야 한다. 이런 원칙에 따라 후지출판은 그동안 현금지불을 해왔고 결과적으로 안정된 경영을 할 수 있었다. 덕분에 자사 빌딩과 온천을 겸한 휴양소를 두 곳이나 가질 수 있게 되었고 아르바이트생의 노동조건도 거의 일반 사원 수준이라고 한다.

먼저 불특정 다수의 독자획득과는 관계없이, 특정인을 위한 책 만들기라는 발상으로 활동해온 후지출판에 대해 살펴보기로 하자. 이 출판 활동에 관심이 있다면 눈여겨보시길….

인쇄회사가 모회사로, 주로 학술 전문서를 간행하는 작은 출판사가 있었다. 이 작은 출판사에서 10여 년 넘게 편집장으로 일하며 복각본 간행을 담당한 후나바시 오사무船橋治는 모회사의 도산으로 출판사를 떠나 1982년 독립을 계획했다. 한편 40년 전 농림성 외부 단체가 설립한 후지출판이라는 곳이 있었다. 후지출판은 아시아에 농업을 보급하기 위한 목적으로 설립되어 책을 기획, 수주, 생산, 유통했는데 시대의 흐름과 함께 출판사로서의 일정한 역할을 마치고 그저 재고나 처분하는 상황이 되었다. 그 시점에 양 쪽을 중개하는 사람이 나타나 후나바시가 후지출판을 인수하게 된 것이다. 전신인 후지출판은 서점에 진열될 만한 일반서를 간행하지 않았기 때문에 도매상에 책을 위탁하지 않았다. 일반적인 출판사에서는 있을 수 없는 일로, 서점에 책을 위탁하지 않고 주문 거래만 했던 것이 후나바시에게는 오히려 다행스러운 일이었다.

후나바시와 함께 도산한 회사를 나와 후지출판 창업에 동참한 이는 영업을 담당한 오노 야스히코大野康彦, 기획편집을 맡은 야마모토 유키노山本有紀乃였다. 첫 기획물은 전쟁 전부터 전쟁 중기까지 서적과 잡지 등 출판물에 대한 규제를 기록한 비문서로, 월간 간행물을 복각한 〈출판경찰보出版警察報〉였다. 그 뒤에는 〈부녀신문婦女新聞〉을 냈다. 이 신문은 후쿠시마 시로福島四郎가 언니의 불행한 결혼을 보고 느낀 점을 바탕으로 기획하여 1900~42년까지 발행한 주간지로, 여성의 지위향상을 도모하는 내용이었다. 여성의 눈으로 군부의 횡포를 비판하며 참정권 등 여성에 관한 모든 주제를 다뤘다. 여성의 인권옹호, 여성을 속박하는 제도 및 전통 관습으로부터의 해방을 부르짖은 〈부녀신문〉은 여성사 부인 문제의 중요 자료로 손꼽힌다.

또한 도산한 출판사에서 퇴직금 대신 받은 〈세이토青鞜〉의 판권도 있었다. 〈세이토〉는 부인들로 구성된 문예집단 세이토샤青鞜社의 기관지로 '여류문학의 발달을 도모'할 목적으로 발간된 월간지다. 〈세이토〉의 창간은 근대 일본 여성의 자각을 상징하는 것으로 여성 해방의 새벽을 알리는 일이었다. 복각판 간행에 대해 작가 세토우치 하루미瀬戸内晴美가 '추천사'를 썼다.

"일본의 여성운동은 〈세이토〉 없이 생각할 수 없습니다. 〈세이토〉를 위해 모인 젊은 여성들은 스스로 피 흘려가며 시대의 두터운 인습을 타파하고 사회의 몰이해와 박해에 맞서 싸우며 이 잡지를 만들었습니다. 그들은 아무것도 없이 그저 자신의 재능만 믿고 맨손으로 싸운 겁니다.(…) 그로부터 70년이 지난 지금 우리는 얼마나 진보한 걸까요? 우리는 언제까지 '자유의 허울'에 속아서는 안 됩니다. 이제 다시 〈세이토〉의 근본정신을 되새기며 여성들이 단결해야 할 때가 온 겁니다.

〈세이토〉가 나왔던 시절보다 그 범위를 더욱 넓혀 여성이 단결해 세상을 감싸 안아야 할 때가 온 겁니다. 산이 움직일 날이 다시 온 겁니다. 불처럼 타오르는 여성의 정열의 불길을 지금 우리 가슴에 그대로 옮겨야 할 때가 온 겁니다."

1975년 국제연합이 '국제 여성의 10년'을 제창한 것도 이 추천사의 배경이 되었다. 그동안 세계적으로 여성 인권 확립에 대한 관심이 고조되어 일본에도 서양 페미니즘 이론과 운동이 조금씩 소개되었다. 따라서 여성의 지위 회복에 관한 여성학이 제창되었으며 학문으로 뿌리내리는 상황이 되었다.

후지출판의 창업과 함께 시작된 복각판 기획은 '여성 해방 운동의 역사'를 재고하는 시류를 조성했다.

오노는 2002년 후나바시가 물러난 후 대표로 취임했다. 그는 대학 졸업 후 바로 출판사에 입사해 후지출판 창업에 참여하기 전까지 영업을 담당하며 연구가들에게 도움이 되는 책 만들기에 대해 생각해왔다. 그가 비싼 복각판을 어떻게 팔았는지 살펴보자.

위탁 구좌가 없으니 애초부터 도매상이나 서점의 판매력에 의존할 수는 없었다. 또 수십만 엔짜리 자료집을 한 번에 묶어낼 만한 자본도 없었다. 그래서 50만 엔짜리 자료집의 경우 1-10기로 분책해 10회로 나누어 출간했다. 이렇게 하면 사는 사람에게 부담이 되지 않으니 세트로 묶어 패키지 배본을 하기로 한 것이다. 기다리던 독자들은 빨리 내라고 했지만, 오노는 자신의 생각대로 밀고 나갔다. 덕분에 독자들은 부담 없는 돈으로 구입할 수 있었고 그 결과 판로가 확대되었다.

　그러면 어떻게 책 살 사람을 발견할 것인가가 문제다. 구매자를 찾기 위해서는 책을 소개할 사람이 무엇을 원하는지 알아야 한다. 오노는 후나바시에게 "구입할 사람의 면면을 보고 책을 만드는 그런 일을 하고 싶다"고 이야기했다. 기본적으로 복각판은 특정인에게만 필요하다. 이것은 상식이다. 좀처럼 자료 가치를 판단할 수 없기 때문이다. 어떤 식으로 사용할지는 상관없다. 한정된 분야의 사람들만이 필요로하는 기획은 확대되지 않는다. 먼저 관련 학부가 있는 대학이 얼마나되는지 시장 조사를 하거나 연구가의 동향을 조사해 구입처를 찾았다. 그렇게 하면 연구가를 찾을 수 있으니까. 그리고 나름대로 사람들을 선별해 카탈로그를 나눠주었다. 경우에 따라 직접 현장에 찾아가어떤 자료집이 필요한지 상담하기도 했다. 이 단계에서 연구가에게구입할 만한 자금이 없다는 것을 알게 되면 도서관에 비치할 수 있도록 제안해 예산을 편성하도록 교섭하기도 했다. 며칠 동안 찾아다닌대학에서 거래서점에 주문을 넣는다. 대학 교수들이 그 책을 써보고입소문이 퍼진다. 또는 내용이 논문에 인용되거나 서평에 실려 자료집 판로가 생긴다.

　신간 위탁은 하지 않지만 한 세트씩 판매하는 것이 최종 목표이므로구입한 고객을 모두 파악해둔다. 구입한 사람의 이름을 대장에 기록하기에 가능한 일이다. 서점에서 판매한 것이라도 가능한 한 끝까지추적한다. 새로운 자료를 발견했을 때 목록에 있는 이들에게 무료로 자료를 보낸다. 애프터서비스까지 책임지는 활동의 근본은 연구에 도움이 되는 자료집을 낸다는 후지출판의 원칙에서 비롯된다. 오노는 '20년이 지난 후에도 누가 샀는지 알고 있다는 점은 대단한 일'이라고 말했다.

창업 이후 세 사람은 제각기 능력을 발휘하며 제 역할을 해왔다. 기획 단계부터 모두 함께 논의하는 것이 후지출판의 전통이다. 편집부와 영업부가 톱니바퀴처럼 맞물려 기능하는 것이다. 예를 들어보자.

〈법률신문法律新聞〉은 변호사 다카기 마스타로高木益太郎가 주간을 맡아 1900년 9월 창간해 1944년 8월 4922호를 끝으로 종간한 신문이다. 주로 다양한 판례를 수록해 법률 운용과 그것이 사회에 미치는 영향을 밝혔다. 이를 통해 법률을 보급하는 한편, 입법 자료로 쓰일 만한 유용한 책을 만드는 것이 목적이었다. 후지출판에서는 이런 식으로 대형 기획물이 없는 분야를 조사하고 사내 합의를 한 후에 책을 펴냈다. 사내 합의란 가령 편집부가 기획안을 설명하면 영업부는 '이런 내용으로 출간하면 모 대학의 모 교수가 구입할 것이다'라는 식으로 구체적인 연구가까지 거론하며 간행 부수나 정가를 결정하는 과정이다. 277만 엔짜리 대형기획물이 가능했던 이유이기도 하다. 영업부가 기획에 참여하기 때문에 꼭 필요로 하는 사람이 있다는 신념을 갖고 구매력 있는 연구가를 찾아내 판매할 수 있었다.

〈법률신문〉은 20년 동안 거의 재고가 남지 않았다. 불특정 다수를 대상으로 기획하는 단행본은 일반적으로 전국서점에 위탁 판매하지만 후지출판의 경우는 20년 동안의 경험을 토대로 기간본을 누가 샀는지 알고 있었으므로 복각판 대형 기획물과 마찬가지로 단행본도 구입 가능성이 있는 개인에게 직접 메일을 보내서 판로를 확보할 수 있었다. 따라서 채산점을 낮춘 기획은 아직까지 없다. 시간은 걸리지만 늘 새로운 연구가를 찾아내 기회가 생기면 늘 확실히 판매한다.

이제 궁금증이 조금은 풀린 듯하다. 후지출판의 가장 큰 특징은 간행 분야를 확대하지 않고 판로가 되는 데이터를 충실히 축적한 점이다. 그리고 그 데이터를 다음 기획에 활용한다. 즉 깊어지는 방법이다. 새로운 기획을 판매하는 동시에 재고도 처리한다. 몇 번씩 판촉 활동을 할 수 있으므로 연구가들에게 정보가 전달되지 않을 염려는 없다.

일본 근현대사를 정리하다 보면 자연히 아시아의 역사도 다루게 된다. 여성문제를 하다 보면 자연스레 문학을 다루게 된다. 한정된 범위 안에서 여러 분야를 넘나들며 특정 연구가들을 빠짐없이 확보하는 후지출판. 여러분은 어떻게 생각하는가?

'아무도 하지 않기 때문에 한다'

# 소후칸

"개업을 알리는 전단지 하단에 '우리 미용실은 자기발전을 위해 노력하는, 몸이 불편한 장애 학생을 고용합니다. 따뜻한 마음을 가진 여성 여러분의 방문을 기다리겠습니다.'라고 인쇄되어 있다. 나는 호기심에 사랑이 가득한 이 미용실을 찾아갔다."

이것은 1969년 대만 원주민인 바이완족 어머니를 둔 여류작가 리카랏 아워의 글「노래를 좋아하는 아미족 소녀歌が好きなアミの少女」의 앞부분이다.

채 스무 살도 안되어 보이는 앳된 소녀가 타월을 갖고 나왔다. 숙련된 손놀림으로 어깨를 주무르며 '괜찮으세요?'라고 물었다. 나는 희미하게 몸서리쳤다. 이 소녀는 어릴 때부터 소리를 들을 수 없었다. 머리를 감겨준 다음, 내가 주인과 수다 떠는 사이 소녀는 계속 자신만의 노래를 불렀다.

"내 고향은 광활한 바다

파도는 시시각각 문을 두드리고

갈매기는 나의 노래를 따라 부르네.

나는야 행복한 아미족!"


귀가 들리지 않는 소녀의 발음은 보통사람과 다르기 때문에 나는 무슨 노래인지 잘 알아들을 수 없었다. 제스처를 보고 필담을 나누면서 소녀가 수많은 고난과 좌절을 겪으며 컸음을 알았다. "엄마는 늘 노래를 들려줬어요. 들을 수는 없었지만 노래 부를 때 엄마가 얼마나 행복해하는지는 느낄 수 있었어요."


부지런하고 밝은 소녀를 간결하게 그려내 바다처럼 넓은 어머니의 사랑을 느낄 수 있는 작품이다.


"1993년 국제 원주민의 해가 선포되었습니다. 그 후 원주민들의 다양한 주장에 관심을 갖게 되었는데 아직 대만에서도 체계적으로 정리하지 못했던 대만 원주민의 언어 세계를 우리가 정리했습니다."

바로 '대만 원주민 문학선台湾原住民文學選(전5권)'이 간행된 것이다. 「노래를 좋아하는 아미족 소녀」는 '대만 원주민 문학선' 2권『고향에 살다 故郷に生きるリカラッ アウ-/シャマン ラポガン集』(2003)에 수록되어 있다.

창업 때부터 소후칸草風館의 장정은 기쿠치 노부요시菊地信義가 맡았다. 무척 당차고 스마트한 장정가로 그의 장정을 좋아하는 독자가 상당히 많다. 이 시리즈는 원주민이 허리띠로 사용하는 직물을 실물 크기로 확대 촬영해 장정으로 썼다. 우치가와와 기쿠치가 콤비를 이뤄 만들어낸 독특한 스타일이라 할 수 있다.

마이너리티적 발상이 각광받을 것이라고 하지만 기본적으로 상업출판사에서 마이너리티적 기획은 하지 않는다. 독자가 얼마나 되는지 가늠할 수 없기 때문이다. 그런데 아무도 하지 않기 때문에 하고 싶어 하는 사람이 있다. 앞서가는 책 만들기를 즐기며 꾸준히 활동해온, 우치가와다.

우치가와는 죠치대학 사학과를 졸업한 뒤 고향인 나가노로 돌아와 미션스쿨 교사로 근무했다. 그러다가 지방 남학교로 옮겨가 일본사를 가르쳤다. 스물아홉 살이 되던 해, 진정한 자신을 찾고 싶어 릿쿄대학 대학원에 진학했지만 2년째 되던 해에 중퇴했다. 본래 매스컴 관련 일을 꿈꿔왔던 우치가와는 사원 120명 규모의 출판사에 입사했다. 회사가 망하기 직전이라 쉽게 들어갈 수 있었다는 사실을 우치가와는 나중에서야 알았다. 눈치 챘을 때는 이미 때가 늦어 회사는 이듬 해 도산했다. 곧 새로운 경영자가 나타나 회사를 재건했다. 새 경영자와는 비교적 사이가 좋아 무엇을 해도 좋으니 남아달라는 부탁을 받았다. 그 이후 기획한 책이 『근대 민중의 기록近代民衆の記錄』과 『괴기환상문학怪奇

幻想の文學』등이었다.

우치가와는 이 기획을 5년 만에 완결했다. 그런데 뭔가 부족한 듯한 아쉬움이 남았다. 처음에 '민중의 기록'은 그들의 생생한 소리를 담아내기 위한 기획이었다. 그런데 거기서 모순이 생겼다. 민중은 수도 없이 많지만 실제로 목소리를 내는 사람은 대부분 엘리트들이다. 민중에 관한 르포는 있어도 민중이 스스로 남긴 기록은 찾아보기 힘들다.

우치가와는 대중출판을 하는 회사의 방침에 따르기는 했지만 서서히 회의를 느끼게 되었다. 그러다가 1979년 재일교포 2세인 한 투자자와의 만남을 계기로 마흔에 소후칸을 창립한다. 일단 몸담고 있던 회사에서 외주로 돌리는 편집물을 받아 처리하거나 출판사에 기획을 해주는 편집 프로덕션 업무부터 시작했다. 프리랜서 편집자로서 처음으로 기획한 계간지 〈인간잡지人間雜誌〉는 스스로 납득할 수 있는 민중의 기억을 담아내 아쉬움이 남지 않도록 하는 것이 목표였다. 광고는 전혀 없었다. 5000부부터 간행하기 시작했는데 잡지에 실린 작품 중에는 1987년에 하쿠스이샤白水社에서 간행된 후 오야소이치 논픽션상을 받은 요시다 쓰카사吉田司의 『게게 센키下下戰記』나 근대 오키나와 민중의 역사를 되짚은 우에노 에이신上野英信의 기록문학 『마유야 시키眉屋私記』 등이 있다. 이 밖에도 단행본으로 만들어진 작품이 많아 이 잡지의 높은 수준을 증명했지만 2년 반 동안 2000부씩 간행하다가 9호까지 내고 휴간했다.

그 이후 우치가와는 프로덕션 업무를 정리하고 단행본을 만들었다.

첫 기획은 〈인간잡지〉에 연재했던 야마후쿠 야스마사山福康政의 『부록— 쇼와 서민 풍속사ふろく 昭和庶民繪草史』(1982)였다. 이어서 본격적으로 다루어진 적이 없는 조선·한국 관련 기획도 시작했다. 우치가와는 고교시절에 만났던 야마베 겐타로山辺健太郎의 영향을 받아 조선사를 배우고 싶어 사학과에 진학했다.

조선·한국 관련서 가운데 1만 부 넘게 팔린 소후칸의 베스트셀러가 있다. 2차 대전이 일어나기 전, 이와나미 문고판 『조선민요선朝鮮民謠選』을 편역해 문학가들에게 일본어 문장력을 인정받은 김소운의 장녀 김영의 『치마 저고리의 일본인』(1985)이다. 이 책에 담긴 내용 가운데 1973년 김영이 '외국인 일본어 웅변대회'에서 '일본 속의 한국문화'라는 주제로 웅변해 우승했던 이야기를 살펴보자.

"(…) 그것에 비하면 일본인들은 어떤 상황이든 거의 표정변화가 없어 좋은 건지 싫은 건지 구별할 수 없을 만큼 미묘하고 애매합니다. 김치를 즐겨먹는 한국인 입장에서 보면 일본인은 김치를 좀더 많이 먹고 자유롭게 울고 웃어야 한다고 생각합니다. 사람이니까요."

김영은 연세대 유학중이던 일본 학생과 친해져 결혼한 한국여성이다. 일본에 귀화해 일본인이 되었지만 어디까지나 한국인답게 살아가고 싶다는 생각이 표제였다. 이렇게 해서 조선·한국 관련서가 소후칸 출판활동의 중심이 되었는데 그러는 사이 다른 출판사들도 서서히 이 분야에 관심을 갖게 되었다. 너도 나도 뛰어드는 것을 보고 우치가와는 조선·한국 관련 기획에서 손을 뗐다.

뭔가 부족함과 아쉬움을 느끼며 진행했던『근대 민중의 기록』. 이 책을 진행하며 뿌려놓은 씨는 어느덧 뿌리를 내리고 싹을 틔웠다. 우치가와는 다시 이 분야를 집중공략했다. 대자연과 하나가 되어 살아가는 홋카이도의 원주민 아이누족. 그들은 독자적인 문화 계승 때문에 생긴 일상적 차별과 국가의 동화정책 속에서 꿋꿋하게 살아왔다.

우치가와는 아이누족의 혼을 활자로 구현해보겠다고 결심했다. 그는 "그 무렵 야마다 슈조山田秀三 씨와 만난 것은 제 인생에서 잊을 수 없는 사건이었습니다."라고 했다. 야마다는 도쿄대 법학부를 졸업한 고급 공무원이다. 1941년에 미야기현 센다이의 광산 감독국 국장으로 임명돼 증산 독려를 위해 동북지방의 산까지 샅샅이 돌아다녔는데, 나중에 아이누어 지명을 작성하는 데 기본이 된「기묘한 지명奇妙な地名」을 접하게 됐다. 전쟁 후에는 홋카이도의 노보리베쓰로 옮겨가 기업을 경영하며 아이누어를 배웠다. 소후칸에서 낸 작품은『아이누어 지명 연구アイヌ語地名の研究(전4권)』이다. 야마다는 아이누어 지명에 관해 섣불리 판단하거나 확신하지 않았다. '왜 이런 지명을 붙였을까'를 끊임없이 생각하고, 일반적으로 부르는 지명이라도 현장에 가서 지명과 지형이 잘 어울리지 않으면 절대 믿지 않았다. 우치가와는 야마다의 이런 진지한 태도에 대해 "정말 대단하죠. 20년 동안 알고 지냈어요. 굉장한 정열로 연구에 몰두하다가 1992년 7월, 아흔넷의 나이에 세상을 떠나셨으니 이 정도는 정리해야 한다고 생각했습니다."라고 했다.

다시『근대 민중의 기억』기획 이야기로 돌아가보자. 소후칸에서 해온 우치가와의 출판활동에 주목하는 이유는 1956년『듣고 쓴 기록, 미나마타 민중사聞書水俣民衆史(전5권)』(아카모토 다쓰아키·마쓰자키 쓰기오 엮음) 때문이다. 구마모토현 미나마타에는 신일본 질소 비료 주식회사가 있었다. 이 공장에서 배출한 메틸수은은 미나마타 만에 서식하던 어패류에 축적되었는데 이것을 섭취한 사람들이 미나마타 병에 걸렸다. 당시 미나마타 만 주변에서는 2200여 명의 환자가 발생했다.

오카모토는『근대 민중의 기록』에서「어민漁民」을 편집했다. 당시 노동조합위원장을 맡았던 오카모토는 미나마타 병을 막지 못한 이유를 규명하는 데 후반생을 바쳤다. 그리고 공장 건설이 시작된 메이지 이후부터 미나마타 민중의 역사를 철저하게 취재해 밝혀냈다. 1990년『듣고 쓴 기록, 미나마타 민중사』가 완결되기까지는 약 20년이 걸렸다. 5권인『식민지는 천국이었다植民地は天國だった』에서는 식민지 운영을 가능케 한 조선전기사업과 일본 질소가 깊이 관련되어 있음을 밝혀 전쟁 중 미나마타 병을 일으킨 기업의 실체를 명확히 드러냈다. 민중의 이야기를 정리한 1차 자료집『듣고 쓴 기록, 미나마타 민중사』는 1990년 마이니치 출판문화상 특별상을 수상했다.

아무도 하지 않는 일을 하고 싶어 하는 우치가와. 그는 다시 조선·한국 관련 기획으로 돌아가『조선의 역사朝鮮の歷史』를 준비하고 있다.

중후한 일본 사상 전문서를 간행하는
# 펠리컨샤

"서양 고전이나 현대 사상에 관한 번역서는 활발하게 간행되고 있지만 에도시대 주요 작가의 책은 그렇지 못하다. 일본은 '이상한 나라'다."

펠리컨샤ペリカン社 창업자인 구니고 겐救仁鄕建의 뒤를 이어 2002년 4월 사장으로 취임한 미야타 겐지宮田硏二의 말이다. 직원 12명의 펠리컨샤는 에도시대 희작 문학의 대표 작가인 산토 교덴山東京傳의 다채로운 업적을 집대성한 『산토 교덴 전집山東京傳全集(전20권)』을 간행했다. '경박단소'형을 추구하여 일어난 신서 창간 붐에 아랑곳하지 않고 중후한 일본사상 전문서를 내는 곳. 경영을 정비한 후 시대와 맞선 펠리컨샤의 출판활동은 매우 독특하고 매력적이다. 와세다 대학 문학부에서 문학을 전공하여 훗날 펠리컨샤에서 저작집을 내게 될 사가라 도오루 선생의 연구실에 드나들며 책 읽기에 열중했던 미야타는 직장이 없으면 없는 대로 괜찮다고 생각했다. 그러다가 졸업을 앞두고 신문에 난 출판사 입사시험에 응시해 채용되었는데 그는 이곳에서 사식과 편

집기술을 익혔다. 그리고 1년 후인 1973년 그 기술을 써먹을 수 있는 펠리컨샤에 입사한 것이다.

미야타가 펠리컨샤에 입사한 지 한 달 만에 편집장이 노동조합과의 갈등 때문에 그만두었다. 그는 편집에서 영업, 출하까지 모든 일을 다 할 수밖에 없었다. 그것이 미야타가 갓 입사했을 무렵, 창업 10년을 맞은 펠리컨샤의 상황이다.

그럼 10년 전 펠리컨샤는 어떻게 만들어졌으며 어떤 일이 일어났는지 살펴보자.

1963년 5월 10일. 당시 론소샤論爭社의 편집장이던 구니고 겐은 사장으로부터 "론소샤를 다른 사람에게 넘기기로 했다, 여러분은 이달 말까지 정리해 달라"는 말을 들었다. 늘 격렬한 토론의 장이었던 월간지 〈론소論爭〉에 거액의 적자가 누적되었기 때문이다.

1961년 말 편집장이 된 구니고는 론소샤 출판방침을 잡지 월간화와 실용서 중심으로 바꿨다. 『한방의 비밀漢方の秘密』이나 『스테레오 FM 시대ステレオFM時代』『세계의 일류품世界の一流品』 같은 펠리컨 신서의 기획이 그것이었다. 이 기획물은 비교적 잘 팔렸지만 잡지의 엄청난 적자를 메우기에는 역부족이었다.

퇴사하기로 마음 먹은 구니고는 때마침 지인의 소개로 미라이샤未來社 영업부에서 10년간 일하다 퇴사한 오바마 요시히사小汀良久를 알게 되었다. 그리고 두 사람은 의기투합했다. 일단 구니고는 론소샤의 서적 재고분과 지형紙型을 퇴직금 대신 받아 론소샤의 출판물을 이어가는 형태로 펠리컨샤를 설립했다. 1963년 6월 25일의 일이다. 이런 사정 때문에 회사명은 어느 정도 알려진 펠리컨 신서에서 따왔다.

경제 경영서, 유럽 현대사 번역서 출간은 펠리컨샤를 창업할 당시의 기획이었다. 그러나 자본금이 절대적으로 부족했기 때문에 흑자로 전환된 것은 1967년이다.

1968년 가을. 일본항공 홍보실에서 출판에 관한 문제를 상의하기 위해 사람이 찾아왔다. 일본항공은 『제트 파일럿 국제선 기장 이야기 ジェットパイロット國際線機長物語』라는 책을 2만 부 정도 찍어서 1만 부는 우수한 인재를 모집하기 위한 홍보 텍스트로, 나머지는 전국 서점에 배본해 판매하여 독자의 반응을 살피고 싶어 했다.

책 앞부분에는 역대 민간항공 파일럿의 성공과 실패담을 다큐멘터리로 구성했다. 삶의 보람이 무엇인지, 파일럿이 되기 위한 적성은 무엇인지 알 수 있도록 한 것이다. 그리고 뒷부분에는 '당신도 파일럿이 될 수 있다'는 제목을 붙여 파일럿이 되기 위한 간략한 '과정'을 소개했다. 1969년 5월, 완성된 견본을 배포하고 다음날 위탁배본 부수를 확인했더니 각 도매상의 사입 희망 부수가 큰 폭으로 늘어났다. 바로 1만 부를 증쇄했고 그 후에도 재쇄를 거듭했다. 일본항공에 1만 부가 비치된 것은 발간 후 반 년이나 지나서였다.

그러나 이 책의 진가는 날개 돋친 듯 팔리는 판매 속도가 아니라 독자의 니즈를 파악할 수 있었다는 점에 있었다. '좀더 자세히 알고 싶다'는 요구가 서서히 드러났다. 그것을 실마리로 『파일럿이 되려면 パイロ

ットになるには』이라는 책을 기획하면서 직업 전반에 대해 다루는 '나루니와 (되려면) BOOKS' 시리즈를 만들었다. '나루니와' 시리즈의 두 번째 작품인『스튜어디스가 되려면スチュワーデスになるには』도 잘 팔렸다고 한다.

"인기 있는 직업은 잘 팔렸지만 세 번째 책 이후의 반응은 신통치 않았습니다. 제가 입사했을 때 '나루니와' 시리즈는 골칫거리였어요."

업종에 대한 백과사전으로 초판 5000~8000부를 간행해 현재 116권+별책 2권으로 성장한 이 시리즈의 특징은, 예를 들어 간호원이란 호칭이 간호사로 바뀌거나 법률이 개정되거나 권두에 들어가는 다큐멘터리가 시대와 맞지 않게 되면 그때마다 최신정보로 바꾸며 중쇄와 개정을 반복한다는 점이다.『영화감독이 되려면映畵監督になるには』은 저자가 세 번 바뀌었는데 그만큼 보수 개정작업을 철저히 하고 있다. 또 반드시 누군가 이어가야 하는 직업을 다루는『농부가 되려면農業者になるには』등도 시리즈에 포함해서 광범위한 수요가 창출되었다. 이에 따라 이 시리즈는 펠리컨샤 연간 매출액의 5-60퍼센트를 차지하는 달러박스가 되었다.

이제 미야타가 이곳에 입사했을 때로 돌아가 보자. 1973년 10월의 일이다. 중동의 석유 수출국이 공급을 제한하고 석유가격을 70퍼센트 인상하는 바람에 일본은 오일쇼크에 빠졌다. 구니고 겐은 이 사태의 영향에 대해 이렇게 말했다.

"근대사회의 물질적 기반을 위협하는 동시에 정신적 기반이 된 '서유럽 근대사상'에 철퇴를 내린 일이다. 이제 일본은 메이지유신 이후 적극적으로 받아들였던 사상, 과학, 예술, 교육 등 문화 전반에 대해 근본적으로 다시 생각해봐야 한다. 그리고 일본인이 살아온 중세와 근세를 되돌아봐야 한다. 중세 이후 불교, 유교, 신도, 국학 등은 각기 주역을 바꾸어가며 연쇄적으로 일본문화에 영향을 미쳤다. 그 자취를 찾는 데 중요한 열쇠가 될 일본사상사학日本思想史學의 재건에 주력하고 싶다."

　일본 문학도였던 미야타도 '이제 서양의 사상으로 할 수 있는 게 없다'고 생각했다. 두 사람의 생각이 일치한 것이다. 당시 회원이 200명도 안 되던 일본사상사학회를 알고 있었던 구니고는 학회 회원들의 지혜를 모아 그들이 편집하는 잡지를 간행했다. 그것이 편집동인 일본사상사간담회日本思想史懇話會이며 이들이 힘을 합해 창간한 것이 준학회지 〈계간 일본사상사季刊 日本思想史〉다. 1976년 7월, 이 활동이 학회와 펠리컨샤를 맺어주었다.


　펠리컨샤는 〈계간 일본사상사〉의 간행을 계기로 1970년대 중반부터 일본문화에 관한 책을 중점적으로 출판했다. 처음으로 낸 책은 『동양문화와 일본東洋文化と日本』(사이고사 미쓰요시·이마이 준 엮음)이었다. 국수주의에 질린 일본국민은 일본사상을 멀리하고 학문까지 잊으려는 듯했다. 이런 유의 책은 출판인으로서 긍지를 가질 수 있지만 일반의

관심사와는 거리가 멀다. 그런데 1979년에 간행한 『일본 사상 논쟁사 日本思想論爭史』(이마이 준·오자와 도미오 엮음)는 현재 양장본 15쇄, 총 25쇄, 2만 5000부가 팔렸으며 한국에서도 번역 출간되었다. 미야타는 "서유럽 지향성이 강해져 전쟁 전 사람들이 상식적으로 알고 있던 한문에 대한 소양이 사라져 버렸다. 기초 훈련이 필요한 일본의 고전물은 젊은이들에게 영어 책을 읽는 것보다도 힘든 일이 되었다. 영업사원이 서점원에게 '이런 상황에서 낸 책이니 서점에 두기만 해도 잘 팔릴 것'이라고 해봤자 책은 안 팔린다. 또한 우파로 보일까봐 두려워 출판사가 간행을 주저해 고명한 사상가의 저작물을 읽을 수 없게 되었"다고 말한다.

그런 상황에 변화의 조짐이 나타났다. 현재 일본사상사학회는 200명도 안 되던 연구자가 500명을 넘었다. 2001년 200명의 집필진을 중심으로 간행한 『일본 사상사 사전 日本思想史辭典』(고야스 노부쿠니 감수)은 서평에 소개되지도 않았고 사회적으로 대중의 관심을 끌지도 못했지만 펠리컨샤의 책이라면 꼭 사보는 독자들의 지지를 얻어 2500부가 모두 팔려 재판까지 찍었다.

이제 국제화가 진행되어 각 문화의 차이를 자연스럽게 이해하는 시대가 왔다. 일본의 사상에 대해 언급하는 데 대한 저항도 줄어들었다. 진심으로 자신의 정체성을 찾고 싶어 하는 사람이 늘어나 예전만큼 책이 안 팔리는 상황은 아니다.

2003년 4월 21일 간행된 『근세 일본사회와 유교近世日本社會と儒敎』
(구로즈미 마코토 지음)는 그런 시대 상황의 변화를 증명한다. 이 책은 오늘날 일본에서 불필요하다고 여겨지는 유교를 재정립하자는 내용으로, 에도시대에 대한 시각을 제시한다. 이 묵직한 전문서는 발매 후 3개월 만에 중쇄를 찍었다. 6월 8일 〈아사히신문〉 서평(「저자와 만나고 싶다」)에서 저자인 구로즈미 마코토를 소개한 것이 결정적인 계기가 되었다.

구로즈미와 미야타는 학창 시절부터 친분이 있었다. 미야타가 사가라 도루相良亨 선생의 연구실에 드나들던 시절 구로즈미도 그곳에 있었던 것이다. 이 책은 구로즈미가 50대가 되어 처음으로 낸 저작물이다. 대형 출판사는 '일본 사상서는 팔리지 않는다'고 생각했기 때문에 기획하지 않았다. 또 사가라 선생의 문하생들은 일본 사상을 책으로 만드는 일이 결코 쉽지 않을 것이라고 했다. 그럼에도 불구하고 일본문화 속에서 일본인의 존재를 증명하는 사상서 간행에 매진하는 작은 출판사가 있다. 직원 12명의 펠리컨샤는 그 작업을 위해 오늘도 달린다.

전통적인 시집을 출판하는
# 가신샤

아오야마가쿠인대학 법학부를 졸업한 뒤 출판사에서 일하던 오쿠보
겐이치大久保憲一는 새 직장에서 출판일을 해보지 않겠느냐는 대학 친
구의 권유로 1967년 야마나시 실크 센터에 입사했다. 이 회사는 1960
년 8월, 소셜 커뮤니케이션 비즈니스 확립을 목표로 설립되었다. 1966
년 8월에 출판부를 신설하고 『야나세 다카시 시집 ─ 사랑의 노래やなせ
たかし詩集·愛する歌』를 발행했다. 고등학교 때부터 시를 썼던 오쿠보에
게 시집을 내는 출판사는 굉장히 매력적인 직장이었다.

오쿠보는 '현대 여성시인 총서' 시리즈 (이하 '총서')를 기획한 적이 있
다. 그때 함께 일한 시인으로는 이바라기 노리코, 다카다 도시코高田敏
子, 신카와 가즈에新川和江 등이 있다(이 사람들은 이후 가신샤에서 작품을 내
줌으로써 오쿠보의 독립을 지원해주었다).

총서 제1권은 『이바라기 노리코 시집 ─ 인명시집茨木のり子詩集·人名
詩集』(1971, 이하 『인명시집』)이다. 이 책은 오쿠보가 이 회사를 그만둔 뒤
절판되었는데 2002년 6월에 도와야에서 복간했다. 이바라기는 복간

146

된 『인명시집』맺음말에 오쿠보가 처음 집을 찾아왔을 때의 일을 썼다. 신입이었던 오쿠보는 원고청탁을 성사시킬 수 있을지 점 쳐보고 싶어 이바라기의 집 근처에 있는 점집에 찾아가 제비뽑기를 했다. 그런데 나온 패는 '흉凶'이었다. 이바라기는 시집을 낼 때 언제나 망설이는 편이었다. 물론 이때도 망설였지만, 처음 만난 스물여섯 살 청년이 나쁜 점괘 때문에 낙담한 모습을 보고 그의 '흉'이란 괘를 '길'로 바꿔주고 싶어 원고청탁을 받아주었다. 그리고 미술평론가이자 예리한 시각을 가진 시인 오카 마코토大岡信가 '해설'을 썼다.

그동안 눈부시게 성장한 야마나시 실크 센터는 1973년 4월, 정식명칭을 ㈜산리오로 바꿨다. 5월에는 오쿠보가 편집장을 맡아 계간 〈시와 메르헨詩とメルヘン〉(이후 월간화)을 창간했다. 또 1974년 9월에는 '헬로 키티' 캐릭터를 개발해 대기업이 되었다.

이 무렵 일본은 1960년대 초부터 추진한 고도 경제성장이 전기를 맞이한다. 1970년대가 되면서 발전의 부작용으로 공해가 심각해졌고 1973년에는 '오일쇼크'가 일어났다.

"그때 산리오는 월급이 많았어요. 그래도 싫더라고요."

사장은 좋을 대로 하라며 오쿠보에게 전권을 일임했지만 사실 그 말은 '회사에 이익이 되게 하라'는 뜻이었다. 아름다운 일본어로 세월이 지나도 꾸준히 읽히는 책을 내고 싶었던 오쿠보에게 사장은 "산리오다운 잡지를 내라, 그게 우선이다, 그게 싫다면 회사원으로서 자격이 없"다고 했다. 그러나 오쿠보는 저자와의 관계를 기반으로 책을 만들

147

고 싶었다. 소박하더라도 하루하루 성취감을 느끼며 일하고 싶었다.

"자네가 하고 싶은 일, 좋아하는 일을 하게"라는 오카의 말을 듣고 1974년 10월 오쿠보는 대기업 산리오를 그만두고 시집을 출간하는 1인 출판사 가신샤花神社를 창업했다. 가신샤의 '花'는 예술을 의미하는데, 여러 가지 이름 중에서 오카가 골라준 것이다. 오카는 사무실 입구에 걸 간판도 직접 써주며 격려했다.

이렇게 오쿠보는 오카의 든든한 지원을 받으며 출판을 시작했다. 하지만 일본에서 시집은 시장이 작다. 오쿠보는 현대시 특유의 억지스러움이 느껴지는 시나 삐딱한 작품 등 자신이 공감할 수 없는 혁명적인 작품을 다룰 생각은 없었다. 오쿠보는 읽으면 기분이 좋아지는 전통적인 시를 다루고 싶었다. 시장이 좁다 해도 하고 싶은 책을 내는 것이 설립 이후 새겨온 뜻이다. 예술이란 그래야 한다고 생각하기 때문이다. 첫 책은 전후사戰後史를 배경으로 시베리아에 억류된 경험을 써내려간 시인 이시하라 요시로石原吉郎의 평론집『바다를 흐르는 강海を流れる河』이었다. 두 번째로는 일상회화나 시어를 통해 아름다운 일본어가 무엇인지 생각하는 이바라기의 에세이『청명한 언어言の葉さやげ』(1975)를 간행했다. 시집을 낼 수 있는 형편이 되기까지는 시간이 걸렸다. 내일 어찌될지조차 알 수 없었으니까. 출판활동이 빛을 보기 시작한 것은 창업을 하고 3년이 지나, 이바라기의 시집『자신의 감성으로自分の感受性くらい』(1973)를 낸 무렵부터다.

바싹 메마른 마음을

남의 탓 하지마라

스스로 물주기를 게을리한 것이니


속상하다고

친구를 탓하지 마라

유연성을 잃은 것이 누구이더냐


화난다고

가족을 탓하지 마라

모든 잘못은 내게 있으니


초심이 사라졌다고

생활을 탓하지 마라

애초부터 약한 의지였으니


모든 일이 안된다고

시대를 탓하지 마라

간신히 빛나던 존엄의 포기일뿐


자신의 감성으로

자신을 지켜라

어리석은 사람아

(『자신의 감성으로』)


책이 팔리면서 이 무렵부터 가신샤는 시가詩歌 출판사로 알려졌다. 그것은 큰 수확이었다. 사원 2명. 오쿠보가 시집을 담당하고 다른 한 사람이 하이쿠와 단카를 맡았다. 이런 분업 시스템으로 자비출판까지 포함해 연평균 30종, 많은 해에는 60종 이상을 낼 때도 있다. 회사를 시작한 때부터 헤아리면 1000종이 넘는다. 전통적인 시가라는 분야에 집중하며 독자가 만족할 수 있는 책을 만들고 있다.


1985년 5월의 일이다. 보쿠요샤牧羊社에서 하세가와 가이長谷川櫂의 첫 하이쿠집 『고지古志』가 간행되었다. 어느 출판 기념회에 참석했던 오쿠보는 당시 요미우리 신문사에 근무하던 하세가와를 처음으로 만났다. 그것이 인연이 되어 오쿠보는 하세가와를 스승으로 섬기며 하이쿠를 배웠다. 가신샤가 간행한 하세가와의 하이쿠집은 『천구天球』(1992), 『고지 천구古志 天球』(1995), 『과실果實』(1996), 『봉래蓬萊』(2000), 『허공虛空』(2002), 하이쿠 이론 비평집으로는 『하이쿠의 우주俳句の宇宙』(2001)가 있다. 그 중 『하이쿠의 우주』는 산토리 문예상을, 『허공』은 요미우리 문학상을 받았다. "출판의 즐거움은 사람을 만나는 기쁨"이라고 하는 오쿠보. 그의 출판은 기쁨의 이중주라고 할 수 있다. 두 사람이 만나 빚어낸 수상이니까.

시집을 내는 출판사로 알려진 후 어려움도 있었다. 출판할 작품을
다른 회사에서 받아와야 했기 때문이다. 그래서 1987년 5월 가신샤는
오카를 편집위원으로 맞이해 계간 〈가신花神〉을 창간했다. 잡지는 출
판사가 자비로 책 만드는 경로를 갖게 한다. 〈가신〉(1991.7, 13호)에 연
재한 후 단행본으로 간행한 책이 앞서 말한『하이쿠의 우주』다.

또한 이바라기는 새로운 가능성을 열었다. 이바라기는 〈가신〉을 간
행하기 전부터 한국어 공부를 시작했다. 이를 안 오쿠보는 이바라기
에게 잡지에 실을 한국 현대시를 번역해달라고 부탁했다. 이렇게 시
작된 이바라기의 연재는 한국시인 12명의 시집을 편집한 이바라기 노
리코의『한국현대시선韓國現代詩選』(1990)으로 이어졌다. 이 책은 이후
요미우리 문학상을 수상했다. 연재를 하며 이바라기는 오쿠보와 함께
몇 번 한국에 갔다. 그 일을 계기로 가신샤는 1995년 4월『바람의 세
례』(김남조 외), 1996년 4월『구름피리』(조병화 외), 2002년 11월에는
『정지용 시선』(정지용)을 간행했다. 이렇게 해서 일본 독자들은 한국대
표 작가들의 시를 일본어로 읽을 수 있게 되었다. 1992년 4월에 펴낸
가신샤의 스테디셀러『자신의 감성으로』가 출간되고 15년이 지난 뒤
간행한 요시노 히로시吉野 弘의 시집『바치는 노래贈るうた』는 2003년 6
월 25쇄를 찍었다.


두 사람이 행복해지려면

조금은 부족한 게 좋다.

너무 완벽하지 않은 게 좋다.

지나치게 완벽하다면

오래 지속될 수 없음을 알아야 한다.

완벽을 바라지 말아야 한다

완벽이란 부자연스러움임을

깨달아야 한다

두 사람 중 어느 한 쪽은

장난꾸러기가 되어야 한다.

서로 비난할 일이 있더라도

자신에게 비난할 자격이 있는지

천천히

되새겨볼 일이다.

충고를 할 때는

조심스러움을 잃지 말아야한다.

충고가

상대에게 상처가 될 수 있음을

기억해야 한다.

멋지게

바르게 살고 싶다는

무리한 긴장감이 감돌 땐

곁눈질하지 말고

편안하고 느긋하게

빛을 쬐어야 한다.

건강하게 바람을 맞으며

삶의 애틋함에

문득 가슴이 뜨거워지는

그런 날이 있어도 좋겠다.

그리고

가슴이 따뜻해지는 이유를

말하지 않아도

서로 느낄 수 있는 삶이 되기를….

(「축혼가」)


이 「축혼가」가 들어 있는 『바치는 노래』는 일반 독서 시장은 물론, 결혼식 선물이나 축시로 낭송되며 10년 동안 꾸준히 팔리고 있다.

진정으로 책을 좋아하는 사람이 만든 책은 보면 알 수 있다. 판권을 보거나 책을 잡은 순간 느낄 수 있다. 구석구석까지 편집자의 정성이 담긴 가신샤의 책 만들기. 오쿠보는 50년 후, 아니 100년 후에도 남을 수 있는 책을 만들기 위해 노력하고 있다.

# 세키후샤

1948년 3월, 가고시마에서 태어난 후쿠모토 미쓰지福本満治는 구마모토 대학 법문학부에 들어갔다. 대학분쟁이 시작되기 전, 즉 폭풍전야 같은 시절 후쿠모토는 요트부에서 동아리 활동을 하는 평범한 대학생이었다. 그렇게 평온하던 생활은 엉뚱하게도 확 바뀌었다. 일본 전역에서 학원분쟁이 불타오르기 시작한 1968년 겨울, 그러니까 3학년 때의 일이다. 후쿠모토는 학기가 끝나고 가끔 단체 교섭장에 얼굴을 비쳤는데 당시 대학 측은 닥터스톱을 이유로 도망쳤다. '자 이제 동맹휴교다!' 이런 상황에서 마침 그 자리에 있던 후쿠모토는 얼떨결에 임원이 되었다. 정치에 무관심하지는 않았지만 특별히 지지하는 정당도 없었다. 각 대학에서 소용돌이치며 일어난 전공투 운동은 그렇게 지지정당이 없는 학생들이 중심이 된 최초의 운동이었다.

그 후 후쿠모토의 삶을 결정한 것은 '미나마타 병'과의 만남이다. 구마모토 현 미나마타 시에서 발생한 미나마타 병은 일본 공업사회의 모순을 드러내는 사건이었다. 후쿠모토는 대학투쟁이 끝나고 묘한 인연으로 미나마타 병에 관한 소송을 접했다. 미나마타 병으로 아버지를 잃고 아내와 어머니도 같은 병에 시달리는 어부를 도우러 찾아갔다. 요트부에서의 활동이 도움이 되었던 것이다.

후쿠모토는 미나마타 병 환자를 돕다가 작가인 와타나베 교지渡辺京二, 이시무레 미치코石牟豊道子, 마쓰우라 도요토시松浦豊敏 등을 만났다. 그들은 배상을 요구하는 재판이 일단락된 1973년 사상문예지 계간 〈구라고暗河〉를 창간하는 데 책임 감수를 맡아주었다. 후쿠모토는 그때 편집 실무를 담당했다. 발매는 후쿠오카시에 자리한 아시쇼보葦書房에서 맡았는데 〈구라고〉를 계기로 1974년 4월에 아시쇼보에 입사했다. 아시쇼보에서는 와타나베 교지나 모리사키 가즈에森崎和江의 작품을 비롯해 그림책이나 시집을 여러 권 냈는데 대표작이 될 만한 책은 없었다. 7년 반이 지난 1981년, 후쿠모토는 내야 할 책도 낼만 한 책도 없었고 본전이 바닥났다는 생각에 좇기다가 특별한 뜻도 계획도 없이 회사를 그만두었다.

그러고는 1층에 이불집이 자리한 목조건물 2층을 빌려, 중고 책상과 의자를 놓고 1인 출판사 세키후샤石風社를 차렸다. 이 사무실에서 아시쇼보 때부터 매월 하던 노동조합의 기관지를 진행했다. 3만 엔밖에 안 되는 일거리였지만 그것으로 방세는 지불할 수 있었다. 일이 없을 때는 근처에 핀 민들레나 들풀을 꺾어 술이나 담그며 한동안 그저 시간을 죽이며 보냈다.

굳이 출판사로서의 기획을 꼽자면 세키후샤의 강연 정도랄까? 후쿠

야마는 해마다 히토쓰바시 대학 교수인 아베 긴야阿部謹也를 초청해 강연을 열고 친목회를 가졌다. 강연은 모두 열 번 했는데 그 내용을 모아 『유럽을 읽다ョ ロッパを讀む』로 펴냈다.

그때까지 인맥을 바탕으로 출판을 하던 후쿠모토에게 80년대 말 어느 날 앞으로의 출판활동을 결정하는 사건이 일어났다. 지방지인 〈니시니혼신문〉에 실린 나카무라 데쓰中村哲의 에세이를 읽은 후쿠모토는 갑자기 피가 끓어오르는 것을 느꼈다. 에세이에는 규슈대학 의학부를 졸업하고 1984년 5월부터 파키스탄 북서부의 페샤와르에서 한센병을 진료하는 나카무라 데쓰의 일상이 담겨 있었다. 나카무라의 주된 임무는 북서부의 '나병 환자 컨트롤 계획'을 민간인으로서 적극적으로 지원하는 것이었다. "글을 읽다 보니 질투가 나더군요. 나카무라가 아프간 사람들, 환자나 난민들과 맺은 돈독한 관계를 보고 질투가 났습니다." 이 사람의 책만큼은 반드시 내가 내겠다는 의욕을 불러일으키는 필자, 후쿠모토는 처음으로 그런 사람을 만났다.

아무도 가고 싶어 하지 않는 곳에서 모두가 꺼리는 일을 한다, 이것은 파키스탄에서 의료활동을 하는 나카무라를 지원하기 위해 1983년 결성된 후쿠오카 시 NGO '페샤와르회'의 이념이다. 그 모임은 후쿠모토도 알고 있었다.

"봉사활동에는 소질이 없습니다. 대학분쟁을 겪고 미나마타를 둘러보며 관심을 갖는 제게 '봉사'라는 아름다운 말은 안 어울리는 것 같은 데요."

안 어울린다고 말은 하지만 무슨 이유인지 지금껏 이쪽에 몸담고 있
는 후쿠모토. 그러나 이전에 겪었던 일들로 인간의 선의에 대해 회의
적인 시각을 갖게 된 것은 사실이다. '페샤와르회'와는 일정한 거리를
두고 싶다, 그저 저자와 편집자의 입장에서 만나고 싶다. 이렇게 생각
하면서도 한편으론 나카무라와의 관계가 끊어지지 않을 것이라는 예
측, 나카무라와 돈독한 관계를 유지할 수 있으리라는 막연한 생각이
들었다고 한다. 세키후샤는 나카무라의 『의사 국경을 넘어医は國境を越
えて』(1999), 『의사, 우물을 파다医者 井戸を掘る』(2001), 『변방에서 진료
하다辺境で診る辺境から見る』(2003) 등을 간행하며 사무국 분실을 인수했
다. 현재 후쿠모토는 이 모임의 홍보 담당 이사다. 아프간과 관련해 나
카무라가 무엇을 보고 느꼈는지 담아낸 『페샤와르에서ペシャワールに
て』(1989/2002)를 살펴보자.

페샤와르는 인간과 세계의 모든 것을 담고 있다 해도 과언이 아니
다. 빈곤, 빈부차, 정치불안, 종교대립, 마약, 전쟁, 난민, 근대화에 의한
전통사회의 파괴 등 모든 발전도상국의 고민거리가 이곳에 모여있기
때문이다. 고민만 있는 것은 아니다. 우리가 잃어버린 인정이 있고 아
직도 인간과 신이 접촉할 수 있는 곳이다. 우리가 당연하게 생각하는
국가나 민족의 틀을 뛰어넘은 솔직한 인간의 삶과 만나게 된다.

2004년 3월 현재 '페샤와르회'는 파키스탄 남서부 아프가니스탄에
서 병원 한 곳과 진료소 네 곳을 운영하고 있다. 2002년에는 일 년 동

안 15만 명가량의 환자를 진료했다. 또 전란에 이어 2000년 여름부터 금세기 최악의 가뭄을 맞은 아프간에서 1000여 개 이상의 수원水源을 확보하기 위해 일하고 있다. 이 활동은 2000년 이후 100만 명이 기아로 목숨을 잃은, 살인적인 가뭄으로 사막화된 곳을 되살리는 일이다. 대규모 관개용수로 공사는 약 1000명의 일자리를 창출하는 실업 대책이기도 하다. 한 명이 10명 정도의 식솔을 거느리고 있으니 최소한 이 일로 만여 명이 끼니를 때울 수 있다. 또 이런 일이 있으면 군벌이나 미군 용병도 필요없다. 수로를 내는 것은 아프간 치안에도 도움이 된다.

2001년 9월 11일 이후 나카무라와 '페샤와르회' 사무국은 아프간 정세를 보도하는 매스컴의 취재 공세와 강연 교섭에 시달렸다. 10월 이후에는 아프간 공습 속에서 긴급식량 지원을 했다. 이때 마련한 '아프간 생명기금'을 바탕으로 의료사업, 수원확보사업, 농업계획 등 '푸른대지 계획'을 지속해 2003년 3월에는 장기적인 관개계획을 시작했다. 일본에서는 1만 2000여 명이 '페샤와르회'를 지원한다. 후쿠모토는 연간 3억 엔 정도의 기금을 운용할 수 있게 된 '페샤와르회'의 활동을 이렇게 설명했다.

"우리가 지향하는 것은, 아프간을 파괴하면서까지 개발하는 국제적 압력에 의한 근대화가 아니다. 단지 아프가니스탄이라는 전통적 농업 공동체가 과거의 풍요를 되찾기 위한 자연 치유력을 조금이나마 지원할 뿐이다."

긴박한 세계정세 속에서 '페샤와르회' 활동의 비중이 커지고 있다.

그럼 본업인 출판활동은 어떻게 되었는지 궁금할 수밖에 없다. 1997년에는 세키후샤의 책이 요미우리 문학상 최종 후보작에 오르기도 했다. 젊을 때부터 콘서트나 연극을 주최했던 후쿠모토는 사가 현의 전통극 '사가 니와카佐賀にわか'의 지쿠시 미쓰코筑紫美主子를 따랐다. 지쿠시 주변에는 어려움을 극복하고 재일 사업가로 성공한 강기동이 있었다. 강 씨가 경영하는 회사의 지원을 받아 지쿠시는 5년에 한 번 '사가 니와카' 공연을 했다. 1997년 10월, 세키후샤는 지쿠시의 소개로 강기동을 만나 『신세타령身世打鈴』이라는 책을 낼 수 있었다. 강 씨는 "이 책은 이른바 '시집'이 아니라, 하이쿠 형식으로 표현된 재일 한국인의 자서전이자 '반쪽발이'라 불리는 남자의 치열한 항변"이라고 설명했다. 강 씨의 항변은 수많은 독자에게 감동을 주었다.

맥주 마시며/ 나의 본명을/ 말해야만 하는가

새 날 꿈꾸며/ 아버지가 건너온/ 바다를 본다

다음으로 이색적인 작품을 소개해보겠다. 월간 〈미장이 교실左官教室〉의 편집장 고바야시 스미오小林澄夫가 쓴 『미장이 예찬左官禮讚』(2001)은 처음엔 도쿄에 있는 한 출판사에서 간행하려고 했다. 그런데 편집자가 아무리 추천을 해도 기획회의를 통과하지 못해 3년 동안 여러 출판사를 전전하다가 결국 세키후샤로 온 것이다. 2001년 1월 세키후샤는 카메라맨인 후지타 요조藤田洋三가 쓴 『만화방랑기繪放浪記』를 낸 적

이 있다. 그 인연으로 후지타가 친분이 있는 고바야시의 작품을 들고
와 어떻게 안 되겠느냐며 부탁을 해 진행하게 된 것이『미장이 예찬』
이다. 시대의 흐름에 밀려 점차 줄어드는 미장이의 시점에서 본 현대
건축과 현대 사회는 어떤 광경일까. 그들이 '칠한 벽'을 보고 넋을 잃었
던 고바야시의 미장이에 대한 격려와 예찬은 시대를 날카롭게 관통한
다. 그 인연으로 간행된 책은 출간과 동시에 관련기사가 실려 건축 관
계자 이외에도 많은 독자의 호응을 얻었다.

"기획을 하고 저자에게 원고를 의뢰하는 것이 편집자라면 저는 편
집자라 할 수 없을지도 모릅니다."라는 후쿠모토. 그는 다른 사람과
만든 인연을 거미줄처럼 펼치고 거기에 걸린 먹이를 책으로 만드는
'거미식'이라며 웃었다.

만일 '페샤와르회'가 도쿄에 있었다면 나카무라의 생각도 많은 정보
에 파묻혀 이렇게까지 알려지지 못했을지도 모른다. '후쿠오카'라는
지방에서, 세키후샤는 세계를 향해 외치고 있다.

인문적 관점에서 세상을 읽는
# 신요샤

독립행정법인인 일본국립국어연구소는 2004년 3월 21-24일까지 도쿄 '요미우리 홀'에서 '세계 외래어 제상'이라는 심포지엄을 열었다. 나는 첫날 이 행사장에서 5개 출판사에서 펴낸 서른 두 종류의 책을 팔았다. 그 중에는 오구마 에이지小熊英二의 『단일민족신화의 기원單一民族神話の起源』이 있었다. 메이지 중기부터 2차 대전 직후까지 일본민족론의 변천사를 다룬 이 책은 심포지엄의 주제와 직접적인 관련이 없는 듯했다. 그러나 사륙판 양장본, 450쪽에 3800엔이나 하는 이 책이 하루에 두 권이나 팔렸다. 신요샤新曜社에서는 이 밖에도 『경계의 언어境界の言語』『사라져가는 언어들消えゆく言語たち』『책이 죽으면 폭력이 태어난다本が死ぬところ暴力が生まれる』『외래어는 왜 쉽게 배울 수 없을까外來語はなぜなかなか身につかないか』 등 네 종을 내놓았다. 수많은 입장객은 이 책들을 들고 열심히 읽었다. 어째서 신요샤의 책이 관심을 끌었을까. 신요샤의 출판활동에 호기심이 생긴 나는 이 회사를 찾아가보기로 했다.

161

1950년에 발발한 한국전쟁으로 특수를 맞은 일본. 당시 도쿄 NHK 는 시험방송을 거쳐 1953년 2월에 텔레비전 방송을 시작하며 신바시 역 등 번화가에 텔레비전을 설치했다. 그리고 8월에는 니혼 TV가 민영방송 최초로 방송을 시작했다. 1954년 2월 샤브 형제에 맞서 역도산 과 기무라 마사히코가 팀을 이룬 프로레슬링 실황 중계를 보기 위해 사람들이 벌떼처럼 모여들었다. 텔레비전이 국민에게 정보나 오락까지 제공하는 친근한 매체로 새 시대를 열어가기 시작한 것이다. 한편 출판계에서는 1956년 2월 신쵸샤新潮社가 출판사로는 처음으로 주간지 〈주간 신쵸週刊新潮〉를 창간했고 이를 계기로 주간지 붐이 일어났다.

이 무렵의 일이다. 1932년 도쿄에서 태어난 호리에 히로시堀江洪는 도쿄대학 문학부 사회학과에 다니며 히다카 로쿠로日高六郎나 전후 사회학 융성기를 이끈 학자들의 학문에 감화되었다. 이윽고 호리에가 졸업한 1957년에는 부흥을 맞은 시대적 분위기를 타고 방송국에서 대규모로 인재를 채용했다. 시대를 반영하는 매스컴 관련 업무에 흥미는 있었지만 호리에는 결핵을 앓은 적이 있었다. 그때만 해도 결핵은 회사에서 가장 기피하는 병이어서 그는 처음부터 '뽑히더라도 무효가 될 것'으로 판단하고 이공계 출판사인 바이후칸培風館에 취직했다. 바이후칸은 종수는 많지 않지만 착실하게 인문서적을 내는 곳이었다.

호리에는 사회학과 심리학을 담당했다. 학창시절의 인맥을 살려 기획한 책으로 최신 과학철학 정보를 담은 『과학시대의 철학科學時代の哲學(전3권)』은 호평을 받았다. '60년 안보투쟁기'를 거쳐 '소득배증계획'

162

이 진행되었고 '레저 붐'이 일어 '고도 경제성장'의 시대로 접어들었다. 그리고 60년대 말에는 대학분쟁의 시대를 맞이했다. 사회 도처에서 문제가 분출하는 가운데 바이후칸은 전통적으로 '시대의 요구와 상관없이 초연하게 학술서를 만드는' 곳이었다. 그 무렵 호리에는 인문서 편집부장과 홍보부장을 겸임했는데 회사의 운영방침이 자신의 이념과 맞지 않는다는 생각이 들었다. 1968년 1월 도쿄대학 분쟁, 4월 일본대학 분쟁. 사회변혁을 추구하며 시대를 주도하고 싶었던 호리에는 회사를 그만두었고 그 뜻에 공감하는 사원 네 명이 그를 따라 나왔다.

1969년 7월 말 바이후칸을 그만둔 다섯 사람은 신요샤를 창업한다.

"지금까지 키워온 인맥을 활용해 철학이나 사회학, 심리학을 중심으로 '인문적 학문연구'를 해보고 싶다. 그러나 그것만으로는 독자가 한정된다. 그러니 이런 책을 기초로 한 목록이나 교과서, 전문서와 계몽서를 낸다는 생각으로 다른 곳에서 볼 수 없는 책을 인문과학의 세계에서 만들어보자."

이것이 신요샤 출판활동의 출발점이었다. 진보쵸 3층 목조 건물에 자리한 사무실. 벽에 걸어놓은 판자에서 바퀴벌레가 기어나오는 곳이었다. 마음속으로 생각했던 책은 10여 종쯤 되지만 구체적으로 기획하지는 않았다.

몇 년 동안은 주로 편집 프로덕션처럼 외주를 받아 처리했고 짬짬이 자사의 기획물을 출간하는 정도였다. 그 중에 호평을 받은 책이 두 권 있다. 하나는 기도 고타로城戸浩太의 『사회의식의 구조社會意識の構造』

다. 기도는 호리에의 대학 선배로 장래가 촉망되는 젊은 대학 강사였는데 어느 날 남 알프스에서 조난당해 세상을 뜨고 말았다. 호리에는 예전에 바이후칸에서 그의 유고집을 내려고 준비했는데 그때 내지 못했던 것을 보존했다가 책으로 냈다. 사회적인 발언이 담긴 이 책은 에세이였는데 꾸준히 팔리지는 않았지만 그땐 좋은 반응을 얻었다.

또 하나는 창립 2년째 되던 해에 간행한 무라카미 요이치로村上陽一郎의 『서구 근대과학西歐近代科學』이다. 이 책은 『과학시대의 철학』을 엮은 오모리 쇼조大森莊藏가 소개한 무라카미의 원고로 완성되었다. 『서구 근대과학』은 2002년 5월에 개정판을 냈는데, 창업 이후 꾸준히 잘나가는 스테디셀러 가운데 한 권이다.

1970년대 초 대형 출판사는 매년 30퍼센트대의 성장세를 기록해, 3년만 일하면 월급이 배로 뛰는 시기였다. 호리에는 시대의 흐름에 따라 창업할 때부터 염두에 두었던 일반서 간행 비중을 서서히 늘렸다. 이 무렵부터 서점의 인문서고에는 신요샤의 책이 나란히 진열되었다. 그 중에서도 사회문제인 가정 폭력이나 등교 거부가 늘어나는 원인을 심리학적 관점에서 접근한 『등교를 거부하는 아이登校拒否兒』(1978)는 당시 독자의 요구와 잘 맞아떨어져 좋은 반응을 얻었다.

'새로운 시점과 깊이 있는 내용으로 사회를 비평하는 책을 내고 싶다'는 신요샤의 이념에 따라 출간해 사회적 관심을 받은 책이 있다. 스위스 사상가인 앨리스 밀러의 『영혼의 살인魂の殺人』이다. "교육이나

예절이란 이름으로 자행되는 폭력은 아이들의 영혼을 산산조각 내고 사회는 결국 호된 복수를 당할 수밖에 없"다는 이 책은 히틀러나 소녀 매춘부 크리스티안의 유년시절을 상세하게 분석해 교육의 폭력성과 비인간성을 거침없이 드러냈다. 책이 간행되자 편집부에는 밀러를 아는 독자들이 모여들었다. "사회에서 쓸모있는 사람이 되라" "남을 배려할 줄 모르는 아이는 미움받는다." 이런 부모의 한마디가 때론 아이의 영혼에 치명적인 상처를 남긴다. 간행한 지 10년이 지난 1993년 11월 1일 〈아사히신문〉에서 '힘으로 가르친 예의범절은 역효과'라며 앨리스 밀러의 『영혼의 살인』을 특집으로 다루었다. 이를 계기로 갑자기 주문이 쇄도했다.

『영혼의 살인』은 무라카미 요이치로와의 인연으로 알게 된 야마시타 기미코山下公子가, 꼭 번역하고 싶다는 뜻을 밝혀 진행한 책이다. 처음 신요샤가 판권을 문의했을 때는 '이 책은 무게감 있는 책이니 좀더 규모가 큰 출판사에서 내고 싶다'는 밀러의 뜻에 따라 일이 성사되지 않았다. 그러나 호리에는 저자의 의향에 굴하지 않고 반드시 내고 싶다는 의지를 담은 장문의 편지를 스위스에 있는 밀러에게 보냈다. 이런 호리에의 열의를 안 밀러는 그제서야 간행을 허락했다. 1984-94년까지 10년 동안 3만 부, 1993년 〈아사히신문〉에서 다룬 후 다시 3만 부. 이렇게 해서 현재까지 8만 부가 나갔다.

재고를 갖고 꾸준히 성실하게 판매하는 것. 이것만으로 신요샤의 책이 사회적 평가를 받을 리는 없다.

　"책을 만들 때에는 참고문헌을 충실하게 넣는다. 교정은 물론이고 찾아보기까지 꼼꼼하게 챙기며 대충 넘어가지 않는다."

　호리에의 이 말로 신요샤가 출판에 임하는 자세를 짐작할 수 있다. 이런 정통적인 책 만들기와 그에 공감하는 저자와의 인연이 결실을 맺어, 최근에 출간된 젊은 학자들의 책은 꾸준히 화제가 되고 있다.

　오구마 에이지의 『단일민족신화의 기원』도 그렇다. 한일 동조론에서부터 한일 합병, 다민족 국가인 일본제국을 지탱한 사상은 무엇인가, 전후 일본은 어떤 나라인가, 단일 민족신화는 어떻게 만들어졌는가. 이 책은 메이지시대부터 전후 사상가의 '의견'을 시대별로 나누어 상황이나 관계 등을 면밀하게 파헤쳤다. 쉬운 문체로 씌어 중장년층뿐 아니라 폭넓은 독자의 호응을 얻어 2003년 12월에는 17쇄를 발행했고 산토리 문예상을 수상하기도 했다. 이 책의 반향에 자신을 얻은 듯 오구마는 A5판 968쪽에 이르는 『민주와 애국─전후 일본의 내셔널리즘과 공공성〈民主〉と〈愛國〉·戰後日本のナショナリズムと公共性』을 완성했다. 이 책은 2003년 12월에 '마이니치 출판문화상,' 2004년 1월에는 '오사라기 지로 논단상'을 수상했다. 6300엔의 비싼 가격에도 2004년 5월 현재 발행 부수가 2만 부를 넘었다.

　1962년 도쿄에서 태어난 오구마에 이어 신요샤에서 작품을 낸 사람은 1970년 시즈오카에서 태어난 무구루마 유미六車由實다. 무구루마는 『신, 사람을 삼키다神, 人を喰う』로 2003년 산토리 문예상을 수상했다.

『신, 사람을 삼키다』는, 신과 사람이 교감하는 성스러운 자리에 피비린내 나는 몸뚱이를 바치는 것을 목격했을 때 과연 우리는 주저하지 않고 평정심을 가질 수 있을까, 인간의 몸뚱이를 '음식'으로 신에게 바치는 마쓰리, 왜 이런 이야기가 현대까지 전해지는 것일까, 같은 마쓰리 현장에서 신과 사람이 나누는 음식, 성, 폭력에 관한 일본인의 민속적 상상력의 근원에 대해 다룬 책이다.

창업 이후 지금까지 간행한 책은 900종이 넘는다.

"젊고 재미있는 저자가 있다는 소개기사가 늘어 굉장히 좋은 상황입니다. 지금까지 젊은 신진 저자의 작품을 꾸준히 내왔기 때문인데 앞으로도 그렇게 하고 싶습니다."

저자와 인맥을 소중히 여기며, 설령 서점 한 켠에 단 한 권의 책만 놓인다 해도 그 한계를 뚫고 나아가는 힘 있는 책을 내는 곳. 신요샤는 그런 희망을 갖고 출판활동을 하고 있다.

다채로운 시리즈를 간행하는
# 론소샤

1978년 9월 야에스북센터가 개점한 후 '간다 르네상스'를 목표로 1981
년 3월에 문을 연 것이 산세이도쇼텐三省堂書店 간다 본점이다. 이곳은
매장 규모나 재고면에서 '일본 최고'의 서점이다. 1982년 10월에는 도
쿄도쇼텐이 간다 본점 6층 빌딩에 새 단장을 하고 들어갔다. 그 전까
지 기치죠지나 미다카 영업소에서 10년을 보낸 필자가 본점에서 일하
게 된 것도 이 무렵부터다. 나는 경제, 경영, 법률, 종교, 역사, 철학, 정
치, 사회 관련서를 취급하는 3층 서가를 주제별로 분류하면서 역사서
와 철학서를 꾸준히 간행하는 론소샤論創社에 주목했다.
　1981-83년까지 론소샤가 간행한 문화사 관련서를 정리해보자. 호
리코시 마사오堀越正雄의 『우물과 수도 이야기井戸と水道の話』, 다마키
테쓰玉城哲의 『물의 사상水の思想』, 와타나베 젠지로渡邊善次郎의 『도시
와 농촌 사이都市と農村の間』, 나카무라 히로시中村浩의 『분뇨박사 일대
기ふんにょう博士一代記』, 아베 분고阿部文伍의 『물의 세시기水の歳時記』 등
이다. 특히 독자의 반응이 좋았던 책은 오카 나미키岡並木의 『도로포장

168

과 하수도 문화鋪装と下水道の文化』다. 론소샤는 내가 인문서고를 맡고 나서 알게 된 개성 있는 출판사다.

1947년 5월 도쿄에서 태어난 모리시타 노리오森下紀夫는 고등학교를 중퇴하고(자퇴하였는지 학교측의 처분이었는지 잘 모르겠지만, 당시 상황과 그 후의 활동을 통해 짐작해보면 '신좌익' 운동에 관여한 죄로 퇴학 처분을 받은 듯) 자동차 운전면허 학습서를 내던 출판사에서 아르바이트를 했다. 그 출판사에는 자질구레한 일을 하는 아주머니가 있었는데 사무실 2층을 식당으로 쓰며 아주머니가 만들어주는 점심을 먹었다. 3월 모리시타가 입사해 받은 첫 월급은 1만 3000엔이었다. 그리고 성실성을 인정받아 월말에는 도매상 수금까지 나갔다. 4월에는 월급을 1만 4000엔 받았다. 회사의 신뢰를 얻으며 정상 급여를 받을 수 있게 된 것이다. 그리고 5월 월급날이 되었다. "어? 월급이 똑같잖아." 모리시타는 이것저것 챙겨주는 경리 담당자에게 월급이 '잘못되었다'고 이야기했다. 4월에 3월보다 월급이 올랐기 때문에 매월 월급이 오른다고 생각했던 것이다.

60년대 후반, 모리시타가 사회인이 된 직후의 에피소드다. 지금 생각해 보면 다들 그 시절이 좋았다고 이야기한다. 그러나 모리시타는 시대를 덤덤하게 받아들인다.

"안 좋은 시대란 없습니다. 그 속에서 가난하게 살 수도 있고 전혀 인정받지 못할 수도 있죠. 하지만 어떤 시대든 언제나 살만 합니다. 어려움이야 늘 있는 것이고 억압도 존재하지만, 다른 한편에는 억압에서

169

벗어날 방법이 반드시 있습니다. 때문에 나쁜 시절이란 없는 겁니다."

반 년쯤 일하다 그만두었지만 이 출판사는 모리시타의 고향이 되었다.

모리시타는 〈아사히신문〉의 구인광고를 보며 '고등학교 중퇴로는 일할 곳이 없다'는 현실을 깨달았다. 그렇다면 '사장이 되는 수밖에 없다'고 생각하고 새롭게 마음을 다지고 시작한 일이 급속히 수요가 늘어난 바다 청소 하청 회사였다. 그때는 수요가 공급을 훨씬 웃돌아 쉴 틈이 없을 정도로 일이 많았다. 일류 호텔의 하청도 받아 돈을 벌기 시작했다. 모리시타는 열아홉 살에 시작한 청소 회사의 수익을 종자돈으로 1972년 2월에 론소샤를 세우고 〈국가론연구國家論研究〉 창간호를 간행했다. 〈국가론연구〉의 선전문구는 '국가이론 창조'였다. 이 잡지는 '일국혁명론', 다시 말해 '일본이라는 나라만 혁명할 수 있다면 그 혁명이 다른 나라로 확대될 것'이라는 생각으로 만들어졌다. 그때 일본에는 혁명을 현실화할 수 있는 토양이 마련되어 있었다. 바로 독자의 반향으로 이것이 든든한 기반이 되었던 것이다. 창간 무렵에는 대형 서점에 쌓아놓고 1만 부씩 팔았으나 1983년 21호를 끝으로 휴간하게 되었다. 그 이유는 1970년대 다국적 기업의 발전에 있다. 자본이 다국적인데 어떻게 일국혁명론이 성립되겠는가. 이 이론은 역사의 흐름을 거스르는 것이기에 최후를 맞이할 수 밖에 없었다. 창간 후 10년이 지났을 즈음에는 1000부도 팔리지 않았다.

빌딩 청소에서 업종을 바꾸어 시작한 론소샤는 그 후 폭넓은 분야를 아우르며 활동했다. 먼저 내가 서점에서 접했던 주요 간행서를 생각

나는 대로 열거하면 『국가악國家惡』(1981), 『칸트 순수이성비판 입문ヵ
ント純粹理性批判入門』(1984), 『칸트 실천이성비판 해설ヵント實踐理性批判
解說』(1985), 『연애와 사치와 자본주의戀愛と贅澤と資本主義』(1987), 『아시
아와의 대화アジアとの對話·正編〜第五集』(1988-89), 레이먼드 카버의 시
집 『물이 만나는 곳水の出會うところ』(1989), 『바다 저편에서海の向こうか
ら』(1990), 『어느 경제학자의 사생관ある濟學者の死生觀』(1993), 『전쟁과
자본주의戰爭と資本主義』(1996) 등이다.

체제에 반하는 정신에서 출발해 꾸준히 활동한 론소샤는 한결같이
저자의 명확한 주장이 담긴 책을 만들었다. 그런 원고라면 1500부짜
리 기획이라도 책으로 만들었다.

소부수 간행이라는 지향점은 기술혁명이라는 시대의 흐름으로 유
지했다. 모리시타는 컴퓨터를 잘 하는 친구들의 도움으로 일찌감치
회사 안에서 조판을 했다. 그 결과 인쇄소에서 처리할 때와 비교해 비
용을 3분의 1로 낮출 수 있었다. 사내에서 조판함으로써 대중사회에
서 소외된 소수 의견, 묻혀버린 견해, 예리한 사상 등을 재빠르게 세상
에 내놓을 수 있었다.

2003년 가을부터는 여섯 가지 시리즈물을 간행했다.

'론소 미스터리 총서'는 일본 탐정소설사에서 지금까지 소홀히 다뤄
진 2차 대전 이전의 작가나 작품을 발굴하여 그 다채로운 가능성을 보
여주었다. 수록된 주요 작가는 히라바야시 하쓰노스케平林初之輔, 고가
사부로甲賀三郎, 도쿠도미 로카德富蘆花, 구로이와 루이코黑岩淚香, 오시

가와 슈로押川春浪, 마키 이쓰마牧逸馬 등이다. 처음으로 배본한『히라바야시 하쓰노스케 탐정소설선I平林初之輔探偵小說選I』의 앞부분에는 '공판예심조서'가 수록되었다. 살인죄로 체포된 아들을 걱정하는 노교수와 공판 예심을 담당한 판사의 대화로 이야기가 전개된다. 아버지와 아들의 사랑, 탐정소설적 장치, 마지막 반전이 흥미로운 작품이다. 1892년 교토에서 태어난 히라바야시는 2차 대전 이후에 등장한 에도가와 란포江戸川亂步나 요코미조 세이시橫溝正史보다 앞선 쇼와전쟁 전, 문단에서 큰 역할을 했다.

'해외 미스터리 총서'는 2004년 가을부터 매월 2-3권씩 간행되고 있다. 이 시리즈에는 해외에서 크게 성공했음에도 일본에 소개되지 않은 신사탐정 '토후' 시리즈, 2004년 봄 〈뉴욕타임스〉 베스트 5에 든 다니엘 실바의 '가브리엘 아론' 시리즈 등이 포함되어 있다.

## 수수께끼의 옮긴이, '고전 포르노 총서'

1950년을 전후해, 언더그라운드적 성격을 지닌 출판사에서 번역 포르노가 잇달아 간행되었다. 그러나 이들 작품은 옮긴이를 익명으로 해두었기 때문에 번역 문학사에서도 전혀 되돌아본 적이 없다. 첫 권으로는『발칸 전쟁バルカン戰爭』이, 이어서『프랑스의 풍속소설ふらんす浮世草紙』이 간행되었다. 모리시타는 몇 번이나 퇴고를 거듭해 쉽게 읽을 수 있는 문체로 완성했다. 50년 전의 글을 현대 표기법에 따라 꼼꼼히 수정하는 과정은 옛 문체에 오늘날의 호흡을 불어넣는 작업이라고 할 수 있다.

### '루공 마카르 총서'의 번역 간행

에밀 졸라가 20여 년에 걸쳐 스무 권으로 정리한 책을 번역 출간했다. 제11권인『귀부인의 낙원ボヌール・デ・ダム百貨店』이 2002년 11월에, 제1권『루공가의 운명ルーゴン家の誕生』이 2003년 10월에 출간되었다.

### '사쿠라이 기요시櫻井淳 저작집'

날카로운 기술 평론가로 활약하는 사쿠라이의 저작을 처음으로 집대성한 저작집이다. 저작집의 제1권은『기술과 문명技術と文明』으로 기술 평론의 선구자인 호시노 요시로星野芳郎와 사쿠라이 기요시의 대담집이다.

### '론소 총서論創叢書'

묻혀 있는 명저를 직접 발굴해 읽기 쉬운 형태로 간행했다. 그 첫 권은 누마타 라이스케沼田賴輔의『화성설단畵聖雪舟』이었다. 이어서 오쿠마 노부유키大熊信行의『마르크스의 로빈슨 이야기マルクスのロビンソン物語』『사회 사상가로서 라스킨과 모리스社會思想家としてのラスキンとモリス』를 펴냈다.

이뿐이 아니다. 론소샤는 2003년 10월 '헤이민샤平民社 결성 100주년'을 기념해 2002년 9월부터『헤이민샤 100년 콜렉션平民社百年コレクション(전13권)』을 간행했다. 헤이민샤는 일본과 러시아의 충돌이 임박한 1903년 10월, 요로즈조보萬朝報를 퇴사한 고도쿠 슈스이幸德秋水와 사카이 도시히코堺利彦에 의해 결성되었다. 그들은 '반전론'을 부르짖으며 자유와 평등, 박애에 기초한 사회를 지향했다.

사원 여덟 명의 론소샤가 이렇게 단숨에 다양한 시리즈를 간행하며 전환을 꾀하는 데는 큰 이유가 있다. 2001년 12월 전문서점 도매상이었던 스즈키쇼텐鈴木書店이 도산했기 때문이다. 스즈키쇼텐의 상품과 자금의 흐름은 대형 도매상과 전혀 달랐다. 스즈키쇼텐은 전문서 도매상으로 대형서점에 영업을 했다. 창고에 책이 떨어지면 미래 수요까지 예측해 출판사에 발주하고 출판사는 스즈키쇼텐의 창고에 책이 들어가는 시점에 돈을 수금했다. 그러나 차별적인 거래 조건을 강요하는 대형도매상은 그렇게 하지 않는다.

스즈키쇼텐이 도산한 2001년 12월 이후, 인문서를 내는 소규모 출판사는 생존 자체에 위협을 느끼는 상황이 되었다. 모리시타는 "스즈키쇼텐이 도산하자 매월 50만 엔의 손실이 생겼"다고 말한다. 그래서 그는 스즈키쇼텐과 거래하던 소출판사들이 조직한 NR출판협동조합(현재는 NR출판계)의 이사직을 맡아 유통문제 대책협의회에서도 활약했다. 체제에 이의를 제기하는 자세가 자신의 인생관이라고 하는 그는 소출판사에 불리한 거래조건을 강요하는 대형 도매상의 거래조건에 대해 끊임없이 개선을 요구하고 있다. 그러나 모리시타는 "시대는 언제나 나쁘지 않"다고 한다. 무거운 주제와 가벼운 주제를 균형 있게 기획함으로써 어려운 상황에 굴하지 않고 도전하는 론소샤는 오늘날 주목받는 출판사가 되었다.

시대사상의 방위표
# 스이세이샤

풍요로운 노랫소리가 울려 퍼지던 중세 유럽. 이 책은 그 노래— 서정
시를 종교시, 여심을 노래한 곡, 연애시, 무도곡, 리얼리즘으로 분류해
각 장르의 대표적인 작품을 깊이 읽고 이해함으로써 독자를 황홀경에
빠지게 만든다. 읽다 보면 서구문학의 원천을 가까이 접하는 기쁨이 가
슴속에 지그시 파고들 것이다. (〈아사히신문〉)

서양사를 전공한 도쿄대 교수 이케가미 슌이치池上俊一는 피터 드롱
크의 『중세 유럽의 노래中世ヨーロッパの歌』(2004)에 대해 "노래를 잊은
산문의 시대, 근대의 장벽을 관통하며 중세의 영롱한 노랫소리가 되살
아나는 모습은 감동적"이라고 극찬했다.

학회의 상식을 뒤집는 견해가 제시되었음을 알리는 이 서평이 실린
후, A5판 양장본으로 612쪽에 7000엔 하는 『중세 유럽의 노래』의 독
자는 얼마나 늘었을까? 『중세 유럽의 노래』를 간행한 스이세이샤水聲社
의 발자취를 좇아보겠다.

1966년 4월 도쿄도립대학 인문학부 영문과에 입학한 스즈키 히로시鈴木宏는 졸업과 동시에 다시 동대학 불문과에 학사 입학했으며 1973년 4월부터 동대학원 인문학부 연구과 석사과정을 밟았다. 석사과정을 수료한 것은 1977년 3월, 대학 입학 후 11년이란 시간이 흐른 뒤였다. 그동안 수많은 연구자와 만났는데 그 가운데에는 영문과 교수인 시노다 하지메篠田一士가 있었다.

스즈키가 석사 과정을 밟을 때의 일이다. 그 무렵 일본에서는 해외문학을 소개하는 붐이 일었다. 가브리엘 가르시아 마르케스의 『백년의 고독』(신쵸샤, 1972)이 간행되었고, 미사키쇼보三崎書房에서 기타 준이치로紀田順一郎와 아라마타 히로시荒俣宏가 편집위원으로 참여한 잡지 〈환상과 괴기幻想と怪奇〉를 발행한 것도 1973년의 일이다. 〈환상과 괴기〉는 월간으로 시작한 초기에는 반응이 좋았지만 이후에는 판매가 저조했다. 시노다 교수에게 해외 현대문학을 배운 스즈키가 편집에 참여하며 이미지 변신을 노렸지만 상승세를 타지 못하고 격월간이 된 후 2년쯤 계속되다가 결국 휴간하게 되었다. 석사과정에 적을 두고 잡지간행에 참여한 스즈키는 기타 준이치로의 추천으로 1975년 국서간행회에 인턴 사원으로 입사했다. 〈환상과 괴기〉는 휴간되었으나 스즈키는 환상문학에 소수나마 일정한 독자군이 있음을 알았다. 그들을 대상으로 환상문학과 판타지 문학전집을 낸다면 그럭저럭 해볼 만하다는 생각으로 이 분야에 다시 도전하기로 했다. 그 결과물이 기타 준이치로와 아라마타 히로시가 책임편집을 맡은 『세계환상문학대계世界

176

幻想文學大系(제1기 전15권)』(1975-)였다.

잡지와 그에 이은『세계환상문학대계』의 간행 등 환상문학과 판타지가 일본에 뿌리내릴 수 있는 포석이 된 1975년에는 여러 출판사가 이 시장에 뛰어들었다. 슈에이샤集英社는 기존의 명작을 모아 간행하던 세계문학전집에 새로운 체제를 도입했다. 이를테면 보르헤스의『전기집傳奇集』을 기획했는데 이 전집은 의도한 대로 호평을 받았다. 이 시장을 확대한 것은 '하야카와 판타지 문고'로 상당히 잘 팔렸다.

이렇게 해서 1970년 창업 이후, 주로 불교와 역사 · 일본문학 전문서를 내던 국서간행회에는 스즈키가 기획한 환상문학이나 해외문학이라는 미개척 장르가 추가되었다.

1977년 4월, 석사과정을 마치고 사원으로 채용된 스즈키는『세계환상문학대계』를 간행하며 쓰즈미 다다시 등과 친분을 쌓았는데 이후 '라틴 아메리카 문학총서ラテンアメリカ文學叢書'(1977)를 기획했다. 보르헤스와 바르가스 요사, 마르케스 등의 작품을 모은 이 시리즈는, 대중에게 미지의 세계와 그곳의 문학을 알리는 신선함으로 다가갔고 기획자에게는 기존의 틀에서 벗어난 굉장히 재미있는 일로 느껴졌다. 회사의 사업 분야를 키우려 했던 국서간행회는 그 후에도 스즈키의 기획은 무엇이든 지원해주었다. 그러나 스즈키는 차츰 책을 판매량으로 평가하는 상업주의에 회의를 느꼈고 1981년 1월 국서간행회를 그만두었다.

스즈키의 학창시절은 60년대 프랑스에서 일어난 현대사상의 조류

와 구조주의에 의한 '혁명'의 시대였다. 프랑스 문학을 전공한 스즈키는 기호학이나 구조주의 등 포스트구조주의라는 학문적 흐름에 큰 관심을 갖고 있었다. 그래서 기호학이나 구조주의에 관한 책을 내고 싶었다. 또 직접 관련은 없더라도 간접적으로 관련되는 문학이나 예술 등의 새로운 동향, 그러니까 일종의 아방가르드 예술에 관한 책을 내고 싶었다. 이런 생각으로 젊은 친구와 둘이서 1981년 12월 '서점 바람의 장미書肆風の薔薇'를 창업했다.

'바람의 장미'는 프랑스어 'rose des vents'를 일본어로 번역한 것이다. des는 영어의 of에 해당한다. vents는 바람이다. 프랑스어로는 지도에서 방위를 나타내는 N과 S, W와 E를 이중원으로 둘러싼 도형을 'rose des vents'라고 부른다. 이중원 안에 십자를 겹치지 않게 비껴 그린 꽃 모양을 'rose'라 부르는데 일본어로는 보통 '방위표配風圖'라고 번역한다. '시대사상의 풍향을 전한다'는 의미로 'rose des vents'라는 이름을 붙였는데 '방위표'라는 이름은 재미가 없어서 직역투의 '바람의 장미'로 하고 그 앞에 서점이란 의미의 '書肆'를 붙였다. 이렇게 해서 세련되고 모던한 회사명이 만들어졌다.

처음으로 낸 책은 오카 마코토大岡信의 『가노 미쓰오론加納光於論』이다. 두 번째 책은 나카무라 신이치로中村眞一郎의 『소설 구조에 대한 시험小說構想への試み』. 세 번째는 다카하시 이와오高橋巖의 『미술사에서 신비학으로美術史から神秘學へ』(신비학 총서1)다. 당시 주목받던 세 사람

의 글을 받아 책을 냈지만 대형 도매상의 거래구좌를 트지 못해 구좌를 빌려 전문 출판사에 발매를 맡겼다.

꽤 팔린 책도 몇 종쯤은 있다. 그러나 내야 할 책들이 대부분 중후한 학술 번역서였기 때문에 간행하기까지 많은 시간이 걸렸다. 간행이 늦어지면서 책 판매량도 영향을 받았다. 판매 속도가 둔해지자 한 달에 한 권 정도 낼 수 있던 것이 차츰 두 달에 한 권, 세 달에 한 권, 반년에 한 권으로 늘어지는 악순환이 반복되었다. 창업 무렵엔 아쉬운 대로 괜찮았지만, 3~4년 동안은 특별한 성과 없이 지낼 수밖에 없었다.

그러다가 20세기 최고의 신비학자로 불리는 루돌프 슈타이너가 일본에서 주목받으면서 상황이 달라졌다. 오컬티즘 붐이 일어난 것이다. 슈타이너의 교육서 등 관련서를 꾸준히 펴낸 것이 계기가 되어 출판사 이름이 알려졌다. 그 후에는 비교적 순조롭게 간행 종수를 늘릴 수 있었다.

출판사가 서점에 알려지자 새로운 문제가 생겼다. 모던한 회사명에 불평이 많았다. 책을 갖고 싶어도 한자가 어려워 주문서를 쓸 수 없다는 것. 이 문제는 스즈키도 고민을 했다.

마침 그 무렵 지인이 하던 출판사 하쿠바쇼보白馬書房에 문제가 생겨 사실상 휴업상태가 되었다. 재고가 있으니 회사를 맡아달라는 부탁을 받은 스즈키는 하쿠바쇼보의 주식을 매입해 회사를 합병했다. 이때부터 하쿠바의 도매구좌를 쓸 수 있게 되었다. 복잡해서 쓰기도 어렵고 까다로운 회사명은 신뢰감을 줄 수 없었다. 그래서 스즈키는 1991년

11월, 회사명을 '서점 바람의 장미書肆風の薔薇에서 '스이세이샤水聲社'로 고쳤다. 그러자 이번에는 이전의 이름이 좋았다는 말들이 많았다. 그 때문인지 스즈키의 명함에는 'rose des vents-suiseisha'고 함께 씌어 있다.

포스트 구조주의의 대표적 철학자인 장 프랑수와 리오타르의『포스트 모던의 조건ポスト モダンの條件』(총서 언어의 정치1, 1986)이나 롤랑 바르트 사후, 프랑스 문자기호학의 제1인자로 평가받는 제라르 주네트의『figural I フィギュール I』(기호학적 실천총서5, 1991) 등을 간행하면서부터 스즈키가 지향하는 출판활동이 독자들의 눈에 띄었다. 신타니 게이자부로新谷敬三郎가 책임 편집한『미하일 바흐친 전집ミハイル・バフチン全著』(1999)이나 도비다 시게오飛田茂雄, 혼다 야스노부本田安典, 마쓰다 겐지로松田憲次郎가 편집한『헨리 밀러 컬렉션ヘンリー・ミラーコレクション(전10권)』등은 서평이나 각종 언론매체에 소개되어 좋은 평가를 받았다.
　　스즈키가『총서 언어의 정치叢書言語の政治』나『기호학적 실천총서記學的實踐叢書』에 실린 기호학이나 구조주의 관련서에 흥미를 느낀 것은 전문 분야임에도 불구하고 기존의 벽을 부수고 학문의 틀을 완전히 바꾼 데 있다. 학문뿐 아니라 현실을 이해하는 데 있어서도, 과거에 당연하게 여겨지던 발상과 다른 형태로 현실을 파악하는 기호학이나 구조주의가 필요하다. 즉 스이세이샤에서 내는 기호학이나 구조주의 관련서는 새로운 문제의식에 공감하는 독자가 늘어난다면 저절로 팔릴 책이다. 앞서 소개했던 『중세 유럽의 노래』의 독자 수는, 기호학이나 구조주의, 포스트구조주의나 문화이론 등 새로운 동향에 관한 책을 내는 출판사가 기존의 틀을 타파하는 새로운 방향성에 주목하는 독자를 얼마나 만들어내고 확보하느냐에 따라 달라질 것이다. 스즈키는 그런 뒤에야 비로소 학문과 사상이 진보하고, 일본 출판의 미래도 있다고 생각한다.

일본의 언어학 관련서를 펴내는
# 구로시오출판

1948년 10월 '로마자 교육회'로 설립되었던 구로시오출판くろしお出版
은 1993년 창업자가 회장에 취임함으로써 실질적인 경영권이 그 자녀
에게 넘어갔다. 창업자인 오카노 아쓰노부岡野篤信는 1919년에 태어났
는데, 2차 대전이 일어나기 전부터 '로마자 운동'을 했다. 새로 사장으
로 취임한 딸 산도 유미코三戸ゆみ子는 이곳에서 줄곧 편집일을 해왔으
며 그의 아우이자 현재 부사장인 오카노 히데오岡野秀夫도 이 무렵 입
사했다. 1956년 10월에 태어난 히데오는 메이지대학 정치 경제학부
를 졸업한 뒤 한 대기업에서 13년 동안 일했다. 그곳을 그만두고 구로
시오출판에 들어와 새로운 일을 시작한 것이다. 전후 설립된 로마자
교육회와 아쓰노부가 관심을 기울였던 '로마자 운동'은 어떤 관계가
있는 듯하다. 그럼 먼저 일본의 '로마자 운동'부터 살펴보자.

오랜 쇄국정책을 끝내고 근대국가로 첫 발을 내딛은 메이지 정부는 모
든 국민에게 교육의 기회를 주었다. 그러나 일반 서민이 읽고 쓰기에

는 한자와 가나가 섞인 글은 굉장히 번잡하고 어려웠다. 대중은 문자를 읽을 수도 쓸 수도 없었다. 따라서 평이한 표기법으로 일본어를 바꿀 수 있는지 연구하는 지식인도 적지 않았다. 그 가운데 도쿄 제국대학 교수인 다나카다테 아이키쓰田中舘愛橘 박사가 있었다. 그는 물리학자인 동시에 귀족원의원을 겸하며 일본어와 문자문제에도 깊은 관심을 기울이고 있었다. 그가 주목한 것은 선교사에 의해 16세기 중엽 일본에 전해진 로마자로 일본어를 표기하는 방법이었다. 스물여섯 자로 모든 일본어를 표기할 수 있으니 일본어를 쉽게 쓰는 한편, 문서작성 능률을 높여 대중의 정치 참여나 경제발전 등에 큰 역할을 하리라 믿었던 것이다. 이렇게 해서 로마자를 일본 문자로 채용하고자 하는 로마자 운동이 일어났다. 이 운동은 다이쇼기와 쇼와 전기까지 우여곡절을 거치며 계속되었다. 아쓰노부도 그런 흐름 속에서 로마자 운동에 주력했다.

이 운동은 2차 대전 후인 1946년, 미국 교육 사절단이 초중학교 일본어 교육에 로마자를 사용하도록 권고하면서 획기적인 전기를 맞이했다. 이에 힘입어 아쓰노부는 로마자 교육회를 창설했다. 로마자 교육회가 발행한 『Taro to Poti』는 수많은 초등학교에서 교과서로 채택됐다. 그 후 로마자 교육회는 10여 년을 로마자 교육서와 부교재, 월간지 〈말의 교육ことばの敎育〉 등을 간행하며 로마자 운동을 추진했다. 그러나 1950년대 말쯤 되자, 일본의 식자율이 상승해 문부과학성도 로마자 교육의 필요성을 느낄 수 없었다. 서서히 로마자 학습비율이 줄

어들어 로마자 교육은 일본 국어 교과서에서도 교수법으로 축소된 후 곧 의무교육 과정에서 제외되었다.

로마자 교육회는 60년대가 되자 방향을 전환해 로마자로 된 책을 제외한 다른 책을 구로시오출판이라는 회사명으로 간행하기 시작했다. 여러 가지 길을 모색하던 가운데 출간한 언어학 관련서가 비교적 순조롭게 판매되었다. 그 가운데 특히 미카미 아키라三上章의『코끼리는 코가 길다象は鼻が長い』(1960)가 좋은 반응을 얻었다. 구로시오출판의 대명사가 된 스테디셀러『코끼리는 코가 길다』는 고등학교 수학교사였던 미카미가 독자적으로 구축한 언어학 이론을 정리한 책이었다. 왜 이 책이 잘 팔린 걸까? 그때까지 일본어학은 서유럽의 문법을 그대로 가져다 썼다. 그러나 미카미는 여기에 이의를 제기했다. 미카미는 '주격＝주어'라는 설로, 일본어에는 주어가 없다는 '주어폐지론'을 폈다.

　다양한 예문을 모아 독자적인 문법이론을 전개한『코끼리는 코가 길다』는 연구자와 교육자 사이의 벽을 허물어 교육자가 필요로 하는 것을 알기 쉽게 설명해 많은 독자에게 호응을 얻었다. 하지만 일본 국내에서 미카미의 업적은 정당하게 평가받지 못했고 말년에야 하버드 대학 객원교수로 초청받았다. 미카미의 연구를 제대로 평가한 것은 일본어 교육 분야나 외국에서 일본어를 연구하는 연구가들이었다. 그런 이유로 미카미가 1971년 세상을 뜨고 나서 서서히 그의 일본어 문법연구에 관한 업적이 인정받게 되었다.

80년대에 들어서자 정부 정책에 따라 구로시오출판의 활동에 탄력이 붙었다. 1983년에 문부과학성은 1만 명 가량이던 외국인 유학생 수를 21세기 초까지 10만 명으로 늘리겠다는 계획을 세웠다. '유학생 유치 10만 명 계획' 덕분에 유학생 수는 80년대 후반 급상승했다. 90년대 이후에는 일본의 거품경제가 무너지면서 장기불황의 시대에 접어들었고 유학생 수는 5만 명 정도로 답보 상태였다. 그러나 1999년 3월에는 '포스트 2000 유학생 정책'의 성과로 2003년에 10만 명을 유치하는 데 성공했다. 따라서 갑자기 늘어난 재일외국인들이 일본어 문법을 이해하는 데 도움이 될 만한 이론이 필요했다. 이런 상황에서 문법연구가 진행됨에 따라 미카미의 저작 등 구로시오출판의 활동도 평가를 받았다.

80년대부터 '일본어 교육에 맞는 일본어학'이란 노선을 취한 구로시오출판은 전문서 이외에도 일본어 교재를 조금씩 출간했다. 그 가운데 가장 잘 팔린 책이 『교사와 학습자를 위한 일본어 문형사전敎師と學習者のための日本語文型辭典』(1998)이었다. 이것을 중국어로 번역한 『중문판 일본어 구형사전中文版日本語句型辭典』(2001)과 『중문판 일본어 문형사전中文版日本語文型辭典』(2001)도 펴냈다. 이 세 권이 연간 2만 부 가량 팔렸다. 유학생들이 참고서로 구입했기 때문이다. 여기에는 히데오의 효과적인 영업활동도 빼놓을 수 없다.

히데오가 출판사에 들어간 1993년 당시 구로시오출판은 위탁판매를 하지 않았다. 그 때문에 전국 서점에는 구로시오출판의 간행물이

거의 없었다. 매출은 대부분 대도시권을 중심으로 한 연구자, 대학(원)생, 유학생이 사는 지역 서점에서 들어오는 객주단품이었다.

서점서고에서 팔리는 비율은 굉장히 낮았다. 그래서 히데오는 '아무리 진열해도 팔리지 않을 때는 반품을 받겠다'는 약속을 하고 서점에서 매절로 책을 사도록 설득하며 다녔다. 그런 노력이 쌓이고 쌓여 전국 400여 점의 판로를 개척할 수 있었다. 구로시오출판의 책은 폭발적으로 팔리지는 않았지만 긴 호흡으로 꾸준히 팔려나갔다.

유학생이나 취업을 목적으로 온 재일외국인이 꾸준히 늘어, 오늘날 일본에 머무는 외국인의 수는 2000만 명 가까이 된다고 한다. 일본 경제는 일본인이 반기든 그렇지 않든 재일외국인의 노동력까지 포함해 움직이고 있다. 또 일본 영화가 아카데미상을 비롯한 각국의 영화시장에서 평가받으면서 해외에서 일본어를 배우려는 사람들이 늘어나고 있다. 미국에서 이루어진 일본어학 연구성과를 바탕으로 구로시오출판은 관련 학회에 참석해 '일본어를 배우기 위한 책'이라는 행사를 열었다.

구로시오출판은 창업 이래 오늘날까지 일류 연구자들의 새로운 연구 성과를 공표하는 학술서를 활발하게 펴냈다. 한편 출판계에서는 수험대책을 목적으로 한 참고서를 대량으로 펴내고 있다. 이런 상황에서 지금까지 하던 대로 해도 될까? 안팎으로 관련서의 수요가 늘어난 가운데 히데오는 일류 어학 연구자가 쓴 것이면서 일반 독자들이 쉽게 이해할 수 있는 책을 내고 싶다고 생각했다. 연구자는 자신의 전문분야를 정확히 표현하고 싶어 하기 때문에 글을 단순화해 이해하기 쉽게 쓴다는 것은 결코 쉬운 일이 아니다. 때문에 연구자와 교육자 또는 전문가가 아닌 사람들 사이에 격차가 생긴다. 히데오는 그 간격을 메우는 책의 간행이 구로시오출판이 해야 할 일이라고 생각했다.

히데오가 편집한 첫 책 『수수께끼 영문법 관사와 명사謎解きの英文法冠詞と名詞』(구노 스스무·다카미 겐이치 지음, 2004)는 발매 두 달 만에 3쇄, 1만 부가 넘게 팔렸다. 구노는 하버드 대학 교수로 미카미를 높이 평가한 저명한 언어학자다. 그리고 다카미는 도쿄도립대학 교수다. 이 책은 이 두 명의 전문가가 협력해 일본인들이 도저히 이해하기 힘든 관사와 명사에 관한 영문법 수수께끼를 굉장히 쉽게 풀어냈다.

수준을 떨어뜨리지 않으면서 일반인도 이해하기 쉬운 책을 만들기란 쉽지 않은 작업이다. 교수들은 쉽게 썼다고 생각하더라도 일반인들에게는 어려운 부분이 있기 때문에 원고 수정하기를 몇 차례, 총 일곱 번의 수정을 거쳤다. 일류 연구자가 일상적으로 영어를 써야 하는 일반인을 대상으로 쓴 일반서로 호응을 얻었다.

이런 컨셉트로 간행서를 늘려 구로시오출판에 새로운 노선이 생겼다. 꾸준히 계속 출간한 분야는 일본어 교육 관련서였다. 야마다 도시히로山田敏弘의 『일본어 교사가 알아야 할 일본어 문법國語敎師が知っておきたい日本語文法』(2004)이 그것이다. 미카미 이후 최신문법 연구성과와 수업에서 가르치는 문법 사이에 커다란 괴리가 일어났다. 일본어

든 영어든 학교에서 가르치는 문법은 옛 이론에 기초해 씌었기 때문이다. 『일본어 교사가 알아야 할 일본어 문법』은 그런 사정에 대해 상세히 아는 저자가 그 간극을 메우기 위해 정리한 해설서다.

　로마자 운동의 확대에서 시작된 구로시오출판의 출판활동은 오늘날, 국제사회로 나간 일본인과 일본에 살거나 일본에 대해 관심을 갖는 외국인들을 향해 뻗어 나가고 있다.

저자와 독자의 소통의 창
# 마도샤

이 글을 읽는 분이 출판사에서 편집자로 일하고 있다면 한 가지 묻고
싶은 게 있다. 당신은 처음부터 편집자가 되고 싶었는가. 일본에서 사
회과학서나 전문잡지를 만드는 편집자 중에는 연구가나 작가, 평론가
가 되고 싶었으나 그리 할 수 없어서 에둘러 편집자가 된 사람이 많다.
그러나 마도샤窓社 대표인 니시야마 신이치西山俊一는 처음부터 편집
자가 되고 싶어 출판계에 들어왔다. 편집이란 일의 독자성에 매료되
어서다. 따라서 니시야마는 저자와 독자가 확실히 소통할 수 있는 책
을 만드는 데 승부를 건다. 저자와 독자를 소통하게 하고 그 일을 즐겁
게 여기며 꾸려갈 수 있다면 출판사는 잘 될 것이다.

엄마는
뇌출혈로 가버린
바보
오빠는 스키타러

189

아빠는 학교로

가버렸다


미유키는 외톨이

엄마가 좋아하던

떡이 있네요

엄마는 떡을

예쁘게 잘 썰었는데


엄마 바보

하지만 난 여자니까

엄마 대신

따스한 우리 집을 만들어야지.

(호소에 에이코의 인간 사진집 『엄마 바보おか·あさんのばか』)


1964년 1월 16일 〈아사히신문〉의 '작은 눈'이라는 동시 소개란에 당시 열한 살이던 후루타 미유키古田幸의 시가 실렸다. 미유키는 초등학교 교사인 아버지의 권유로, 뇌출혈로 돌아가신 엄마를 그리는 슬픔을 소재로 시를 썼다. 시는 신문에 실린 후 화제가 되어 오토와 노부코乙羽伸子 주연의 영화로 만들어졌으며 남성 4중창단 〈다크덕스ダークダックス〉의 음반으로 출시되기도 했다.

당시 서른두 살이었던 사진가 호소에 에이코細江英公도 엄마가 없는 가정의 쓸쓸함이나 그 자리를 대신하기 위해 마음을 다잡고 노력하는 소녀의 소박함과 갸륵한 마음씨에 감동했다. 호소에는 '지금 이 아이를 촬영하지 않으면 안 된다'는 생각에, 평범한 일상을 배경으로 한 사진에 영역한 시를 덧붙여 사진집 『Why, Mother. Why?』(고단샤 인터내셔널, 1965)를 간행했다. 이 사진집은 해외시장을 겨냥한 것으로 일본에서는 발매하지 않았다. 니시야마는 호리에의 자서전을 제작하던 중 묻혀 있던 이 책을 주의 깊게 살펴보았다가 촬영한 지 40년이 지난 사진을, 시공을 뛰어넘는 새로운 내용 구성과 편집술로 되살렸다. 니시야마는 어린이를 둘러싼 참혹한 사건이 끊이지 않는 요즘, 생명의 존엄성과 가족애의 소중함을 전하고 싶었다. 책이 나온 뒤 소녀의 시와 책의 출간 과정 등이 〈아사히신문〉(2004.8.16) 가정란에 소개되었다. 이후 반응이 전국적으로 확대되어 『엄마 바보』는 한 달이 채 안돼 중쇄할 수 있었다. 또 각 지역 서점이나 소학교 학교운영위원회에서 주최하는 사진전도 열렸다.

1947년 후쿠오카 현에서 태어난 니시야마는 열아홉 살에 주오대학 상학부에 진학하며 도쿄에 왔다. 편집자로 출판계에 입문한 것은 4학년 때, 주오대학 출판부에 임시직으로 고용되어 기관지 〈주오효론中央評論〉를 만들면서부터다.

1970년 졸업과 동시에 니시야마는 출판부를 그만두고 아오키쇼텐

靑木書店에 입사했다. 아오키쇼텐에서는 그간의 경험을 살려 사회과학 관련지 계간 〈현대와 사상現代と思想〉을 편집했다. 그 무렵 일본은 1967년 도쿄 도지사 선거에서 양당의 추천을 받은 미노베 료키치美濃部亮吉가 당선되는 등 혁신세력이 시대의 중심이 되었다. 70년대 사회과학서, 특히 마르크스주의 관련 문헌을 비교적 자유로운 이미지로 만들어낸 아오키쇼텐으로서는 호기를 맞은 셈이었다.

니시야마는 아오키쇼텐에서 15년쯤 근무한 뒤 독립해 1986년 마도샤를 창립했다. 그 동안 니시야마는 일본 지식인이 지니고 있는 병소病巢와 출판사의 한계를 체험했다.

"일본의 사회과학은, 정치로부터 자유롭지 못했습니다. 지식인은 모두 어딘가에 소속되어 자립적 근거를 갖지 못했죠. 정치나 사상적으로 또는 조직적으로 어딘가에 소속되지 않으면 생활할 수 없었어요. 결국엔 정치적인 문제보다는 경제적인 문제, 즉 대학이란 직장에 기반을 두고 글을 쓸 수밖에 없었습니다. 진정으로 책을 쓰고 출판하며 독자와 소통하고 싶어 하는 필자는 극소수였습니다."

이런 경향은 사회주의와 소련붕괴 조짐이 나타나기 시작한 70년대 말에서 80년대 초부터 뚜렷해졌다. 스스로 믿으며 선전해온 사회주의 체제의 붕괴현상에 대해 목소리를 내야 할 권리와 자격, 의무가 있는 일본 마르크스주의자들은 그것을 방기하며 일종의 자기정당화인 침묵으로 일관했다. 출판사에는 그 공백을 메울 힘이 없었다. 결국 다루는 주제나 출판사의 방향성도 무난한 쪽으로 흐를 수밖에 없었다. 이

런 상황에서 편집자가 문제의식을 갖고 현실의 벽을 부수려고 하면 매장당하기 일쑤였다. 우에다 도시上田敏의『명예회복을 생각하는 장애인의 전인간적 복권リハビリテーションを考える 障害者の全人間的復』(장애인 문제총서, 1983)과 에다쓰네 히로시枝常 弘, 야기 고이치로八木紘一郎의『할 수 있을까できるかな(전10권)』(NHK조형그림책). 80년대 초 니시야마는 이런 책들을 포함해 그때까지 아오키쇼텐에서 손대지 않았던 의학, 문학, 스포츠, 아동서 등을 편집했다. 시대에 타협한 회사를 비판할 수도 있었지만 실제로 아오키쇼텐에서 자신이 하고 싶은 일을 할 수 없는 상황이라면 독립하는 수밖에 없었다. '면종복배에는 한계가 있다'고 생각하고 니시야마는 아오키쇼텐을 퇴직했다.

세계가 분별력을 잃고 편협한 이기주의에 빠져 질식해 죽어가고 있다. 세계의 숨이 막힌다. 다시 한번 창을 열자. 대기가 흐르게 만들자. 영웅들의 숨결을 들이마셔야 하지 않겠는가.
(로맹 롤랑 지음,『베토밴의 생애』, 미스즈쇼보)

1770년대 후반 유럽의 물질주의와 폐색 상황에 대해, 로맹 롤랑은『베토밴의 생애』서문에서 '위대한 인간의 호흡을 들이마시자'고 서술했다. 여기서 영웅이란 베토벤을 가리키는데 니시야마는 폐색 상황을 타파하자는 말에 감명 받아 마도샤를 창립했다. 회사명의 유래를 나타내는 이 한 구절은 창업 초기 책표지에 항상 적어 두었다. 아오키쇼

텐을 그만둘 무렵, 니시야마는 스스로 도와주겠다고 나서는 경우가 아니면, 아오키쇼텐의 저자와는 일하지 않을 생각이었다. 그런 이유로 마도샤의 첫 책은 오누키 데루코大貫映子의 『트라이애슬론 라이프 Triathlon Life』(1986)였다. 또 실용서가 많던 스포츠계의 '문화'로 본다면 좀 수준이 높은, 인간 삶의 양식이 될 것이라는 믿음으로 기획한 계간 〈스포츠 비평スポーツ批評〉을 1987년 2월 창간했다.

여기서 주목받은 '대담'도 있다. 그러나 당시 일본 스포츠계는 기록과 승리를 맹신해 활자를 읽고 뭔가를 생각하며 일을 상대화하는 단계까지 가지 못했다. 〈스포츠 비평〉은 6호(1988)에서 「특집 서울 올림픽」을 다루고 휴간했다.

마도샤는 당초 설립목적이었던 사회과학의 재생과 정치적, 문화적 논의가 자유롭게 이루어지는 공간으로서 종합이론지 계간 〈마도窓〉(1989)를 창간했다. 특집으로 「논쟁하라, 일어서라!」를 다뤘는데 발매되자 여러 반응이 있었다. '달리 자유롭게 글 쓸 곳이 없다'며 투고하는 학회나 권위자들이 몰려왔다.

1995년에는 계간 〈마도〉에 두 번 논문을 실은 카렐 반 볼페렌Karel van Wolferen의 『일본 지식인에게日本の知識人へ』가 간행되었다. 전에 마이니치 신문사에서 간행한 볼페렌의 『국민을 불행하게 하는 일본 시스템民を不幸にする日本というシステ』(1994)은 50만 부가 넘게 팔려 베스트셀러가 되었다. 이 성공으로 마이니치 신문사는 일본에 볼페렌을 초청해 파티를 열었다. 그때 볼페렌은 "일본에서 나를 저명한 작가로

만들어준 것은 마이니치 신문사지만 나를 가장 깊이 이해라고 좋은 일
을 하게 도와준 것은 마도샤"라고 말했다.

　계간 〈마도〉 22호(1994년 종간)에 실린 특집 「세기말 유토피아론」에
서 마도샤의 스테디셀러가 탄생했다. 특집에 이나바 신이치로稻葉振一
郎가 쓴 에세이가 실렸는데 그 원고를 대폭 수정 가필하고 미야자키
하야오의 인터뷰를 정리한 이나바 신이치로의 『나우시카 해독 유토피
아의 임계ナウシカ解讀ユートピアの臨界』(1996)가 간행된 것이다.

　그 전까지는 왠지 모르게 좌파적이지만 어떻게 될지 알 수 없는 존
재였던 마도샤가 이 두 권의 단행본으로 업계에 확실한 인상을 남겼
다.

　22호의 또 다른 특집은 「회귀하는 논쟁」이었다. 계간 〈마도〉는 22
호를 끝으로 휴간했다. 결과적으로 일본 지식인은 5년 동안 겉돌며 마
도샤가 구성한 논쟁에 참가하지 않았다.

마도샤는 '현시대에 무엇을 문화로 남길 것인가'라는 문제의 해답을
풀기 위해 다양한 방법을 모색했다. 2000년이 되어 니시야마가 겨우
다다른 곳은 최근 2-3년 동안, 대형 출판사나 신문사가 손을 떼기 시작
한 사진집 간행이었다. 사진에 인생을 걸고 활동하는 사진가가 꽤 많
다는 것에 주목한 결과였다. 2000년 7월에 아사노 후미히로淺野文宏의
편집으로 〈계간 타이도TIDO〉(2000.7)를 창간했다. 이로써 마도샤의 사
진집 노선이 생겼다. 2년 후인 2002년에는 그것을 리뉴얼해 계간 〈포

토 프레Photo Pre〉를 창간했다. 〈포토 프레〉는 2004년 8월 간행된 8호에 이르러 안정적인 독자층을 형성했다. 그럼 그동안 낸 사진집 중에 반응이 좋았던 것은 어떤 것이 있을까. 광고사진과 다큐멘터리를 삶의 업으로 삼아온 사진가 야스지마 다카요시安島太佳由의 사진집 『일본전쟁의 흔적日本戰跡』(2002), 취재 중에 지뢰를 밟아 스물여섯에 세상을 떠난 이치노세 다이조一ノ瀨泰造의 사진을 모은 『이제 모두 집으로 돌아가라! 26세의 사진가 이치노세 다이조もうみんな家に踊ろー！26歳といっ寫眞家――ノ瀨泰造』(2003) 등이 있다. 사진관련 단행본 중에서도 히트작이 나왔다. 도쿄에서 갤러리를 운영하며 화가나 사진가의 매니지먼트를 하던 야스토모 시노安友志乃의 『찍는 사람에게撮る人へ』(2001)가 그것이다. 야스토모는 사진가와 보는 사람 간의 중간자적 시점에서 신랄한 표현과 솔직한 사진론을 전개해 실용성으로 독자에게 어필했다. 이어서 간행한 『사진가에게』(2002)와 『당신의 사진을 보겠습니다あなたの寫眞を拜見します』(2003)도 있다.

마도샤를 시작한 후 니시야마는 170여 종의 책을 냈다. 그 가운데 서평에서 다루지 않은 책은 한 권도 없다. 어떤 장르든 현실감각과 사실적인 현실인식을 다루었기 때문이다. 아니, 저자와 독자가 확실히 소통할 수 있느냐에 승부를 걸었기 때문일 게다.

### 인류 진화의 방향성을 찾는
# 메르크말

1942년 고베에서 태어난 와다 도다오和田禎男의 아버지 와다 도시오和田利男는 저명한 한문학자였다. 국립 군마대학 한문학 교수인 아버지를 따라 온 가족이 마에바시로 이사한 후 어린 시절을 줄곧 그곳에서 보냈다. 아버지는 초중학교 교가를 작사해 향토의 명사로 이름을 날렸다.

학자 가정에서 자란 와다는 곧 군마대학 부속중학교를 졸업하고 현에서 손에 꼽히는 현립 마에바시 고등학교에 진학했다. 주위 사람들은 쉽게 대학에 들어가, 좋은 직장을 찾고 아무 불편함 없는 인생을 살게 될 것이라고 생각했다. 그러나 예상은 빗나갔다. '마을 구두닦이 가운데 굉장한 철학자가 있을지 모른다.' 이런 생각은 와다에게 일종의 공포이자 경외할 만한 일이었다. 와다는 청춘의 젊은이들이 빠지기 쉬운 고민을 하고 지냈다. 왜 세상에 태어난 걸까? 대학에서 그것을 가르쳐 줄 사람이 있을까. 그런 생각을 하다 보니 대학에는 가고 싶지 않았다. 정해진 대로 예측할 수 있는 인생을 살아가는 데 저항하고 싶었던 와다는 대학입시를 포기했다. 때는 1960년, 안보투쟁의 전야로 접어들고 있었다.

아버지는 냉정했다. 그런 문제의식을 지니고 있다니 굳이 공부하라고 강요하지 않겠다, 4년 동안 자유로운 시간을 줄 테니 많이 생각해보라고 했다. 너그러운 아버지의 허락을 받은 와다는 좋아하는 그림을 그리기 위해, 실리와 거리가 먼 미대에 가서 실력을 쌓고 싶었다. 그러나 결과는 불합격의 연속이었다. 와다에게는 두 살 터울의 형 다카오彎男가 있었다. 재수를 하며 방황하는 와다를 걱정하던 형은 와세다대학 불문과를 중퇴하고 함께 입시공부를 시작했다. 그는 와다를 위해 문제를 만들어 해답을 첨삭해주었다. 이렇게 해서 3년째 되던 해 와다는 고쿠가쿠인대학 문학부 문학과에 합격했다. 형은 도쿄 외국어대학 불문과에 들어갔다. 그 무렵 고쿠가쿠인 대학에는 가도카와쇼텐의 창업자인 가도카와 겐요시角川源義가 교수로 있었다. 와다는 가도카와의 가르침을 받았다.

　4년이 지나고 와다는 친구들과 대형 출판사 공개채용에 응모했다. 동료들은 모두 들어갔지만 와다는 어디서도 합격통지를 받지 못했다. 그래서 가도카와 교수의 소개로 학습참고서를 간행하는 출판사 편집부에 들어갔다. 문학이나 철학서를 내고 싶었던 와다는 1년만 다니고 회사를 그만둘 작정이었다. 결심대로 이듬해 3월 31일에 회사를 그만두었다. 대형 출판사에 있는 친구를 보며 오기가 생겼다. 가도카와 교수에게도 죄송스러웠다. 남은 길은 스스로 시작하는 것뿐이었다. 프리랜서가 되어 디자인을 하며 자금을 모으기 시작한 와다를 도와준 것은 그만둔 회사의 편집부였다. 중학교 영어 참고서에 들어가는 일러스트 작업을 와다에게 넘겨주었다. 인쇄소에서는 기업 홍보지 작업을 소개해주었다. 회사를 다닐 때보다 수입이 많았다.

1971년 5월, 메르크말MERKMAL을 설립하며 발행한 책은 도쿄 가쿠게이대학東京學芸大學 부속초등학교의 산수 교사가 초등학생을 둔 학부모를 겨냥해 쓴 『집합'이란 뭘까集合ってなあに』였다. 때마침 초등학교의 산수에 '집합론'이 들어가 학부모들이 당황해하던 참이었다. 도매상은 책에 관심을 갖고 구좌를 열어 유통시켜 주었다. 초등학교에서 PTA(Parent-Teacher Association) 모임이 있는 날에는 교문 앞에서 책을 팔기도 했다. 이렇게 해서 1만 부가 팔렸다.


그동안 와다의 형은 어떻게 지냈을까? 와다가 프리랜서로 사업을 시작했을 때, 형은 대형 의학서 출판사인 이가쿠쇼인醫學書院 편집부에 다녔다. 그런데 출판경력이 1년밖에 안되는 동생이 출판사를 시작한 것이다. 걱정이 되어 이번에는 이가쿠쇼인을 그만두고 와다의 밑으로 들어갔다. 메르크말이 어느 정도 신뢰할 수 있는 회사로 시작할 수 있었던 것은 형의 존재감 때문이었다.

『집합'이란 뭘까』를 낸 다음 얼마 동안은 회사를 유지하기 위해 편집 프로덕션 일을 했다. 『집합'이란 뭘까』는 곧 절판되었는데 서점에

서 취급하는 사실상의 간행물을 낼 수 있었던 것은 몇 개의 저작을 가지고 있던 아버지의 협력 덕분이었다. 아버지가 제작비를 마련해준 것이다. 그렇게 해서 나온 책이 와다 도시오의 『소세키의 시와 하이쿠 漱石の詩と俳句』(1974)다. 다음으로 간행한 것은 『시키와 소세키子規と漱石』(1976)였다. 메르크말은 와다 도시오의 저작을 7종 냈는데 그때마다 공동통신사에서 크게 다루어 지방지에 실렸고 대형서점 문예평론 서고에도 진열되었다. 서서히 회사가 알려졌지만 와다가 진정으로 내고 싶었던 책과 만나려면 아직 시간이 필요했다.

1974년 10월, 〈분게이슌주文藝春秋〉 11월호부터 다치바나 다카시立花隆의 「다나카 가쿠에이 연구 — 금맥과 인맥」이 연재되었고 금맥정치에 대한 비판론이 확산되었다. 이를 계기로 12월에는 미키 다케오三木武夫 내각이 수립되었다. 전후세대의 관심은 근본적인 문제와 급진적인 원리를 향해 나아가고 있었다. 젊은이들 사이에서는 베트남 전쟁이 끝난 뒤 동남아시아나 인도 문화에 대한 관심이 고조되었다. 그러던 어느 날 친구는 와다에게 재미있는데 한번 읽어보라며 지역 정보지를 건네주었다. 거기에는 오쇼 라즈니시의 「존재의 시存在の詩」가 연재되고 있었다.

이거다!

와다가 품고 있던 의문 '나는 왜 세상에 태어났고 어떻게 살아야 하는가'에 대한 대답, 젊은이들 또는 사람들을 항상 괴롭히는 명제를 해결할 수 있는 대답이었다. 사랑의 고뇌 같은 보편적인 주제는 아무리 문명이 발달한다 해도 인간이라면 늘 고민하며 괴로워할 수밖에 없는 문제다. 이런 문제를 다루는 것, 그것이 와다가 바라는 출판이었다. 이 렇게 해서 메르크말은 『존재의 시』(1977)를 간행하며 실질적인 출판 활동을 시작했다.

1931년 인도에서 태어난 라즈니시는 1958-66년까지 철학과 산스 크리트학 교수로 재직한 다음, 인도 각지를 돌아다니며 원하는 대로 유세遊說하는 정신적 스승으로서 활동하다가 1990년 세상을 떠났다. 라즈니시에 따르면, 사회란 관념상으로는 존재하지만 실제로는 존재 하지 않는다. '이것이 사회'라고 보여줄 만한 것은 존재하지 않는다. 그것은 어디까지나 개인의 모임이다. 사회를 개혁하려면 우선 개인이 깨어있어야 한다. 한 사람 한 사람이 자각하지 않는다면 사회도 나아 질 수 없다. 종교 단체를 만들려는 게 아니라 어떤 종파나 전통으로부 터 자유로운, 바로 지금 여기에 존재하는 있는 그대로의 삶의 에너지 를 긍정하는 말이었다. 와다는 그것을 통해 "지금까지 몰랐던 것을 깨 닫게 된" 듯한 느낌이 들었다.

메르크말은 라즈니시의 방대한 강화講話를 바탕으로 시리즈를 기획 했다. 그리고 지두 크리슈나무르티나, 라마나 마하리시 등 라즈니시 의 강화에 나오는 정신적 지도자들의 저작으로 출판영역을 넓혔다. 70년대 후반 '인간은 어떻게 살아야 하는가'에 대해 고찰한 출판물이 신드롬을 일으켰다. 예를 들면 아함종소혼잔출판국阿含宗總本山出版局

의 〈명상瞑想〉이라는 잡지가 있었고 이 밖에도 여러 잡지가 간행되었다. 이렇게 대형 출판사가 주도한 잡지 간행과 더불어 정신세계 관련 서를 발 빠르게 소개한 메르크말은 신드롬에 한몫하는 존재였다.

몸이 여행을 떠나면 마음도 여행을 시작한다. 1989년부터 메르크말은 '정신과 풍경' 시리즈를 기획했다. 미국에서 성공한 단행본을 선별해 만든 시리즈다. 그 가운데 호평을 얻은 작품이 기행문학의 걸작으로 미국예술문학 아카데미상 등을 수상한 『파타고니아パタゴニア』(1990), 미국에서 베스트셀러가 된 『선과 오토바이 수리기술禪とオートバイ修理技術』(1990), 그리고 1975년 퓰리처상 수상작인 『팅커 계곡의 순례자ティンカークリークのほとりで』(1991) 등이다. 이 시리즈로 메르크말은 젊은이들의 지지를 얻을 수 있었다.

인생은 무엇일까. 그저 오래 살면 되는 건가. 어떻게 하면 인생을 완전하게 살 수 있을까. 이런 생각으로 책을 만들어 온 와다에게 행운을 가져다준 것은 『내 영혼이 따뜻했던 날들リトル トリー』(1991/2001)이었다.

인디언은 쓸데없이 살생하지 않는다. 꼭 필요한 것만 가지면 세상은 은혜로 가득하다. 판권을 획득한 와다는 심플 라이프나 생태학, 환경의 문제나 가족의 사랑에 관한 내용이 모두 담긴 이 책이 분명 잘 팔릴 것이라고 예측했다. 그래서 형 다카오에게 번역을 맡겼다. 다카오는 〈요미우리〉 신문의 글쓰기 대회에서 일등상을 두 번, 그리고 2등상도 수상했다. 무엇보다 형은 메르크말을 떠난 다음을 생각해 팔릴 만

한 책을 번역하고 싶어 했다. 편집 작업을 하는 동안 기쁜 소식이 들려왔다. 그 책이 〈뉴욕타임스〉에서 몇 주 동안 베스트셀러 1위를 했다는 것. 간행과 동시에 〈아사히신문〉을 비롯한 여러 매체에 소개되었다. 저명인사로부터 대량으로 주문도 받았다. 이렇게 해서 메르크말의 인디언 시리즈가 탄생했다. 전미 스테디셀러인 『오늘은 죽기 좋은 날今日は死ぬのにもってこいの日』(1995)도 서평에 실려 8만 부가 팔렸다.

번역물을 간행해온 메르크말은 2004년부터 방향성을 찾다가 일본인의 저작을 간행하기 시작했다. 노숙자 스무 명의 인생을 담은 여배우 마쓰시마 도모코松島トモ子의 『노숙자씨 안녕하세요ホームレスさんこんにちは』(2004)가 그것이다. 이 책은 텔레비전에 소개되었다.


와다는 요즘 즐겁게 사는 방법을 생각하고 있다. 다른 사람을 행복하게 해주겠다니 주제넘은 생각이다. 먼저 자신이 행복해질 것. 그러면 행복이 흘러 넘쳐 다른 이에게도 나누어줄 수 있을 게다. 명랑하게 웃으면 그 웃음이 전해져 주변 사람까지 행복해진다. 하지만 그것이 목적이 아니라 스스로 기쁨으로 충만할 수 있는, 그와 관련된 출판활동을 해나가고 싶다. 그것이 쉼 없이 인생에 대해 생각하는 와다의 결론이다.

운동으로서의 출판
# 가게쇼보

"어떤 의미에서 책은 역시 지식인이 만드는 게지요. 그 지식인의 존재 이유가 어디에 있느냐면 바로 현실의 모순에 대해 비판적이라는 것, 그것이 그들의 자격이에요. 그렇지 않으면 문제가 있는 것 아닌가요."

가게쇼보影書房 대표 마쓰모토 마사쓰구松本昌次는 이렇게 이야기를 시작했다. 마쓰모토는 1927년 10월 9일 도쿄에서 태어났다. 1948년 4월 도호쿠대학 문학부에 입학한 마쓰모토는 학업과 별도로 셰익스피어 연극을 즐겼으며 축구선수로 활약하기도 했다. 1952년 3월 도호쿠대학을 졸업한 마쓰모토는 한 도립 고등학교에 비상근 영어 강사로 들어갔다가 반년 만에 쫓겨났다. 1952년 5월 1일, 이 날은 노동절로 황거 앞 광장에 모인 데모대와 경찰이 충돌해 데모대에서 사망자가 두 명, 부상자가 1200명 이상 나왔다. 그 뒤 불어 닥친 레드 퍼지Red Purge(공산주의자 추방)로 데모에 참가한 수많은 공직자가 실직했다.

강사 시절 가르치던 제자 밑에서 목수 견습생처럼 일을 시작한 마쓰모토는 작가 노마 히로시野間 宏의 소개로 창업한 지 얼마 안 된 미라이샤未來社에 들어갔다. 1953년 4월 말의 일이다. 미라이샤는 1951년에 기노시타 준지木下順二의 『석학夕鶴』 출판을 둘러싼 알력 때문에 고분도弘文堂를 그만둔 니시타니 요시오西谷能雄가 세운 출판사다.

우연한 계기로 시작한 편집자 생활이었다. 니시타니는 미라이샤에서 인문 사회과학 분야의 기획을, 마쓰모토는 주로 문학 사상을 담당했다. 30여 년 동안 미라이샤에서 일한 뒤 가게쇼보에서는 22년 동안 '동시대 일본인에 관한 책'을 만들었다. 문학이나 사상서를 기획하는 일본 편집자들은 동서고금의 해외 번역물을 많이 다루는 편이었다. 따라서 동시대 일본인의 책이 성공한 예는 그리 흔치 않았는데 마쓰모토가 세상에 내놓은 책은 전후 일본 독자들에게 적지 않은 영향을 주었다. 미라이샤에서 마쓰모토는 어떤 책을 기획하고 편집했을까. 그 단면은 2005년 6월부터 가게쇼보에서 간행된 '전후문학 에세이선戰後文學エッセイ選' 시리즈의 필진을 통해 짐작할 수 있다.

가게쇼보의 '전후문학 에세이선(전13권)'은 전후문학 에세이집이다. 처음 배본한 책은 『하나다 기요테루집花田淸輝集』(전후문학 에세이선1)과 『기노시타 준지집木下順二集』(전후문학 에세이선8)이다. 그리고 하세가와 시로長谷川四郎, 하니야 유타카埴谷雄高, 다케우치 요시미竹內好, 다케다 다이준武田泰淳, 스기우라 민페이杉浦明平, 후지 마사하루富士正晴, 노마 히로시, 시마오 도시오島尾敏雄, 홋타 요시에堀田善衛, 우에노 에이신, 이노우에 미쓰하루井上光晴로 이어졌다.

그런데 왜 하필 에세이 선집인가. 마쓰모토는 발행인의 말에서 "다양한 형식으로 각각 방대한 문학적, 사상적 업적을 남긴 분들이므로 각 권은 저자의 작은 '개인전'이라 해도 좋을 듯하다. 그러나 더 중요한 것은 우리가 계승하고 발전시켜야 할 문학 정신의 소중한 유산이 거기에 아로새겨져 있다는 점"이라고 기획의도를 밝혔다. 그러고 보니 짐작가는 게 있다. 일찍이 마쓰모토는 「단행본 만들기에 대한 편애單行行本づくりへの偏好」라는 에세이에서 "아무리 뛰어난 저자라도 한 편의 논문이나 평론에서 모든 이야기를 다 할 수는 없다. 독자는 다른 작품이나 논문과 연관지으며 상호 보완해가며 저자의 의도를 파악한다. 작품 한 편 한 편을 통해 '저자의 생각이나 고심한 흔적을 더듬어 감'으로써 독자는 비로소 저자의 사상을 충분히 이해할 수 있"다고 썼다. 이 에세이 선집을 통해 패전 후 어려운 시대적 제약 속에서 태어난 전후 문학의 진정한 모습을 새로 확인할 수 있을 것이다.

전후 문학가의 작품집이라면 아베 고보安部公房나 미시마 유키오三島由紀夫, 그리고 오카 쇼헤이大岡昇平까지 포함해도 좋았을 텐데. 그 밖에 대형 출판사의 '문예문고'로 출간되었지만 바로 품절되어 읽을 수 없는 작품도 굉장히 많다. 그런 저자의 작품이 포함되지 않은 '전후문학 에세이선' 시리즈는 어떤 의도로 만들어졌을까? 마쓰모토는 근대 일본의 아시아에 대한 역사적 책임을 분명히 하는 것이, 출판인으로서 당연한 일이라고 생각한다. 동시에 일본의 전후는 대체 어떻게 된 것일까, 누가 어떤 일을 해왔는가에 대해서도 관심의 끈을 놓지 않았다.

"전후문학이 무엇인지 말하자면 전쟁비판 세력이라고 하겠습니다. 주제넘은 말인지 모르지만 나는 에세이 선집에 등장하는 모든 작가와 직접 만났고 그들이 훌륭한 사람이라고 생각합니다. 직접 만나보지 못했거나, 전쟁비판의 입장에서 글을 쓰지 않은 작가는 이 기획에 한 사람도 포함되지 않았습니다. 그 점에 신경을 많이 썼지요. 전후 60년을 맞이하여 그들의 작업을 남기고 싶었습니다."

　'전후문학 에세이선' 시리즈는 마쓰모토 마사쓰구가 책임 편집한 「지극히 '사적'인 발상極めて私的な 發想」에 의해 진척될 수 있었다. 가게쇼보는 이 기획을 계기로 전후문학의 새로운 "르네상스"가 도래하기를 바란다. 마쓰모토는 '운동으로서의 출판'을 계속해왔기 때문이다.


미라이샤 입사 1년째 마쓰모토가 한 첫 기획은 하나다 기요테루의 『아방가르드 예술アヴァンギャルド芸術』이었다. 지금과 달리 일본에서 출판 자체가 문화로서 빛을 발하던 50년대 중반에는 책이 곧 운동이었다. 『아방가르드 예술』을 간행할 무렵에는 출판기념회가 아닌, 책을 둘러싼 대토론회가 열렸다. 출판사는 무언가를 하고 그로 인해 명성을 얻는 게 아니라 그들이 낸 책이 무언가와 연관되면서 운동이 되는, 그런 계기를 마련할 만한 책을 냈다. '출판의 생명은 뜻에 있다'는 생각을 실천하는 일이기도 했다. 쉬운 예로 고깃집 주인은 손님에게 맛있는 고기를 계속 제공하겠다고 생각할 것이다. 그러나 주인이 돈을 벌어야겠다고 생각하는 순간 장사를 망친다. 출판사도 돈을 벌겠다는 쪽에

무게를 두기 시작하면 망치게 된다고 마쓰모토는 말한다.

1983년 5월, 미라이샤 사장인 니시타니가 자신의 뒤를 이어 사장이 되어달라고 했지만 마쓰모토는 이를 거절한다. 그리고 6월 미라이샤를 함께 그만둔 요네다 다카후미米田卓史, 아키야마 준코秋山順子와 가게쇼보를 설립했다. 마쓰모토는 〈일본독서신문日本讀書新聞〉과의 인터뷰에서 가게쇼보 창업포부에 대해 "책과 저자, 그리고 출판사가 함께 운동을 한다는 느낌을 되찾고 싶었"다고 말했다.

자신이 만들고 싶은 책을 내고 싶었던 세 사람이 설립한 가게쇼보의 초기 간행물을 살펴보자. 먼저 차별적이고 침략적인 일본의 모습을 통해 전쟁과 전후 한국, 한국인과 관련된 여러 가지 모습을 이야기하며, 차별이란 무엇인지, 일본인은 어떠해야 하는지를 근본적으로 생각한 니시 준죠西順藏의 『일본과 조선 사이 – 경성생활의 단편日本と朝鮮の間京城生活の斷片その他』(1983)이 있다. 구원의 손길을 뻗지도 못한 채 방치되었던 한국 피폭자의 이야기를 통해 일본이란 국가와 일본인의 '가해 역사'에 대한 책임감 결핍을 격렬히 고발하며, 국경을 초월한 평화와 인권사상을 추구한 히라오카 다카시平岡敬의 『무원의 해협 히로시마의 소리, 피폭 조선인들의 소리無援の海峽ヒロシマの聲, 被爆朝鮮人の聲』(1983)도 있다. 무엇보다 가게쇼보의 스테디셀러는 '죽는 날까지 하늘을 우러러 한 점 부끄럼 없기를'로 시작하는, 1945년 스물일곱의 나이에 후쿠오카 형무소에서 유명을 달리 한, 청춘과 저항의 시인 윤동

주의 작품을 처음으로 완역한 『하늘과 바람과 별과 시』(1984년). 윤동주의 시뿐 아니라 회상 연보, 특별고등경찰 재판기록, 옮긴이가 쓴 상세한 연구해설을 수록했다.

창업 이후 가게쇼보는 재일 한국인의 권리를 지키고 과거 한민족에 대한 식민지배의 책임을 묻는 시점에서 출판활동을 하고 있다. 한국을 응시하며 거기에 비춰지는 일본을 다시 생각하고 변화시키고 싶다는 마쓰모토는 일본을 어떻게 보고 있을까?

"근대 일본은 세 가지 원죄를 지었다고들 합니다. 첫째는 한국과 대만에 대한 식민지배. 둘째는 중국을 비롯한 아시아 제국에 대한 침략전쟁. 셋째가 오키나와입니다. 일본 본토가 오키나와를 얼마나 차별했는지, 특히 태평양 전쟁 말기 오키나와를 본토 결전의 시험장으로 삼았기 때문에 오키나와의 시민과 병사 20여 만 명이 죽었습니다. 나는 그것이 근대 일본이 짊어진 원죄라고 생각합니다. 아무리 지우려해도 지울 수 없는 근대 일본인이 지은 원죄입니다."(「조선분단과 일본의 책임 '한 일 국교 정상화'를 생각한다」학습회 강연 초록, 2003.2)

후지타 쇼조藤田省三가 편집고문을 맡아 간행한 『히로스에 다모쓰 저작집廣末保 著作集(전20권)』(1996-2001)의 편집 위원 가운데 한 사람인 다나카 유코田中優子는 그런 마쓰모토에 대해 "이야기할 때마다 무언가 소중한 것을 내게 전해주려 한다. 늘 '이런 일밖에 하지 않는 나에게 이렇게까지 배려해주다니…' 싶은 생각이 들어 매번 진지한 마음가짐을 갖게 된다. 마쓰모토 마사쓰구는 여러 가지 사정이나 고뇌를 안고 있는 작가들의 버팀목이 되며 고통을 함께 나눈다. 나 같은 사람의 병 하나에도 마음씀씀이가 보통이 아니다. 무엇이 소중한지 아는 사람"이라고 평가한다.

다나카는 마쓰모토를 왜 이렇게 평가하는 걸까. 다나카는 가게쇼보에서 『천년의 밤千年の夜』(1989)과 『눈물어린 눈으로 춤추다涙ぐむ目で踊る』(1997)를 펴낸 스노우치 게이지簾內敬司가 자신에게 전화했을 때의 일을 회상하며 다음과 같은 글을 썼다. "스노우치는 일본 에세이스트 클럽상을 수상했다며 무척 기뻐했다. 스노우치는 아키타쇼보를 경영하던 사람으로 가족의 죽음을 계기로 출판사를 접고 글을 쓰고 있다. 시라카미 산지白神山地가 세계 유산이 되기 훨씬 전부터 지역 주민들의 강한 반대를 무릅쓰고 벌채 반대 운동에 힘써온 인물인데 그 사람이 그런 일을 할 수 있었던 것도 마쓰모토가 뒤를 봐주고 있었기 때문일 게다."

히로스에 다모쓰는 바쇼芭蕉, 지카마쓰近松, 사이카쿠西鶴 등을 통해 겐로쿠기의 문학·예능 연구에 새로운 시각을 제시하는 한편 유곽이나 연극(가부키), 유랑 예술인의 존재를 문화사, 정신사 측면에서 고찰해 전후문학과 연극운동의 가능성에 도전한 연구자였다. 1992년 8월에는 한국에서 큰 반향을 일으킨 통곡의 역사 시집을 완역했다. 장정임의 『당신 조선의 십자가여ㅡ역사시집 종군 위안부』가 그것이다. 또 "나의 민족과/ 처음으로 만난 건/ 조센징이라/ 따돌림 당한 그 봄/ 여섯 살이 되던 봄" 같은 단카短歌를 통해 재일한국인으로서 자신의 정체

성을 찾은 이정자의 『봉선화의 노래鳳仙花のうた』(2003)도 간행했다. 그리고 메도루마 슌目取眞俊, 다카하시 데쓰야高橋哲哉, 서경식, 미야케 아키코三宅晶子, 나카니시 신타로中西新太郎, 스나가 요코須永陽子 대화집회 실행 위원회에서 편집한 『공감공고는 가능한가— 역사인식과 교과서 문제를 생각한다コンパッション(共感共苦)は可能か 歷史認識と敎科書問題を考える』를 2002년 11월에 간행했다.

사상적, 문화적 저항의 새로운 거점

# 전야

전후 60년 동안 계속된 헌법 9조 비전非戰 조항 폐기 논쟁이 절정에 달한 일본에서 '이제 가만히 있을 수 없다'며 시민과 연구자들이 모여 사상적, 문화적 저항의 새로운 거점을 마련했다. NPO법인 전야前夜가 그곳인데 공동대표이자 계간 〈전야〉 편집장인 오카모토 유카岡本有佳의 발자취를 통해 전야의 활동을 소개한다.

　1980년대 초반의 거품경제기에 도쿄여자대학 사회학과에 다니던 오카모토는 학교에서 공부를 거의 안 했다고 한다. 그 대신 친구의 소개로 다닌 친일본문학회에서 편집장인 구보 사토루久保覺의 훈도를 받았다. 구보는 독자적인 방법론으로 『하나다 기요테루 전집花田淸輝全集 (전12권)』(고단샤)을 편집한 명편집자로 문화 활동가이자 한국 예능 문화사 연구로도 잘 알려져 있다. 뿐만 아니라 자유창조공방, 미야자와 겐지 강좌 등을 통해 시민 문화와 예술 활동을 이론화하는 데 앞장 선 운동가이기도 했다. 배우는 데에도 여러 가지 창조적인 방법이 있다. 오카모토는 구보에게 영역을 횡단해 가로지르는 사고와 관계성 구축

212

에 대해 배웠다. 시민의 자립적인 학습방법이론 탐구와 실천. 구보와의 만남은 매우 자극적이었다. 구보에게 편집 노하우를 배운 오카모토는 졸업 후 비영리 단체 가운데 편집 일을 할 수 있는 직장을 찾았고 생활클럽 생협연합회生活クラブ生協連合會에 입사했다. 생활클럽 생협연합회는 북쪽 홋카이도에서 남쪽의 아이치 현에 이르는 지역에서 활동하는 25생협의 사업연합조직이다. 조합원 수는 안전한 식품을 찾아 들어온 여성을 중심으로 26만 명에 달했다. 그곳 기획부 도서관에서는 조합원들에게 기관지와 신문, 잡지를 보냈다. 오카모토는 편집 일을 할 수 있는 부서에 배치해주는 조건으로 취직했다. 첫 5년 동안은 기관지를 만들었고 6년째 접어들면서는 월간 〈책의 꽃다발本の花束〉이라는 책 공동구입신청 정보지의 기획과 편집을 모두 진행했다. 12년 동안 〈책의 꽃다발〉 편집과 발행을 맡으면서 오카모토는 〈책의 꽃다발〉 편집 협력자로서 생협 운동에 참가한 서경식, 미야케 아키코, 나카니시 신타로와 구보가 소개한 마쓰모토 마사쓰구와의 만남을 통해 사회로 관심을 돌려 운동하는 편집자로 성장했다.

〈책의 꽃다발〉로 오카모토는 확실한 독자를 발굴했다. 〈책의 꽃다발〉은 시간을 들여 독서회를 열고 스스로 내용을 확인하며 책을 선택했다. 말하자면 상업주의나 획일적인 학교교육에 저항하는 독자적인 시점으로 책을 선정했다. 여기에 실린 책이라면 틀림없다는 믿음으로 〈책의 꽃다발〉은 신뢰를 얻었고 그것은 〈책의 꽃다발〉에 애독자가 생긴

증거이기도 했다. 소개된 책 가운데 구입할 책을 독자를 결정하면 식품과 함께 자택에 배달했다. 회원인 주부들을 대상으로 주로 요리책이나 어린이책을 많이 소개했는데 그 가운데, 예를 들면 후지타 쇼조藤田省三의 『전후 정신의 경험 1,2 戰後精神の驗 1,2』(가게쇼보, 1996)을 선택한 뒤 거기에 편집 협력자가 쓴 글을 사진과 함께 넣어 비주얼한 지면으로 만들어 독자에게 보냈다. 그렇게 하여 단일 기획의 인문서로는 이례적인 900부의 예약을 기록했다. 주위를 놀라게 했지만 하루아침에 이루어진 결과는 아니었다. 어떻게 내용을 전하고 책을 알릴 것인가. 그러기 위해 어떤 대처가 필요한가. 오카모토는 〈책의 꽃다발〉의 기획과 편집을 통해 상상력이 담긴 책을 전하는 시행착오를 거듭해왔던 것이다.

1991년 1월 13일, 내각 관방장관이 종군위안부 문제를 인정하고 공식적으로 사죄했다. 이 무렵 〈책의 꽃다발〉은 종군위안부 문제와 관련된 책을 첫 장에서 크게 다루어 7-800부의 예약주문을 받았다. 그리고 90년대 초를 기점으로 역사 인식을 바로잡으려는 움직임이 생겼다. 반대운동을 진행하는 가운데, 1999년 8월 9일에는 일장기와 기미가요(일본국가)를 국기와 국가로 하는 법률이 가결·성립됐다. '오늘날 사회에는 문제가 있다. 그런 생각이 든다면 바꾸어보자.' 행동을 시작한 것은 오카모토 혼자만이 아니었다.
  90년대 일본 사회의 우경화에 대한 위기감을 바탕으로 오카모토는 다카하시 데쓰야, 스나가 요코須永陽子, 나카니시 신타로, 미야케 아키코, 서경식 등과 토론회를 기획했다. 실행위원회에는 20대부터 70대까지 활동분야나 관심영역이 다른 사람들이 성별이나 출신을 가리지 않고 모였다. 위원회는 체제를 정비하고 1999년에는 국기 국가법의 법제화에 반대한 '일본에서 민주주의가 죽은 날', 2000년에는 '전쟁책임과 전후책임을 어떻게 보는가'라는 주제로 '단절의 세기 증언의 시대'라는 집회를 열었다. 한편, '새로운 역사교과서를 만드는 모임'은 그 직후 『중학교 역사 공민 교과서』를 만들었고 그 책이 교과서 검정을 통과해 채택되었다. 급속히 진행되는 우경화에 억눌리듯 일본군의 주민 학살이나 오키나와의 '집단 자살'에 관한 내용을 싣던 타사의 교과서도 이런 내용을 삼가는 움직임을 보였다. 〈책의 꽃다발〉에도 '새로운 역사교과서를 만드는 모임'의 연설에 대한 반론 투서가 날아왔다. 이러한 가운데 오카모토와 뜻을 같이 하는 이들은 2001년 'Compassion〈共感共苦〉은 가능한가, 역사인식과 교과서 문제를 생각한다'라는 강연회를 열었다. 이 집회의 보고서와 오카모토가 중심이 되어 모은 북 리스트, 「共感共苦를 기르는 북 가이드」를 엮은 동명의 책이 2002년 11월에 가게쇼보에서 간행되었다.

실행위원회는 집회와 집회 사이에, 별도로 학습회를 만들었다. 그러나 하면 할수록 집회만 연다고 되는 게 아니란 생각이 들었다. 게다가 대중매체는 급속히 진행되는 우경화에 대항하는 논조를 내보내지도 않았다. 언론의 체질이 약화된 것이 분명했다. 그렇다면 스스로 자신의 생각이나 사상·문화에 깊이를 더할 수 있는 미디어를 만들면 된다. 이것이 서평과 사상·문화·예술 비평을 축으로 한 계간 〈전야〉가 간행된 계기다.

출판사를 세우고 잡지를 냈다. 멈추지 않고 꾸준히 잡지를 팔아 존립 기반을 유지했다. 그들에게는 힘겨운 일이 아니었을까? 그보다는 독립법인 비영리 단체로, 스스로 미디어를 만드는 편이 나았을 것이다. 문제를 제기하고 동참할 시민을 모아 의지나 힘, 지혜나 자금을 지원받는다. 전쟁체제를 향해 나락으로 떨어지고 있는 일본 사회의 움직임에 대항하려면 시민의식을 고취하는 수밖에 없고 그 거점이 되는 잡지는 사회를 변화시키는 기능을 확대해야 한다. 그렇지 않으면 올바른 문화는 사라져버릴 것이다.

2003년 생협을 그만둔 오카모토는 오로지 집회를 하며 얻은 체험을 바탕으로 〈전야〉 창간호 발행과 동시에 시민이 자립적으로 공부할 수 있는 장을 만들었다. 그곳에서는 이사가 담당 강사가 되어 잡지를 읽어 나갔다. 창간 후 이 기획을 구체화한 것이 '전야 세미나' 개최다. 다카하시의 '데리다와 현대', 나카니시의 '현대 일본의 사회적 억압 지배', 서경식의 '재일 조선인이란 존재'에 대한 세미나가 개최되었다. 모두 4회에서 6회에 이르는 연속 세미나로 수강생에게 단순히 세미나만 듣고 끝나지 않도록 호소했다. 거기서 얻은 지식을 지역이나 여러 곳에서 운동으로 활용하도록 요구한 것이다. 활동가를 육성하는 동시에 시민이 지식인을 소비하지 않는다는 의식을 갖게 하는 활동이기도 했다.

이 두 가지를 큰 축으로 활동하기로 한 오카모토와 동료들은 2004년 4월 4일 설립총회를 개최하고 '전야선언'을 채택해 NPO법인 전야를 설립했다. 이사 여덟 명이 계간 〈전야〉의 편집위원이 되었다.

가게쇼보에 발매를 맡긴 계간 〈전야〉 1기 1호는 2004년 10월에 간행되었다. 출판사도 아닌 NPO법인이 전국서점에서 잡지를 팔게 된 것이다. 대형 도매상은 싸늘한 반응을 보였다. 오카모토 등은 스스로 잡지를 진열하고 싶은 서점을 돌아다니며 사전주문을 받을 수 있도록 회원들에게 호소했다. 20여 명의 젊은이들이 이 일에 동참했다. 매스컴에서 〈전야〉의 간행을 다룬 뒤에는 주문부수가 늘어나 5쇄 8000부가 되었다. 2호는 6000부, 2005년 4월에 나온 3호는 5000부가 움직였다. 서점을 돌며 젊은이들은 책의 유통을 피부로 느꼈다. 그와 동시에 운동에 대해서도 이해했다. 구보를 비롯한 선배들이 자신의 성장을 도와주었다고 생각하는 오카모토는 젊은이들이 참여할 장을 마련하고자 애썼다. 잡지를 간행하는 짬짬이 〈전야NEWS LETTER〉를 내고 활동에 대한 보고를 팸플릿으로 만들었는데 이 활동의 중심은 젊은이들로 스스로 편집팀을 조직하고 인터뷰를 하며 지면을 만들고 있다. 「전야 북 가이드」에서는 젊은이들을 중심으로 서평팀과 영화 북 가이드 제작팀을 만들었다.

창간호 특집은 '문화와 저항'이었다. 원래 문화란 저항이다. 문화에 대한 저항이 희박한 오늘날의 일본이야말로 이상한 것 아닌가. 이런 문제의식을 바탕으로 세계 각지의 사람들과 다양한 인터뷰를 했다. 일본 사회보다 더 어려운 상황임에도 창조 활동이나 사상적인 측면에서 치열하게 싸운 사람들의 경험과 육성을 통해 많은 것을 배웠다. 그것은 반대로 투쟁해온 사람들에 대해 다룬 미디어가 없음을 증명하는 일이기도 했다. 그런 점에서 기존의 출판사나 조직에는 한계가 있다고 오카모토는 생각했다. 〈전야〉에서만 할 수 있는, 〈전야〉다운 발걸음이 바로 거기에 있었다. 예를 들면 한국에서 벨기에로 입양되어 현재 그곳에서 혼자 살고 있는 아티스트 나탈리 미희 르프완느(조미희)를 다룬 미디어는 많지 않다. 〈전야〉는 사상가뿐만 아니라 어느 한쪽에 치우침 없이 창조·예술 활동을 하는 이들을 다루려 한다. 운동은 개별화하지 않을 것이다. 여러 가지 문화영역을 가로지르는 형태로 대항할 수 있는 논조를 만들어내고 싶다는 것이다.

NPO의 이점을 살려 각국 여러 출판사의 편집자와 네트워크를 만들고, 이해를 넘어 책 만들기에 대한 공동기획을 하거나 스터디 그룹을 만들어 활동하거나 북리스트를 교환하는 활동이 NPO에서 할 수 있는 일 아닐까. 오카모토는 이 어려운 시대에 독서운동을 어떻게 할 것인지, 책을 어떻게 전할 것인지, 그 해답을 찾아 끊임없이 달리고 있다.

# 세오리쇼보

남미대륙 중앙에 일본 면적의 세 배쯤 되는 볼리비아 공화국이 있다. 안데스 해발 4000미터가 넘는 곳에 815만 명(2000년 현재) 이상의 사람들이 살고 있다. 여러 민족으로 구성되어 언어도 여러 갈래로 나뉘어 있다. 일상생활에 사용되는 언어만 서른여덟 가지에 이른다. 빈곤의 대명사처럼 불리는 다민족 국가 볼리비아는 사실 안데스 자연과 다언어로 이루어진 풍부한 문화의 나라다. 공용어는 스페인어인데 그 밖에 원주민어인 케추아어, 아이마라어, 구아라니어 등을 일상적으로 사용한다. 그러나 스페인어를 구사하지 못하면 사회에 참여할 수 없다.

세오리쇼보世織書房의 대표 이토 마사노리伊藤晶宣는 '배우고 싶지만 배울 곳이 없어' 방황하는 사람들이 글을 배우며 마음 놓고 지낼 수 있는 곳을 만들어주고 싶었다. 그런데 마침 건축시공사, 설계사, 미장이, 문맹퇴치 교육연구가, 편집자, 국제협력 전문가, NGO활동가 등이 모여 '볼리비아 배움의 집 만들기 모임'을 결성했다는 소식을 들었다. 배움의 집 만들기 모임은 볼리비아 사람들과 연계해 2001년 4월에 처음

219

으로 집 한 채를 지었고 2005년 6월까지 네 채를 완성했다. 일본 전통 기술을 원용해 기왓장과 회반죽으로 만든 집이다. 정말 멋진 이야기다. 이토 마사노리는 이들에게 사무소를 제공하며 적극적인 관계를 맺었다. "부탁이니 다른 일은 하지 말아 달라, 책만 만들어 달라, 그렇지 않으면 출판사는 도산한다"는 말을 호되게 들었다. '작업소'와 관계된 일을 시작하면 출판일은 그냥 내버려두는 바람에 주변에서 걱정을 듣기도 한다. 저자 가운데는 이해해주는 사람도 있지만 한계가 있다. 이제 마음을 다잡고 책 만들기에 주력하고 있는 이토는 요즘의 심경을 이렇게 털어놓았다.

"작업소나 배움의 집 외에도 샛길이 더 있을 것 같아요."

그 이야기를 하기 전에 이토의 성장과정부터 살펴보자.


1949년에 나가노 현 마쓰모토 시 부근에서 태어난 이토의 아버지는 지인들과 독서모임을 만들었다. 근처에 사는 숙부는 그림을 그렸다. 눈을 뜨면 책이 있었다. 그런 가풍에서 자라 어린 시절부터 책 읽는 데 어려움은 없었다. 고등학교 도서관에는 여러 고전이나 명저와 주간 〈아사히저널〉(1959-92)이 창간호부터 잘 비치되어 있었다.

"인간이 깨닫지 못하면 무기질 같은 풍경이 그저 눈앞에 펼쳐져 있을 뿐이죠. 깨닫지 못하면 책은 단지 진열되어 있을 뿐입니다. 안목이란 그 사람만이 찾아낼 수 있는 가치이기도 합니다. 물론, '지금, 여기'라는 의식과 비슷한 것이지만… 아무도 읽지 않는 잡지를 매일 도서관에 가서 읽었습니다."

이토는 고등학교 때 접한 〈아사히저널〉이나 〈일본 독서 신문〉을 통해 사회를 읽는 눈을 단련했다.

대학에 진학해 정치학을 전공한 이토는 졸업 후 출판사에 들어가 6년 동안 공무원 승진 시험을 위한 잡지를 편집했다. 특집을 기획하며 정치 사회학자 구리하라 아키라栗原彬에게 몇 번이나 전화를 하기도 했지만 원고청탁은 하지 못했다. 여러 가지 사정으로 업계지 편집을 단념한 이토는 그곳을 그만두고 신요샤에 취직했다.

이토는 1969년 말 창업한 신요샤에 시오바라 쓰토무塩原勉의 『조직과 운동 이론組織と運動の理論』이라는 책을 사러 간 적이 있다. 그때 받은 인상 때문에 어떤 책을 내는 출판사인지는 알고 있었다.

어느 날, 사장 호리에 히로시가 "자네, 이 책 만들어 보겠나"라며 건네준 원고가 있다. 바로 구리하라 쓰토무의 원고였다. 기뻤다. 함께 일해보고 싶었던 저자의 원고가 바로 거기 있었으니 말이다. 이토는 구리하라 쓰토무의 『관리사회와 민중 이성 — 일상의식의 정치 사회학管理社會と民衆理性 — 日常意識の政治社會學』(1982)을 비롯해 구리하라의 저작 6권을 신요샤에서 편집했다. "저렇게 박식한 사람이 있을까 싶었어요. 공부할 수밖에 없었죠. 개인 교수나 마찬가지였죠. 질문을 세 가지 정도 생각해두고 1시간에서 2시간 동안 가르침을 받았습니다. 오늘날 제가 있는 것은 구리하라 씨 덕이라고 생각합니다. 그런 관계로 미나마타 병과 관련된 책도 맡게 되었고요." 이전에 기획했으나 결실

을 맺지 못했던 마에다 아이의『근대 일본의 문학공간·역사·언어·상
황近代日本の文學空間 歷史 ことば 狀況』(1983)도 편집했다. 게다가 마에다
의 제자가 추천한 동인지에 실린 고모리 요이치小森陽一의 작품을 읽고
감동해 고모리의 첫 저작『구조로서의 이야기構造としての語り』(1988)를
출판했다. 이렇게 해서 신요샤에 문학 부문이 생겼다. 이윽고 이토는
편집과 동시에 전임자가 빠진 영업까지 맡게 되었다. 도매상과 교섭
하며 책의 유통을 실제로 알게 된 것이다. 그런데 허리를 다친 뒤, 계
획이 있었던 것은 아니지만, 몸이 나빠진 것을 계기로 7년 동안 다니던
신요샤를 그만뒀다.


가나가와 현 요코하마 시에 자리한 세오리쇼보 사무실을 방문하자 인
사도 하는 둥 마는 둥 이토는 커피 한 잔을 내놓으며 "작업소에서 만든
커피입니다"라고 말했다.

　이토의 아내는 요양시설의 직원이었다. 도쿄에 살던 이토는 그때
부인이 있는 요코하마로 옮겨왔다. 그리고 지금, 사회복지법인에서 경
영하는 소사제小舍制(cottage system) 시설 한 채에서 가족과 부모가 없
거나 부모가 돌보지 못하는 아이들 넷과 함께 생활하고 있다. 아이들
은 거기서 학교에 다닌다.

　회사를 그만둔 이토가 처음으로 생각한 것은, 장애인의 일터였다.
예전부터 작업소는 있었지만 대체로 부업이나 갇힌 공간에서 작업을
하는 경우가 많았다. 이토는 그게 이상했다. 노인이나 아이, 장애인 들

도 당연히 설 자리가 있어야 한다고 생각했다. 커피 도매상을 하는 지인이 있었고 80년대 후반부터 직접 커피를 내려 마시는 게 유행이 되자, 이토는 여기에 주목해 커피공장이라는 가게를 열었다.

가게를 개업한 뒤 1주일에 한 번 일하러 오는 다운증후군 여자아이가 있다. 아이의 아버지는 버스 운전사인데 휴일이면 묵묵히 밭일을 한다. 딸아이에게 유기농 야채를 먹이면 하루라도 오래 살지 않을까 하는 바람 때문이다. 그 모습을 보고 이토는 대단하다고 생각했다. 그래서 자연식 관련 가게도 시작했다. 이렇게 해서 요코하마 시내에 '그룹 세오리 가게'가 탄생했다. 그후 일하러 오는 사람이 늘어나 작은 작업소를 하나 더 열어 지금은 두 곳이 되었다.

한편, 요양을 하기 위해 인사도 제대로 못한 채 회사를 그만둔 이토가, 독립을 위해 퇴사했다고 생각한 저자나 지인들은 출판사 창업을 위한 자금을 마련해주었다. 이토는 세오리쇼보의 설립취지를 이렇게 말했다.

"저희 회사는 근본적인 지知에 대해, 그리고 책임 존재로서의 인간에 대해 날카로운 질문을 던지는 것을 무엇보다 중요하게 생각합니다. 그리고 사람들 사이의 관계가 약화된 현대사회에서 '관계 회복'을 위한 길을 찾고 싶습니다."

1990년 4월 8일, 이토는 주변의 성화에 떠밀리듯 세오리쇼보를 창업했다. 처음 자리 잡은 곳은 요코하마 시 호도가야 구의 맨션이었다. 출판사는 대부분 도쿄에 집중되어 있다. 그러나 그는 문화가 집중되는 것은 바람직하지 못하다고 생각한다.

가게나 작업실 운영이 궤도에 오르기까지 첫 책『읽기 위한 이론·문학·사상·비평讀むための理論文學思想批評』을 내는 데는 1년이 넘게 걸렸다.


창업을 지원해준 저자와 관련해 시리즈로 낸 책이 있다. 학교를 아이들과의 공동 작품으로 만들기 위해, 무엇보다 어른이 잃어버린 풍부한 관계성 회복을 되찾기 위한 필독서인『아이들이 말하는 등교 거부 402명의 메시지子どもたちが語る登校拒否402人のメッセージ』(1993)가 그것이다. 5000부를 찍어 한 달 만에 다 팔았다. 이어서『부모들이 말하는 등교 거부 108명의 논픽션親たちが語る登校拒否108人のノンフィクション』(2005)을 간행했다. 이 책들을 포함해 세오리쇼보는 등교 거부 관련서 4권을 냈다.

교육관련 이론서를 내고 싶었던 이토는 교육계에 큰 영향력을 미치는 사토 마나부佐藤學의 3부작을 출간한다.『커리큘럼 비평カリキュラムの批評』(1996, 1997년 교육과학연구회상 수상),『교사라는 아포리아教師というアポリア』(1997),『배움의 쾌락 學びの快樂』(1999)이다. 다음에는 역사론도 선보일 예정이다.

천황제를 해명하고 싶은 생각이 들어 근대일본의 문제를 다룬 책을 기획하기도 했다. 히로타 데루유키廣田照幸의『육군 장교의 교육사회사陸軍將校の教育社會史』(1997, 제19회 산토리 학예상 사상 역사부문 수상)는 쇼

와 전시체제를 지지한 사회집단으로서 제국 육군장교를 연구 대상으로 삼았다. 전후 교육 시스템은 '세뇌'라 부르며 비판한다. 이 책은 이데올로기와 다른 관점에서 개인의 의식구조를 분석하며 장교가 되고자 했던 사람들의 자발적 변용을 고찰했다. 또 메도루마 슌目取眞俊의 『오키나와/ 풀의 소리 뿌리의 사상沖繩/草の聲 根の思想』(2001) 등 오키나와에 관한 책도 간행했다.

『육군 장교의 교육사회사』도 중판하는 데 어려움이 있었다. 세오리쇼보는 창업 이후 150종 정도를 간행했는데 대부분 활판인쇄로 발행했다. "활판은 독특한 멋이 있어 기분이 좋"다고 이토는 말한다. "인쇄기술의 발달과 함께 종이는 활판 포인트에 맞춰졌기 때문에 오프셋 인쇄로 하면 판면이 예쁘게 나오지 않는다"는 말이다. 활판을 고집하는 이토는 안이한 책 만들기를 용납하지 않는다. 따라서 시간이 많이 걸린다. 2005년 5월 신간 판권에는 "편집자가 수고를 아끼지 않았습니다"라는 문구가 들어가 있고 역시 활판으로 완성되었다.

마지막으로 주목받는 신간을 소개해본다. 일제강점기 조선에서는 수많은 여성들이 교육에서 배제되었고 그 연장선상에서 '위안부' 제도가 만들어졌다. '위안부'들의 이야기를 정리한 김부자의 획기적 논문을 다듬어 『식민지 조선의 교육과 성 — 취학 비취학을 둘러싼 권력관계植民地期朝鮮の教育とジェンダー就學 不就學をめぐる權力關係』(2005)로 간행했다.

　장애인의 활동의 장이나 작업실 일을 처리하면서 이토의 주변에는 다양한 인간관계가 만들어졌다. 특정한 장소가 갖는 의미는 무척 크다. 앞에서 말한 세오리쇼보의 설립취지를 이토는 다음과 같이 정리했다.

"우리 회사는 근원에 대한 역행과 미래에 대한 투기投企(인간이 자신을 초월하려는 의도. 사르트르는 모든 장소에 있을 것 같은 상태를 향해 자신을 내던진다는 의미로 투기라 부름 - 옮긴이) 없이는 절대 이상을 실현할 수 없다고 믿으며 시대를 개척하고 엮어내는 방법으로서 책 만들기에 주력하고 싶습니다."

장애인을 위한 출판의 길을 여는
# 도쿠쇼코보

고령화는 일본 사회가 직면한 과제 가운데 하나다. 2015년에는 국민 네 명 중 한 명이 65세 이상의 고령자가 된다고 한다. 그 어디에서도 찾아볼 수 없는 고령화 사회가 도래하는 것이다. 2000년에는 '이동 무장애화barrier free'(신체장애인이나 고령자가 안전하고 쾌적한 생활을 할 수 있도록 물리적 장애가 되는 것을 제거하고 편의시설을 갖추는 것 – 옮긴이)가 법적으로 시행되어 역이나 버스 등 교통수단 이용에 적용되었다. 그러나 고령자들이 안심하고 생활할 수 있으며, 신체장애인들이 사회·경제 활동에 적극적으로 참여할 수 있는 사회를 만들려면 교통기관의 이동 무장애화만으로는 불충분하다.

'처음부터 생활필수품이나 건물, 환경 등을 모든 사람이 이용할 수 있도록 고안해 디자인한다.' 이는 미국 건축가이자 공업디자이너인 론 메이스(1941-98)가 제창한 '유니버설 디자인'이라는 개념이다. 도쿠쇼코보讀書工房는 '장애가 있다면 그것을 없애면 된다'는 '배리어 프리'를 일보 진전시킨 유니버설 디자인 개념을 출판계에서 실현하고자 2004

227

년 4월 23일 활동을 시작했다. 출판계의 미래를 내다본 작은 출판사의 활동이다.

1961년에 가나가와 현에서 태어난 나리마쓰 이치로成松一郎는 1980년대 초 가쿠슈인대학 영미문학과 학생으로 사회복지연구회라는 서클에서 활동했다. 나리마쓰는 서클 활동으로 자폐증 어린이들을 위한 일요 어린이모임에 참가하기도 하고, 복지시설이나 자택에서 생활하는 뇌성마비 환자들이 휠체어를 타고 외출하는 것을 돕기도 했다. 봉사활동 가운데 가쿠슈인대학 근처에 있는 쓰쿠바대학 부속맹아학교 학생이 부탁한 낭독 테이프 제작도 있었다.

1983년에는 맹아학교의 한 학생이 가쿠슈인대학을 지원했다. 그러나 가쿠슈인대학은 여러 시립대학들이 그렇듯 점자 시험을 인정하지 않았다. 이를 지켜본 나리마쓰는 교수모임을 찾아가 (맹아학교 학생들도) 입학시험을 치를 수 있게 해달라고 호소했고, 학내 서명운동까지 벌였다. 또 시각장애인이 입학할 경우 확실하게 돕겠다는 공약을 내걸고 점자공부를 시작하며 '점자서클'을 만들어 관계자를 설득했다. 그러나 안타깝게도 나리마쓰의 기획은 결실을 맺지 못했고, 그 학생은 점자 시험이 치러지던 요코하마시립대학에 입학했다. 또 점자서클을 만들기는 했지만 학생들이 들어오지 않았다. 결실을 맺지 못한 채 끝났지만 그 일을 계기로 나리마쓰는 시각장애인들과 만나게 되었다.

가쿠슈인대학을 졸업한 후, 요코하마국립대학 교육학부에서 언어

장애아 교육과정을 수료한 나리마쓰는, 문헌·인물·사건·용어 등 방대한 정보를 수집·정리하여 디지털 콘텐츠로 축적해두는 동시에 이를 미디어 특성에 맞게 제공하는 니치가이 어소시에이트日外アッシエーッ에 입사했다. 우연찮게 관심을 갖게 되어, 복지와 거리가 먼 출판계에 들어선 나리마쓰는 5년 동안 데이터베이스 편집 일을 했다. 그 후 아동서나 교육서를 간행하는 고쿠도샤國土社로 옮겨 주로 교육서를 편집했다.

그러던 어느 날 맞닥뜨린 사건은 가슴속에 잠들어 있던 나리마쓰의 의지를 일깨우며 그를 이끌었다. 학창시절 알게 된 시각 장애인 친구와 술을 마시러 갔을 때였다. "이런 책을 만들고 있다"며 책을 건네주었지만 그 친구는 읽을 수 없었다. 나리마쓰는 읽고 싶어도 읽지 못하는 사람의 욕구를 어떻게 채워줄 수 있을지 진지하게 고민하기 시작했다.

1996년 8월에 나리마쓰는 새로운 계기를 맞이한다. 어느 날 학창시절에 알게 된 이치하시 마사하루市橋正晴(당시 시각장애인 독서권 보장 협의회사무국장 - 옮긴이)에게서 전화가 왔다. 다이카쓰지大活字라는 출판사를 시작하려고 하는데 자원봉사로 도와줄 수 있겠느냐는 내용이었다. 일본에는 30만 명의 시각장애인이 있고 70퍼센트가 약시장애인이다. 그 가운데 점자를 읽고 쓸 수 있는 사람은 3만 명, 단 10퍼센트라고 한다. 선천성 약시인 사람들의 입장에서 '시각장애인 독서권 획득을 위한 운동'을 펼쳐온 이치하시는 '보이지 않는, 잘 보이지 않는 사람(시각장애인, 저시력자, 고령자)이 생활에서 부딪히는 장벽을 없애고 보다 나은 삶을 살 수 있도록 한다'는 목적으로 ㈜다이카쓰지를 설립했다.

고쿠도샤에 있던 나리마쓰는 업무를 마친 뒤 ㈜다이카쓰지에 들러 DTP작업을 돕기 시작했다. 그런데 1997년 4월 23일 이치하시가 사고로 세상을 떠났다. 회사는 이치하시의 장남인 이치하시 마사미쓰市橋正光가 물려받았지만, 마사미쓰는 당시 대학을 갓 졸업한 상태였다. 출판에 대해서는 아는 게 전혀 없었다. 그래서 나리마쓰는 고쿠도샤를 그만두고 ㈜다이카쓰지의 직원이 되었다.

2004년 5월에는 아사다 지로淺田次郎, 니시무라 교타로西村京太郎 같은 인기 작가의 베스트셀러와 가슴에 남는 명작을 22포인트 고딕체를 사용하여 발행, 눈이 피로하지 않은 좋은 편집이 호평을 받은 '다이카쓰지 문고'가 50종을 넘어섰다. 8년 동안 이 일을 해온 나리마쓰는 2004년 3월, 회사가 궤도에 오른 것을 확인한 후 ㈜다이카쓰지를 퇴사했다. 나리마쓰는 큰 활자책이란 형태로, 좀더 넓은 시야에서 시각 문제뿐만 아니라 여러 가지 다양한 욕구에 대응하고 싶다는 생각을 했다. 즉 독서 전반에 관한 문제를 다뤄보고 싶었다. 2004년 4월 23일, 이치하시의 기일에 나리마쓰는 도쿠쇼코보를 창업했다.

여기에서 또 한 사람 마쓰이 스스무松井進의 이야기를 하고자 한다. 2001년 6월, 눈이 전혀 보이지 않는 시각장애인 마쓰이는 맹도견 구리나무와의 운명적인 만남부터 구리나무가 병으로 죽기까지 7년간의 이야기를 엮은 『이인오각二人五脚』(개의 네 발과 사람의 두 다리를 묶으면 이인

오각이 된다. 맹도견과 보행할 때 개와 시각장애인의 마음이 하나임을 상징하는 제목 - 옮긴이)을 펴냈다. 맹도견인 구리나무의 모습은 개를 좋아하는 사람이 아니더라도 가슴 찡한 감동을 받을 수 있는 내용으로 호평을 받았다.

마쓰이는 출판사와 이야기하여 이 이야기를 다섯 가지 매체로 발행하기로 했다. 마쓰이는 다섯 가지 매체를 동시에 발행하고 싶었다. 지금까지 이런 책은 점자도서관이나 공공도서관에서 자원봉사자들에게 점역點譯을 의뢰해 점자본으로 만들었다. 또 낭독하는 소리를 녹음하는 음역이라는 것을 했다. 작업은 적어도 3개월에서 반년은 족히 걸린다. 그렇게 되면 더 이상 읽을 마음도, 들을 생각도 없어질 테니 그런 상황만은 피하고 싶었다. 마쓰이는 배리어 프리 출판이라는 단어를 사용해 지쓰교노니혼샤에서 만든 책을 총 3권의 점역본으로 간행하고, 카세트테이프도 만들었다. 다음은 디지포맷이라고 하는 CD-ROM의 형태였는데, 이는 멀티미디어 데이지DAISY(Digital Accessible Information System)를 사용해 읽어 들인다. 음원과 함께 텍스트 데이터도 같이 담는다. 즉 화면에 문자가 나타나며 동시에 소리가 재생되는 것으로 노래방 기계를 생각하면 된다. 이렇게 하면 시각장애인, 지체장애인, 학습장애인 들이 쉽게 이용할 수 있다. 여기에 22포인트의 큰 활자책을 만들어 총 다섯 종류의 매체가 만들어졌다. 이러한 마쓰이의 시도는 배리어 프리 출판의 가능성을 시사하는 것으로 주목받았다. 문제는 각각 비용이 들기 때문에 이익을 내기 어렵다는 점이다.

복지나 봉사의 세계로 치부되어 상업출판은 어려울 것으로 여겨지던 이 문제를 나리마쓰는 해결할 수 있다고 생각했다. 고령화가 진행되어 다음 단계로 가는 사람들이 늘어나고 있는데다가, IT화의 진전은 독서를 포기하지 않아도 되는 출판의 유니버설 디자인을 촉진할 것이기 때문이다. 유니버설 디자인은 시장이 작아서 특정 대상을 위한 물건을 만드는 경우 비용이 많이 들지만 일반인들도 사용할 수 있도록 만든다면 비용을 줄일 수 있다. 예를 들어 음독은 일반인도 이용할 수 있다. 또한 IT기술을 응용하면 데이터 파일의 내용을 검토하는 소프트웨어에 문자 확대나 흑백반전을 가능케 하는 기능을 넣을 수도 있다. 젊은이들에게만 집중하는 게 아니라 미리 여러 독자층을 염두에 두고 원 소스 멀티유스를 실현한다. 시장을 확대함으로써 비용을 줄일 수 있는 것이다. 도쿠쇼코보는 사업의 일환으로 출판사나 전자서적 업체, 도서관 등의 의뢰를 받아 일반인 대상의 책이나 전자서적을 배리어 프리화하기 위한 컨설팅 업무를 하고 있다.

인기 작가의 신간도 브라우저로 읽을 수 있다. 유니버설 디자인은 5년, 10년이 지나면 지극히 당연한 것이 되어 있을지도 모른다. 이런 생각이 다양한 장르의 유니버설 디자인에 관한 정보를 제공하는 〈UD라이브러리〉의 간행으로 이어졌다. 그 첫 번째 책이 나고야회なごや會 (공공도서관에서 일하는 시각장애인 직원 모임인)에서 만든 『책의 액서스빌리티를 생각한다— 저작권, 출판권, 독서권의 조화를 위하여本のアクセシビリティを考える著作權 出版權 讀書權をめざして』(2004)다. 일본에서는 저작권

법상 점자도서관 등의 복지시설에서는 녹음서비스를 승인 없이 제작·제공할 수 있다. 그러나 공공도서관이나 자원봉사 활동을 하고 있는 사람들이 녹음 도서를 제작하려면 저자의 양해를 구해야만 한다. 어떻게 해야 누구나 책을 읽을 수 있는 환경을 만들 수 있을까. 어떻게 해야 필요한 대가를 지불하고 이용자가 쉽게 사용할 수 있는 환경을 만들 수 있을까.

　서점 가정의학 코너에는 건강과 병에 관한 서적이 셀 수 없이 많다. 그러나 막상 병에 걸리면 자신에게 필요한 정보나 믿을 만한 문헌을 좀처럼 쉽게 찾을 수 없다. 이런 현실 속에서 도서관 직원, 간호사, 연구가, 저널리스트, 환자 등 30여 명으로 구성된 '건강정보책장 프로젝트'가 결성되었다. 이들이 주목한 것은 자비출판이나 서점에서 취급하는 수명이 짧은 '투병기'였다. 수집된 1000권의 투병기는 그 후 도립중앙도서관의 건강정보책장에 꽂히게 되었다. 『몸과 병에 관한 정보를 찾는다, 전한다からだと病氣に關する情報をさがす·届ける』(건강정보책장 프로젝트 편, 2005)에는 그 프로젝트의 모든 것이 담겨 있다.

　"고령자 또는 특별한 욕구를 가진 분들로, 일반적인 종이책을 이용할 수 없는 사람들에게 적절한 수단을 제공함으로써 독서에서 멀어진 사람들을 다시 불러들이고 싶다. 그것이 도쿠쇼코보의 사명이라고 생각"한다는 나리마쓰는 50대, 60대, 70대부터 시각이나 청각 장애가 있는 사람들을 대상으로 책을 기획했다. 그 첫 권이 『중도 시각장애인을 위한 점자 촉독 지도 매뉴얼中途視覺障害者への点字觸讀指導マニュアル』(사

와다 마유미·하라다 요시미 엮음, CD-ROM 2장 부록)이다. 이 책에는 책을 가까이할 수 없게 된 사람들이 책을 이용할 수 있게 되기를 바라는 마음이 담겨 있다.

2005년 가을 발족을 목표로 나리마쓰와 마쓰이는 지금, '출판사'와 '책을 이용하기 어려운 독자' 사이에 다리를 놓아주는 제3자로서 배리어 프리 자료 리소스 센터BRC의 NPO 법인 인증을 진행하고 있다.

인간 존재의 본질을 생각하는
# 히효샤

'앞으로 사회를 이끌어가겠다.' 그 시절, 생활은 넉넉하지 않았지만 일본 사회에는 그런 분위기가 있었다.

1943년에 도쿄에서 태어난 사토 히데유키佐藤英之는 1961년 호세대학 경제학부에 진학하여, 1965년 졸업과 동시에 한 대기업에 취직했다. 그러나 회사에는 잘 적응하지 못했다. 새로운 직장을 찾고 있던 차에 출판사에 근무하는 지인이 펠리컨샤를 소개했다. 1968년 봄, 사토가 스물다섯 되던 해의 일이다. 펠리컨샤는 구니고 겐과 오바마 요시히사가 1963년 6월에 창업한 출판사다. 오카야마 현 출신의 마쓰다 겐지松田健二는 사토보다 조금 늦게 펠리컨샤에 입사했다. 오카야마를 떠나 도쿄에 온 마쓰다는 오차노미즈 역에 내려서 생각했다. 도쿄에서 뭔가를 해내겠다고. 그때 그는 굉장히 흥분했다고 한다. 지방에서 상경했다는 사실에 가슴이 벅차올랐던 것이다.

'앞으로 사회를 이끌어가겠다.' 1960년대에 사회로 진출한 이들이 가진 공통된 생각이었다.

분쿄구 혼고 3조메의 파칭코 건물 4층에 사무실을 차린 펠리컨샤는 경제 경영서와 유럽 현대사 번역서 간행을 중심으로 출판을 하고 있었다. 1969년에 직업 전반을 소개하는 '나루니와 BOOKS'('나루니와'는 '~가 되려면'이라는 뜻으로 이 시리즈는 '로봇 기술자가 되려면' '코디네이터가 되려면' 같이 제목을 붙여 이어나갔다 - 옮긴이)의 간행으로 기반을 마련하게 된 과정은 앞에서 소개한 바와 같다. 그때에는 언급하지 않았지만 당시 펠리컨샤에서는 그것과는 다른 방향의 출판도 하고 있었다.

젊은이들의 생각이나 사상을 담는 책을 만들어보자는 생각에, 구니고는 사내에 샤카이효론샤社會評論社라는 무등록 출판사를 만들어 펠리컨샤를 통해 책을 팔고 있었는데 펠리컨샤 편집부의 다나베 하지메田辺肇 등이 실무를 맡았다. 다나베가 기획하여 샤카이효론샤에서 펴낸 책으로는 『노동자 평의회의 사상적 전개 - 레테운동과 과도기 사회勞者評議會の思想的展開レーテ運動と過渡期社會』(칼 코르쉬 지음, 기무라 세이지 외 옮김, 1979)가 있다. 또한 마쓰다는 노모토 산키치野本三吉의 『불가시의 코뮨不可視のコミューン』과 무라타 에이치村田榮一의 『전후교육론戰後敎育論』 등을 기획했다.

이러한 구니고의 활동을 이어받아 샤카이효론샤는 1970년대에 독립을 했다. 샤카이효론샤의 기초를 다진 다나베는 이때 이미 유미루 출판ゆみる出版을 창업하여 활동하고 있었다. 그래서 사토가 대표가 되어 마쓰다와 함께 샤카이효론샤를 말 그대로 독립시키게 된 것이다.

기술자가 판을 짜고 인쇄하는 활판인쇄. 사토가 펠리컨샤에 들어갔을 때 출판업계는 활판인쇄가 주류를 이루었다. 인쇄나 제본 기술자를 늘 접하던 그 시절에는 업계 전문용어를 외우지 않으면 아예 상대도 해주지 않았다. 그런데 편집자들은 자신이 체험으로 습득한 지식을 젊은이들에게 가르치려 하지 않았다. 아무리 부탁을 해도 소용이 없었다. 사토와 마쓰다는 인쇄소 기술자나 친분이 있는 업자들에게 책 만들기에 관한 실무를 배웠다. 독립을 하면서 그들은 이런 업계의 체질을 깨뜨려보고 싶다는 생각을 했다. 출판은 누구나 할 수 있는 일이며, 그렇게 대단한 일이 아니라는 것을 많은 젊은이들에게 알리고 싶기도 했다.

"자기 스스로 기획해 책을 만들고 그것을 팔아 생계를 유지하는 것은 그리 대단한 일이 아니니, 좀더 적극적으로 출판을 해보지 않겠느냐고 모두에게 이야기하고 싶었습니다."

기획만 있으면 무엇이든 할 수 있다. 그것이 사토가 가진 힘의 원천이었다.

마쓰다는 편집을 하고 사토는 영업을 담당했다. 창업을 하고 샤카이효론샤는 적잖은 무리를 감수하며 책을 만들었다. 둘이서 17종을 발간한 해도 있었다. 그렇게 눈에 띄는 활동은 아니었지만 지금까지 볼 수 없었던 뉴레프트 운동의 분위기를 담은 기획물이 성공을 거두며 비교적 순조롭게 성장했다. 그런데 5년째에 접어들자 매너리즘에 빠졌다. 그리고 두 사람 사이에 잡지간행을 둘러싼 의견 차이가 생겼다. 회사 실적이 저조한 시점에 극복하기 어려운 모순이 발생했고, 어떻게 해야 할지 대책을 세우다가 두 사람은 각자의 길을 향해 갈라서기로 했다.

1978년 9월, 이야기를 나눈 끝에 업계를 잘 아는 사토가 샤카이효론샤를 그만두고, 새롭게 히효샤批評社를 세웠다. 그때 사토가 가지고 나온 책은 번역서와 부락部落 문제, 『차별규탄 그 사상과 역사差別糾彈その思想と歷史(개정판)』(야기 고스케 지음, 1980) 등 10여 종이었다. 그러나 그 책들은 영업을 담당하고 있던 사토가 기획한 것이 아니었다. 사토는 자신이 들고 나온 책과는 다른 영역에 관심을 가지고 있었다. 바로 '정신의료' 분야였다.

인간은 오랜 옛날부터 도구를 사용하고, 언어를 배우며 지구 전체를 지배하려고 노력해왔다. 그러나 인간은 자연에서 살아가는 동물과 별다를 바 없는, 똑같은 생물이다. 그러므로 인간이 자연계를 지배하려고 하면 그 반작용이 나타난다. 즉 다른 동물에게는 있을 수 없는 마음의 병을 '원죄'처럼 짊어지게 되는 것이다. 다른 동물들은 마음의 병을 앓는 일이 없지만 인간은 유독 마음의 병을 앓는다. 근본적인 부분에 모순이 있기 때문이다. 사토는 정신의료의 세계를 통해 인간 존재의 본질을 알 수 있을 것이라고 생각했다.

아사노 히로타케淺野弘毅의 『통합실조증의 회복統合失調症の回復』 (2005)에 따르면, 지금 일본에는 34만여 명의 정신장애인이 입원치료를 받고 있다. 일본의 내과와 외과 등 모든 병원의 입원환자가 150만 명 정도라고 하니 입원환자 가운데 5명 중 1명이 정신과 환자인 셈이다. 선진국 중에서 일본이 가장 높은 입원율을 보이고 있다. 그야말로 세계 최대의 수용소 열도다. ('정신분열증'이라는 명칭은 병의 실태를 정확하게 표현하지 못할 뿐더러 스티그마가 되어 오랫동안 편견을 조장하고 당사자의 사회 참여를 저해한다. 이에 일본정신신경학회는 병명을 '통합실조증統合失調症'으로 변경하기로 했다 - 옮긴이)

입원환자 수도 놀랍지만 그렇다면 그들에 대한 처우는 어떨까. 일본은 사회복지라는 관점에서 정신장애인을 격리하고 철책으로 둘러쌓인 병실에 수용했다. 그럼 서유럽은 어떨까. 서유럽에서는 병원수용이 아니라, 개방된 일상 생활에서 자신을 되찾을 수 있도록 하고 있다. 이러한 처우의 차이는 일본 민주주의와 국가 성숙도를 상징적으로 나타낸다. 사토는 '정신장애는 그 나라의 성숙도를 미루어 짐작하게 하는 병이 아닐까'라고 생각했다.

창업 이후 히효샤는 주로『모리타 이론 응용1森田理論應用1』(아오키 시게히사 지음) 등 정신의료와 인권에 관한 책을 간행했다. 또한 우여곡절 끝에 유큐쇼보悠久書房가 간행하던 잡지〈정신의료精神醫療〉(정신의료편집위원회 편집)를 4호부터 간행하게 되었다. 1992년 8월의 일이다. 이 잡지는 2005년 8월 현재, 39호까지 발행되었는데 이 잡지를 통해 정신건강·라이브러리 등 일반인 대상의 기획이 나온다.

정신의료 관련서를 주축으로 출판활동을 시작한 히효샤는『아사쿠사 단자에몽淺草彈左衛門(전3권)』(시오미 센이치로 지음)을 간행하면서 새로운 방향을 추가했다. 아사쿠사 단자에몽은 에도시대 막부 때 동일

본 지역의 부락민部落民(전통적인 일본의 최하층 신분. 부락차별의 성립은 일본 역사, 특히 에도시대의 신분제도와 매우 밀접한 관계를 가진다. 아직도 일본에는 교육이나 직업을 포함해 부락민에 대한 편견이 뿌리 깊게 남아있다 - 옮긴이)을 지배했던 인물이다. 단자에몽을 주인공으로 하여 지금까지도 계속 되고 있는 부락 문제에 주목한 시오미의 이 소설은, 현대사회를 어떻게 바라볼 것인지를 묻는 책으로 작가인 노사카 아키유키가 극찬하기도 했다. 이 책의 성공은 시오미를 세상에 알리는 데에 그치지 않았다. 독자였던 고이시카와 젠지礫川全次가 당시 절판되어 묻혀 있던 고토 고젠後藤興善의 『마타기와 상카又鬼と山窩』를 사토에게 소개한 것이다. 이 책의 간행(1989)으로 히효샤는 역사 민속학의 영역까지 아우르게 되었다. 많이 팔린 책으로는 고이시카와 젠지와 다무라 이사무田村勇가 편집한 『범죄의 민속학 메이지·다이쇼·쇼와 범죄사로부터犯罪の民俗學明治·大正·昭和犯罪史から』(1993)와 『범죄의 민속학2犯罪の民俗學2』(1996), 시모카와 고시, 다무라 이사무, 고이시카와 젠지가 편집한 『여장의 민속학女裝の民俗學』(1994), 고이시카와 젠지의 『상카와 설교강도 어둠과 방랑의 민속사サンカと說教强盜 闇と漂泊の民俗史』(1994) 등이 있다. 또 고이시카와 젠지가 편집한 『분뇨의 민속학 역사민속학 자료총서糞尿の民俗學 歷史民俗學資料叢書』(1996) 제1기 1권에서 제2기(전5권)까지, 전10권에 이르는 시리즈도 있다.

생물의 세계에 관심을 가진 사토는 어느 날 〈덴쓰보電通報〉에서 재미

있는 기사를 발견했다. 니시야마 겐이치西山賢一가 연재하던 「닛치를 추구하며ニッチを求めて」라는 글이었다. 사이타마대학埼玉大學 경제학부 교수인 니시야마는 문화생태학을 전공하는 학자다. 사토는 이 기사에서 닛치라는 단어가 '급소를 누르다, 요점을 파악하다' '딱 맞다'는 의미의 진화생태학 용어라는 것을 알게 되었다.

획일적인 환경에서는 생물이 생명력을 유지할 수 없다. 선택지가 다양할 때 생물은 최적의 거처, 주거를 확보하고 번식을 반복한다. 생물인 인간에게는 획일화되지 않은 다양한 문화가 필요하다. 따라서 문화가 획일화되면 정신이 쇠약해지고 체력도 떨어진다. 다양한 선택지 중에서 최적의 것을 찾아냈을 때 인간의 문화도 확장되고 발전한다. 그런 의미에서 니시야마는 닛치가 인간의 존재에 필요한 문화 키워드라고 보았다. 히효샤는 니시야마 겐이치의 『닛치를 추구하며ニッチを求めて』(1989/ 2005)를 펴냈고 홍보지 〈Niche〉를 간행하고 있다.

세 명 정도의 사원으로, 분에 넘치는 생활을 탐하지 않으며 의욕적인 저작을 꾸준히 내는 것. 그것이 히효샤의 가장 이상적인 모습이라고 사토는 생각한다.

사회의 고민에 귀 기울이는
# 사카이효론샤

1941년 부산에서 태어나, 구라시키 시 미즈시마로 귀향, 1961년에 국립오카야마대학에 진학한 마쓰다 겐지松田健二는, 오카야마에서는 구할 수 없는 서적이나 정보지를 구하기 위해 기회만 있으면 오사카까지 나가 서점을 돌았다. 걸신들린 듯 읽었던 다카하시 가즈미高橋和巳의 『슬픔의 그릇悲の器』(가와데쇼보신샤, 1962년 9월 제1회 문예상 당선작)은 그렇게 찾아낸 책이다.

마쓰다는 어떻게든 도쿄에 가고 싶었다. 그것이 그의 간절한 바람이었다. 당시 호세대학 경제학부에는 오카야마현 출신으로 일본 경제학계에 큰 영향을 미친 우노 고조宇野弘蔵 교수가 '우노학파'를 형성하고 있었다. '그래! 도쿄에 있는 대학에 들어가면 되는 거야.' 1965년 4월 마쓰다는 호세대학 경제학부에 편입했다. 대학에서 마쓰다를 지도한 교수는, 『레닌의 농업이론レーニンの農業理論』(오차노미즈쇼보, 1963)으로 널리 알려진 와타나베 히로시渡辺寛 교수였다. 와타나베연구회에는 그의 영향을 받은 '삼파계 전학련三派係 全學連'(전일본학생자치회연합회의

약어. 일본의 각 대학의 학생자치회의 전국적 연합조직 - 옮긴이) 학생활동가가

모여 있었다. 그들의 생각은 60년대 '안보투쟁'으로 학생운동이 크게

고조된 이때, 서로의 정치적 입장을 뛰어넘어 다시 한번 새로운 일본

을 만들어보자는 것이었다. 즉 분열된 전학련을 통일하고 재건하자는

것이 '삼파계 전학련' 세대의 슬로건이었다.

1967년 3월에 호세대학을 졸업한 마쓰다는 가나가와 현 가와사키

시에서 보습학원을 시작했다. 그리고 1년이 지났을 즈음, 호세대학 동

기인 이노우에 마사오井上雅雄의 결혼식장에서 사토 히데유키(현재 히

효샤 대표)와 재회하게 되었다. 사토는 1968년 봄부터 펠리컨샤에서 일

하고 있었다. 그 만남이 계기가 되어 마쓰다는 취직시험도 보지 않고

펠리컨샤에 들어갔다.

만일 그때 사토와 다시 만나지 않았다면 여전히 학원 일을 계속하고

있었을지 모른다. 사토와 재회하여 편집자 생활을 시작한 후, 마쓰다

는 펠리컨샤 안의 샤카이효론샤의 일을 맡았다. 펠리컨샤에서 샤카이

효론샤가 독립하기까지의 경위는 히효샤에서 소개한 바 있다. 이번에

는 샤카이효론샤가 교육관련서를 출판하게 된 과정에 대해 살펴보도

록 한다.

요코하마국립대학에서 학생운동을 하던 이들 중에는 지역에 뿌리내

리기 위해 일부러 마쓰다가 사는 가와사키 시나 인근에 위치한 요코하

마 시의 학교에 취업하는 이들이 있었다. 이런 요코하마국립대학 출

신의 교육그룹을 중심으로 '반전교사反戰教師 모임'이 결성되었다. 그 모임에는 가와사키 시의 정시제定時制 고등학교(예전에는 낮에 일하며 밤에 공부하는 학생들을 위한 야간 고등학교를 의미했으나, 현재에는 일반 고등학교 중퇴자, 중학교를 다니지 않았던 사람, 고등학교시험에 떨어진 사람 등 다양한 사정을 가진 사람들이 공부하고 있는 학교를 의미 - 옮긴이) 교사로 일하던 마쓰다의 아내가 참여하고 있었다. 그리고 가와사키의 초등학교 교사인 무라타 에이치, 요코하마의 초등학교 교사인 노모토 산키치도 있었다. 마쓰다는 아내를 통해 노모토와 무라타를 알게 되었고, 샤카이효론샤의 첫 책인 노모토 산키치의 『불가시의 코뮨』과 무라타 에이치의 『전후교육론』을 기획했다.

『전후교육론』은 국가사상의 전달자가 되기를 거부하던 교사 무라타의 사상적 원점이다. 샤카이효론샤는 매호 주제를 정해 현장에 있는 교사들이 집필하는 잡지를 기획했다. 무라타가 편집한 잡지 〈교육노동연구教育勞研究〉(1973-78.12, 11호)는 연 2회 간행되었다. 예전에 무라타는 한 출판사에서 신서판으로 『날아올라라 꼬마야飛び出せちびっ子』라는 책을 출판한 적이 있다. 이 책은 무라타가 초등학교 1학년 아이들을 대상으로 등사판으로 만들던 학급통신 〈걸리버〉를 활자화한 것이다. 마쓰다는 이 책을 등사판 인쇄물 그대로 복간할 기회를 기다리고 있었다. 그렇게 해야 무라타가 지향하는 교육을 생생하게 전달할 수 있기 때문이었다. 등사판 인쇄를 사진으로 담아 그대로 복간한 『학급통신 걸리버學級通信ガリバー』(1974/1999)는 교육의 바람직한 모습

을 근본적으로 다시 생각해보자는 전국 교사들의 니즈를 이끌어냈다. 교원이 개최하는 각지의 집회에 이 책을 가지고 가면 늘 재고가 바닥 나곤 했다. 그러던 1973년 10월 제1차 석유파동이 일어났고 중판하려 해도 용지를 구할 수 없었다. 종이가 있다는 소식을 들으면 그 동안 거래한 적이 없는 지방까지 찾아가 종이를 조달해 오기도 했다. 악전고투 끝에 이 책은 1만 2000부가 팔렸다.

"이념이나 지향하는 바가 있어 출판계에 들어온 것은 아닙니다. 기본적으로 인간과 인간의 관계에서 기획을 합니다. 특별히 숭고한 이념이 있어 기획을 한 것은 아니었습니다."

마쓰다는 자신의 출판활동을 이렇게 말한다. 이 말을 증명이라도 하듯 샤카이효론샤는 편집위원회 제도를 도입했고 이렇게 만난 저자와의 연대를 통해 단행본을 기획했다.

60년대 후반부터 70년대 초반에 걸쳐, 여성의 지위향상을 추구하는 기운이 한껏 고조되면서 서양 페미니즘 이론과 운동이 일본에도 소개되었다. 시대를 연 일본의 페미니즘 운동을 우먼리브Women Liberation 라 부른다. 이 운동은 지금까지 남성중심적인 가부장제를 바탕으로 남성우위를 당연시하던 사회체제와 대치되는 사상을 전개했다. 이 시대의 활동가 중 한 사람으로 다나카 미쓰田中美津가 있다. 마쓰다는 우먼리브 운동에 참가하고 있던 고교동창 요시키요 가즈에吉淸一江와 후나모토 에미舟本惠美에게 편집위원을 맡아달라고 부탁하여 〈여자 에로스女エロス〉(1973-1982.6. 17호)를 간행했다. 연 1회 간행하며 필자는 모두 여성으로 구성했다. 이런 노선에서 탄생한 책이 다나카 미쓰의『어디에 있더라도何處にいよ ぅと』(1983)와『도전하는 페미니즘挑戰するフェミニズム』(사회주의 이론포럼 엮음, 1986) 등이다.

1974년 12월에 창간호를 발행, 지금까지도 간행되는 잡지가 있다. 당시 일본 유일의 재일한국인 교육 학자이자 이론가였던 오자와 유사쿠小澤有作를 중심으로 한 〈해협海峽〉('조선문제연구회' 편)이다. 이 잡지의 간행으로 샤카이효론샤는 재일한국인 1세와 교류를 맺는다. 그리고 박경식의『천황제국가와 재일한국인天皇制國家と在日朝鮮人』(1986), 고준석의『남조선학생투쟁사南朝鮮學生鬪爭史』(1976) 등을 간행했다.

그 후 사회적 공감을 얻을 수 있는 일반서를 간행함으로써 활동 영역을 넓혀나갔다. 주목받은 일반서로는『집게손가락의 자유— 외국인등록법 지문날인 거부로 투쟁하다ひとさし指の自由 外國人登錄法 指紋押捺拒否を鬪ぅ』(1984)와『한국VIEWS① 냉전과 분단을 넘어冷戰と分斷をこえて』(1992), 그리고 한국 관련 잡지를 바탕으로 편집한 니시나 겐이치仁科健一, 다테노 아키라舘野晳의『신한국독본新韓國讀本① 한국서민생활 이야기韓國庶民生活苦勞』(1994-2000, 10호) 등이 있다.

호세대학에 다닐 때부터 친분이 있었던 〈우노학파〉의 연구자가 편집위원회를 구성하여 간행한 잡지도 있다. 〈경제학비판濟學批判〉(1976-84)이다. 이 잡지도 연2회 발행하는 정기간행물이었다. 잡지 편집위원이었던 후리하타 세쓰오降旗節雄(현재 데이쿄대학 교수)의 저작집(전5권)

도 2005년 2월에 완결되었다.

　반전이나 반권력에 관심을 가진 젊은이들을 주요 독자층으로 하여 순조롭게 실적을 쌓아가던 샤카이효론샤의 출판활동에 그늘이 드리워진 것은, 70년대 후반 대학마다 결성되었던 '전공투' 운동과 신좌파가 사회로부터 고립되면서부터다. 이를 계기로 사토는 독립을 했고 1978년 9월에 히효샤를 창업했다.

　마쓰다는 좌파운동의 위기 속에서 새로운 이론과 사상을 창조하기 위해 잡지를 내는 것이 좋지 않겠느냐는 이다 모모いいだもも의 제안을 받아들인다. 그리고 각 분야에서 20여 명의 편집위원회를 구성하여 〈계간 크라이시스季刊クライシス〉(1979.10-1990.1, 40호)를 간행했다. 이 기획에 의해 신도쿄국제공항(나리타공항) 건설에 반대하는 산리즈카 투쟁을 그린 후쿠시마 기쿠지로福島菊次郎의 사진집『전장에서 온 보고ー산리즈카, 끝없는 투쟁戰場からの報告·三里塚 終りなきたたかい』(1980) 등의 운동 관련 저작이 탄생했다.

샤카이효론샤는 3-6명의 사원으로 35년간 800종이 넘는 왕성한 출판활동을 지속해왔다. 쉼 없는 그들의 활동에 대해 마쓰다는 "이것도 내보고, 저것도 내보고, 특별히 반전운동을 하고자 했던 것도 아니다. 어쩌다 보니 그런 인간관계를 맺게 되어 그런 책을 내게 되었"다며 대수롭지 않은 듯 회고한다.

　80년대 후반에는 '포럼90s'라는 단체가 만들어졌다. 샤카이효론샤

는 그 단체의 잡지인 〈월간 포럼〉(1992.5-97.12)을 간행했고, 그 과정에
서 위원회와 관련되어 있던 쥬오대학의 명예교수 이토 나리히코伊藤成
彥와 만나게 되었다. 『군대 없는 세계로— 격동하는 세계와 헌법 제9
조軍隊のない世界へ激動する世界と憲法第9條』(1992), 『군대로 평화를 건설
할 수 있을까— 헌법 제9조의 원리와 우리들의 선택軍隊で平和は築けるか
憲法第9條の原理と私たちの選擇』(1992) 등의 간행을 통해 헌법에 관한 주제
를 거침없이 다루며 아시아 태평양 지역 사람들과의 공생을 지향했다.

그러고 보니 2003년 8월 15일에 구메 히로시久米宏가 진행하는 텔레
비전 보도 프로그램에 소개된 책이 있다. 마쓰오카 다마키松岡環의 『난
징전쟁 닫혀진 기억을 찾아— 전역 병사 102명의 증언南京戰·閉ざされた
記憶を訪ねて— 元兵士102人の言』(2002)이다. 오사카에 자리한 초등학교
여교사인 마쓰오카는 1988년부터 전역 일본병사와 만나, 난징전을 기
록해왔다. 시민운동을 조직하여 각지에서 난징대학살 회화전을 개최
하고 수난자를 초청하여 난징전 증언 집회를 열었다. 마쓰다는 8월 15
일 특별방송에 맞춰 이 책에 관한 정보를 방송국에 알렸다. 방송에서
는 출판사를 밝히지 않았는데 다음날 샤카이효론샤에는 전화 벨 소리
가 그치지 않았다. 눈 깜짝할 사이에 1만 부를 넘긴 이 책은 2003년 9
월 일본 저널리스트회의상을 수상했다. 그 후 마쓰오카의 의향에 따
라 『난징전 찢겨진 수난자의 혼— 피해자 120명의 증언南京戰切りさかれ
た受難者の魂·被害者120人の言』(2004)이 간행되었다.

2005년 여름, 짧은 기간에 중판한 책이 있다. 일본이 한국을 합병한

1910년, 초대 조선총독에 의해 '애국장서회신愛國藏書灰爐'이라 불리는 사건이 일어나 책 십만 권이 소각되었다. 이 사실을 알린 책은 『일본의 식민지 도서관— 아시아의 일본근대도서관사日本の植民地圖書館·アジアの日本近代圖書館史』(가토 가즈오·가와다 이코히·도죠 후미노리 지음, 2005)다. 옛 식민지 도서관의 활동을 개관한 이 책은 도서관이 사회교육기관으로서 어떻게 기능해왔는지 고찰하고 있다.

우연히 호세대학에 들어가 그곳에서 사토를 만나지 않았다면…. 그때 펠리컨샤가 사내에 샤카이효론샤를 만들지 않았다면…. 마쓰다는 샤카이효론샤가 그런 우연성 속에서 출판활동을 해왔을 뿐이라고 말한다. 어쨌든 그토록 가고 싶던 도쿄에서 마쓰다가 얻은 것은 '우연'이라는 보물의 숲이 아닐까.

전문서와 일반서의 중간을 메우는
# 슌주샤

㈜슌주샤春秋社 대표 간다 아키라神田明는 빛바랜 사진을 꺼내며 "이곳이 제가 태어난 곳입니다" 하고 이야기를 시작했다. 사진에는 도쿄역 야에스 입구의 북쪽, 주오쿠 고후쿠바 시에 자리 잡은 슌주샤 사옥이 담겨 있었다.

간다가 태어난 1936년은 중일전쟁과 태평양전쟁으로 내달리는 전환점이 된 해였다. 간다는 유년시절 그 사옥 1층에서 지하까지 책 나르는 일을 도운 기억이 있다고 회상한다. 1945년 3월 도쿄 대공습으로 슌주샤 사옥과 재고 및 지형紙型이 모두 소실되었지만, 다이쇼시대부터 출판업을 시작한 집안에서 태어난 간다는 게이오기주쿠대학 경제학부를 졸업한 뒤 대형 가전제품 제조회사에 취직하여 22년간 근무하다가 슌주샤로 옮겨 1982년에 사장으로 취임했다.

또 한 장의 기념사진은 '톨스토이 전집'의 감수자, 옮긴이 들과 찍은 단체사진이다. 그 사진을 통해 슌주샤 창업 시절을 짐작할 수 있었다. 뒷줄 오른쪽 두 번째 자리에 간다의 할아버지 도요호가 있다.

도요호는 중학교 때부터 문학에 뜻을 품고 이즈미 교카泉鏡花를 존경하였으며 사춘기 때는 기독교에서 자신의 길을 찾는 등 이상주의를 신봉하며 지냈다. 스물두 살이 되던 해, 일본 전통 가면극인 노能의 대본 요쿄쿠를 출판하던 왕야쇼텐ゎんゃ書店에 입사하여, 잡지〈노가쿠能樂〉의 기자이자『요쿄쿠카이謠曲界』의 편집자로 일했다. 1918년 8월, 서른다섯의 나이에 도요호는 왕야쇼텐을 그만두었다. 명석한 두뇌와 활달한 정신, 명민한 감각을 지닌 도요호는 퇴직금을 자본으로, 자신의 역량을 인정해준 왕야쇼텐의 대표들을 투자자로, (왕야쇼텐에 자금을 대던)은행원을 보좌역으로 맞이했다.

단체사진을 보면 왕야쇼텐에서 도요호의 부하직원이였던 후루하타 세타로古館淸太郎, 후루하타가 데려온 우에무라 소이치植村宗一, 후루하타의 동향 선배인 가토 가즈오加藤一夫의 얼굴이 보인다. 이들이 슌주샤를 만든 것이다. 그 시절 일본에는 출판사가 채 200개도 되지 않았다.

무엇을 출판할지 아직 정해지지 않았던 슌주샤가 조언을 부탁하자 우에무라는 그 자리에서 '톨스토이 전집(전13권)'의 간행을 제안했다. 1914년에 데이코쿠극장에서 시마무라 호게쓰島村抱月가 이끌던 예술좌藝術座에 의해 톨스토이의〈부활〉이 상연되었을 때 극중 노래인〈카츄샤의 노래〉가 한 시대를 풍미했다. 또한 1917년 러시아혁명, 1918년 8월 2일 시베리아 출병으로 세간의 관심은 러시아를 향하고 있었다. 톨스토이를 숭배하던 간다는 우에무라의 제안을 받아들였다.

1919년 6월부터 간행된 '톨스토이 전집'은 상상을 초월하는 반향을 불러 일으켰다. 초판 500부를 생각하고 있었는데, 1918년 10월 마감일까지 예약 부수만 5000부가 넘었다. 슌주샤는 창업 기획으로 한 번에 기반을 다지게 되었다. 그러나 건실한 출판관을 지닌 간다는, 점차 우에무라의 사람됨에 거리를 느껴 1년 만에 관계를 정리했다. 여담이지만 이후 우에무라는 자기 이름의 '植' 자의 변偏과 방旁을 분해한 나오키 산주고直木三十五란 필명으로 인기작가로 인정받았고, 분게이슌주文藝春秋에서는 그가 죽은 지 35년이 되던 해에 대중문예 신진작가에게 수여하는 '나오키 산주고상'을 만들어 지금까지 그 이름을 기리고 있다.

슌주샤는 대형 기획으로 중심을 잡고 그 기획이 성공하면 관련서를 발행하여 그 분야에 깊이를 더했다. 슌주샤의 대형 기획은 '톨스토이 전집'에 그치지 않았다. 1920년에는 '도스토옙스키 전집(전14권)'을 간행했고 1921년에는 쓰쿠에 류노스케机龍之介라는 새로운 영웅을 탄생시키며 대중문학을 확립한 나카자토 가이잔中里介山의『다이보사쓰토게大菩薩峠(전10권)』를 간행했다. 또 그해에는 '경쟁 없는 삶의 방식'을 추구하여 구도의 나날을 보내온 니시다 덴코西田天香의『참회의 생활懺悔の生活』을 간행했다. 이 책은 간행 후 8개월 만에 100판이라는 기록적인 부수를 달성하며 사상계에 커다란 영향을 미쳤다. 그리고 '슌주샤의 기획물 중에 성공하지 않은 것이 없다'는 평을 받았다. (슌주샤는 이렇게 얻은 이익으로 자사에서 책을 내고자 하는 저자에게 머물 곳을 제공했다. 이러한 행위가 나중에 새로운 자산을 낳는 초석이 되었다.) 이 무렵, 도요호가 젊은 시절 큰 영향을 받았던 문학, 종교, 사상, 철학에 대한 출판이념이 확립되어 슌주샤가 간행한 저작은 '슌주샤 물春秋社物'이라 불릴 정도였다.

쇼와시대에 접어들면서 출판계는 불황 타개책으로 서적을 잡지처럼 싼 값에 지속적으로 구독하도록 했다. 이때 '엔본円本'이 등장하는데 1926-29년까지 유행한 권당 1엔짜리 예약 간행물을 말한다. 1926년에 가이조샤改造社가 발행한 '현대일본문학전집(전63권)'은 23만 부가량의 예약을 기록했다. 곧바로 다른 출판사에서도 엔본 형식의 전집류를 경쟁적으로 기획, 발행했다. 이미 출판사로서 기반을 다지고 있었던 슌주샤는 『세계대사상전집(전123권)』(1927-)을 간행하여 12만 부를 팔았다.

또한 슌주샤는 '노가쿠'에 관한 책을 몇 차례 출간한 후 세계로 시야를 넓힌 '세계음악전집(전90권, 별권 5권)'(1929-)을 간행하기 시작했다. 고전 명곡에서 현대음악까지 총망라하는 악보집으로, 심포니 같은 대규모 연주부터 하모니카 연주에 이르기까지 모든 종류의 음악 악보를 담았다.

요쿄쿠의 사범이기도 했던 도요호는 슌주샤 창업 후에도 음악에 대한 관심을 놓지 않았다. 물론 개인적 취미와 관련되기는 했지만, 지나친 기획이라고는 할 수 없다. 음악이나 악보집 간행은 어느 시대에나

불변의 가치를 지닌다는 사실을 간파한 기획이었기 때문이다. 이러한 출간노선은 전쟁 후 고도 경제성장기에 시민들이 추구한 '풍요로운 생활'을 상징하는 정조情操 교육(도덕적이고 예술적이며 종교적인 고차원적 감정과 의지를 기르는 교육 – 옮긴이)의 파도를 타고 슌주샤에 안정을 가져다주었다.

전쟁으로 모든 것을 잃고 전후의 고된 시대를 겪어내며 슌주샤를 부흥시킨 이는 1941년에 도요호의 뒤를 이은 아들 류이치龍―였다. 류이치가 일을 시작한 시절부터 오늘에 이르기까지의 과정을 이야기해보도록 하자.

음악 전반을 대상으로 한 '세계음악전집'은 저작권에 저촉되어 이미 절판되었다. 그 뒤를 이은 '세계음악전집'은 피아노 악보집이었다. 슌주샤는 1944년 피아노를 배울 때 누구나 거쳐야 하는 관문인 바하의 『인벤션』('세계음악전집' 피아노편, 이구치 모토나리 교정판)을 간행했다. 이 책은 해마다 1만 8000부에서 2만 부를 중판하고 있다. 가르치기에 적합한 실천적인 악보로서 음대생과 음악애호가 들의 정평을 얻은 이구치 모토나리 교정판에는 『베버집』을 중심으로 모두 49곡이 실려 있다. 이는 악보를 기초로 교수법을 다루는 음악서로 확장되었다.

『이노우에 나오유키 피아노주법井上直幸ピアノ奏法』(1998)을 소개해보자. 이노우에 나오유키는 NHK 방송프로그램 〈피아노 교습〉에 여러 차례 출연하여 시청자들에게 알려졌다. 일반적으로 피아노 교수법이

라고 하면, 갈고 닦은 어느 특정의 연주법을 '악보에 맞춰 이런 식으로 치는 게 좋다' 같이 위에서부터 아래로 가르치고 전수하는 스타일이다. 이노우에는 피아노를 치는 사람의 입장에서, 피아노를 즐기기 위해 어떻게 하면 좋을지 생각했고, 좀더 자유롭게 연주해도 좋지 않겠느냐는 생각을 갖고 있었다. "나는 이렇게 피아노를 치지만, 넌 너 나름대로 어떻게든 연주해도 괜찮다"라고 할까. 초판 2500부에서 시작한 후 〈아사히신문〉에 요시다 히데카즈吉田秀和가 쓴 서평이 실리면서 반년 만에 12쇄를 찍었다. 1998년 11월에 출판한 『이노우에 나오유키 피아노주법 비디오판 1,2』는 2000년 5월에 10쇄, 각 1만 2000부가 팔렸다. 2005년 10월에는 『이노우에 나오유키 피아노주법 DVD북판 1,2』가 간행되어 피아노를 치지 않는 이들의 구입도 늘어났다. 이는 전문서와 일반서의 중간을 메우는 활동을 지향하는 슌주샤의 진면목을 보여주는 기획이다.

또한 일반서로 간행해 화제작이 된 책이 있다. 슌주샤는 2004년 아카데미상 주요 3개 부분을 석권한 명작 〈피아니스트〉의 원작을 2002년 2월에 『더 피아니스트ザ ピアニスト』(블라디슬로프 스필만 지음, 사토 다이이치 옮김)라는 제목으로 간행했다. 영역판을 읽은 런던의 피아니스트로부터 '너무 좋은 책이니 일본 독자들도 이 책을 읽었으면 좋겠다'는 팩스를 받은 것이 계기가 되었다. 영화화와 함께 제목을 바꾸고 개정판으로 발행한 『전쟁터의 피아니스트』(2003)는 10만 부가 넘게 팔리며 베스트셀러가 되었다.

지금까지의 이야기를 보면 전쟁 이후 슌주샤는 주로 음악서를 출판했다고 생각할지 모르겠다. 그러나 악보 판매는 일부 서점과 악기점에 한정되며, 전국 서점에서는 '근대 일본 최대의 불교도'라 불리며 자신의 선禪 체험과 불교연구를 바탕으로 불교(특히 선)를 서양에 전하고자 했던 스즈키 다이세쓰鈴木大拙의 '스즈키 다이세쓰 전집(전26권)'(1996)을 비롯해 수많은 불교 관련서를 간행하고 있어 '종교서를 내는 슌주샤'로도 알려져 있다.

전후의 슌주샤는 종교서로 대표되는 노선에 경제학, 경영학, 회계학까지 더해 인문서를 다뤄왔다. 종교, 의료, 심리, 문학평론 등을 중심으로 한 출판활동의 특징은 도요호가 그랬던 것처럼 단순히 그 분야의 전문가라기보다는 하나의 영역에 구애되지 않는 저자를 찾아내는 것이다. '야나기 무네요 시선집柳宗悅選集(전10권)'(1972)을 낸 야나기는 민예운동을 일으킨 사상가이며 미술평론가로 조선의 3.1독립운동에 대한 일본정부의 탄압을 비판했다. 동시에 조선미술(특히 도자기 등)에 관심을 갖고 거의 주목받지 못했던 조선의 도자기와 옛 미술품을 수집해 1924년에 서울에서 조선민족미술관을 설립하는 등 조선의 문화에도 깊은 이해를 보였다.

가장 자연에 가까운 독창적인 농법을 실천, 보급하는 후쿠오카 마사노부福岡正信의 『신판 자연농법 지푸라기 한 올의 혁명新版自然農法わら一本の革命』(2004)을 비롯한 60종의 책과 1점의 DVD북이 모두 스테디셀러가 되었다. 이 책은 농업과 생태학, 그리고 환경문제의 관점에서 주목받고 있다.

지금 간다가 주목하고 있는 인물은 슌주샤에서 10종의 저작과 1권의 CD북을 낸 하무로 요리아키葉室頼昭다. 하무로는 일본의 선구적인 성형외과 의사로, 가스가타이샤春日大社의 구지宮司(신사의 제사를 맡는 총책임자 - 옮긴이)를 맡고 있다. 타자와 대립하지 않고 상대와 하나가 되고자 하는 '공생'의 존재방식을 이야기한 『신도와 '미'神道と'うつくしび'』(2005)는 판매가 늘어나고 있다.

1988년 12월부터 10년에 걸쳐 완결한 '결정판 나카무라 하지메 선집決定版中村元選集(전40권)'(1998)은 저자와 쌓은 오랜 신뢰관계를 바탕으로, 창업 70주년을 기념하여 기획한 시리즈다. 나카무라는 인도학 전문가인 동시에 불교사상과 서양철학까지 아우르는 폭넓은 지식을 가진 인물로, 사상적으로는 동서양의 갈등 극복과 조화를 지향하고 있다. 나카무라는 이 모든 분야에서 일류라는 평가를 받고 있었다. 나카무라는 학자로서의 연구뿐 아니라 일반인을 대상으로 한 동양사상 보급에도 힘썼다. 선집 완결 후 얼마 지나지 않아 나카무라는 마치 이제 모든 것을 다 지켜보았다는 듯 세상을 떠났다. 이 선집은 문자 그대로 나카무라의 '주요저서'가 되었다.

전문서에서 일반서까지 출판물을 적절히 안배하며, 그 간극을 메우는 활동을 중시해온 슌주샤는 '주요저서' 기획을 목표로 꾸준히 활동하고 있다.

커다란 철쭉 꽃망울을 터트린 그들
# 도메스출판

일본 벚꽃의 70퍼센트를 차지하는 소메이요시노는, 에도시대 후기 에도 소메이무라江戶染井村(지금의 도시마 구 고마고메)의 한 원예사가 '요시노사쿠라吉野櫻'라는 이름으로 팔기 시작했는데 요시노吉野(나라 현)산産 벚꽃과 혼동된다는 이유로 산지인 '소메이染井'가 붙어 '소메이요시노'라는 이름이 되었다고 한다. 그 원예마을은 에도 중기부터 메이지에 걸쳐 일본 원예 역사상 커다란 족적을 남기며 근대의 급격한 도시화 속에서 소멸되었다. 가와죠에 노보루川添登, 기쿠치 이사오菊地勇夫의 『원예마을 도쿄 고마고메 스가모植木の里 東京駒翔 巣鴨』('생활학선서', 1986)는 도쿄 고마고메 원예마을을 생활과 문화의 시점에서 고찰한 책이다.

고마고메 역의 토담 일대에 심어져 있는 철쭉은 그 옛날의 원예마을을 방불케 할 만큼 잘 가꾸어져 있다. 새로운 희망과 약간의 불안감을 안고 도메스출판ドメス出版 편집장 가시마 미쓰요鹿島光代가 철쭉꽃이 한창인 고마고메 역에 내려선 것은 1969년 5월 1일이다. 가시마는

"메이데이를 축하라도 하듯 파랗게 개인 푸른 하늘에 색색의 철쭉들이, 그렇게 생각해서 그런지 몰라도, 지금까지 그 어느 해보다 선명해 보였다"(『책의 탄생 편집의 현장에서本の誕生 編集の現場から』, 1981)며 그날의 인상을 기록하고 있다. 고마고메 역에서 도보로 1분 거리의 목조 건물 2층에 위치한 도메스출판 창업일이었다.

1957년에 시사통신사時事通信社를 그만두고 평론활동을 시작한 시게마쓰 게이치重松敬一는 대형 의학서 출판사인 이시야쿠출판사齒藥出版社 안에 생활과학조사회를 창설했다. 생활과학조사회는 기관지 〈생활의 과학生活の科學〉을 창간하고, 새로운 시각에서 접근한 사회교육 관련서를 기획, 편집, 집필하는 한편, 그 보급 활동에 힘썼다. 그런데 1968년 8월, 시게마쓰가 그 뜻을 다 이루지 못한 채 암으로 쓰러졌다. 시게마쓰의 친구였던 이시야쿠출판사의 회장 이마다 다카시今田喬土는 시게마쓰의 유지를 이어받아 도메스출판을 창업했다. 운영은 이시야쿠출판사에 있던 가시마, 스즈키 도시에鈴木年枝, 아키야 가오루秋谷かをる가 맡았다. 회사명인 '도메스ドメス'는 '가정학'을 의미하는 '도메스틱 사이언스Domestic Science'에서 따왔다. 자연과학적 성격이 강한 가정학에서 한 발자국 나아가 인간 생활 자체를 다루는 사회과학적 시점에 선 생활학을 지향한다는 의미였다. 먼저 자신이 가장 자기답게 생활할 수 있는 사회를 어떻게 만들 것인가 하는 학제적인 연구부터 시작했다. 한 달 뒤에는 생활과학연구회 시절부터 지원해준 이치방가세 야

스코一番ヶ瀬康子를 중심으로, 생활을 체계적으로 다루기 위한 '강좌 현대생활연구講座 現代生活研究'의 편집회의가 시작되었다. 초창기의 넘치는 열정 속에서, 숙식을 함께 하는 합숙토론과 각 분야의 전문가가 참가하는 연구토론회가 계속되었다. 그 결과 『생활원론生活原論』(소노다 교이치·다나베 신이치 엮음, 1971)를 비롯해 4년 동안 총 5권이 발행되는 결실을 맺었다.

연구토론회를 시작한 지 얼마 안 되었을 무렵의 이야기다. 이치방가세가 곤 와지로今和次郎를 강사로 초빙하면 어떻겠느냐고 제안했다. 전쟁 전에 민속학의 대가인 야나기다 구니오柳田國男를 스승으로 모시고 가르침을 받은 곤은 민가, 주거, 복장 등 광범위한 학문영역을 섭렵했다. 또한 고현학考現學(현대의 풍속이나 세태를 계통적으로 조사 연구하여 현대의 진상을 규명함으로써 앞으로 발전에 바탕이 되도록 하는 학문-옮긴이)이라는 독창적 학문의 창시자로 알려져 있었다. 이치방가세는 전후 『생활학에 대한 공상生活學への空想』을 발표하는 등 선구적인 업적을 지닌 곤을 높이 평가하고 있었다.

곤이 도메스출판 회의실에 찾아온 것은 1969년 6월 30일이었다. 그 자리에서 곤은 '생활 개선이란 무엇인가'라는 주제로 강의를 했다. 가시마는 며칠 후 곤의 집에 찾아갔다.

나는 왜 곤 선생님 댁에 찾아갔던 것일까. 아마 지난번 강의에 대한 감사 인사와 그날의 강의 내용을 '강좌 현대생활연구'에 담고 싶다고 부탁하기 위해서였을 게다. 여러 가지 이야기를 하던 중에 선생님은 무심코 "오늘날 일본의 번영은 아시아 민중들의 인간 이하의 삶 위에 성립된 것"이라고 하셨다.

과거 일본의 식민지에서 자란 나는 숨이 멎는 듯했다. 무언가 온몸에 전류가 흐르는 것 같았다. (…) 나의 얄팍한 지식, 인간관계 속에서도 지배계급과 피지배계급, 자본주의와 식민지 관계에 대해 읽거나 들은 적이 있었다. 그렇지만 언제나 이론일 뿐이었다. 이렇게 인간에 근거하여, 생활에 근거하여 따뜻한 시선으로 어떤 슬픔마저 감도는 어투로 말한 이가 있었던가. 이론이 아닌 인간의 진심으로 이야기하는 그 한마디에 나는 깊이 감동했다.

(『책의 탄생 편집의 현장에서』)


가시마는 곤에게 완전히 빠져들었다. 생활학을 체계화하는 출판활동의 시작으로, 곤이 전쟁 전부터 작업한 모든 저작을 망라하는, 전체적으로 자료적 가치가 높은 전집 간행이 기획되었다. A5판, 양장본, 전 9권, 도판 총 1750장, 각권 평균 550쪽이라는 대형 기획물의 첫 책으로 『고현학考現學』('곤 와지로집今和次郎集'1, 우메사오 다다오 해설)이 '강좌 현대생활연구'의 간행에 앞서 1971년 1월 8일 도매상에 반입되었다. 9권을 완간한 것은 1972년 5월이었다.

전집이 완간되어 주문이 쇄도할 때였다. 기획과 간행을 추천한 학자들 사이에서 생각지 못했던 이야기가 나왔다. 친목회를 겸한 '곤 선생님과 함께 하는 모임'을 만들자는 제안이었다. 이 모임을 모태로 곤 와지로를 초대회장으로 한 '일본생활학회'가 조직되었다. '곤 와지로 집'의 간행이 하나의 학회를 탄생시킨 것이다.

그 후 도메스출판은 일본생활학회가 편집 또는 감수하는 '생활학논집生活學論集(전3권)' '연간 생활학年刊生活學(전28권)' '생활학선서生活學選書(9종)' 등을 간행했다.

1982년 11월에는 건축학자의 입장에서 일본생활학회에 참가한 하야카와 가즈오早川和男의 주도로 '일본주택회의'가 창설되었다. 이 모임은 '주거는 인권'이라는 기본이념을 바탕으로 '생명의 그릇으로서 주거'를 주창했다. 도메스출판은 '일본주택회의'의 〈주택백서住宅白書〉(1986-2004.6)를 격년으로 간행하고 있다.

1972년 UN총회에서 있었던 일이다. 성차별 반대 운동을 전세계적으로 펼치기 위해 1975년을 '세계 여성의 해'로, 1976년부터 1985년까지 10년 동안을 'UN 여성의 10년'으로 결정했다. 이를 계기로 여성의 사회적 지위 향상을 요구하는 분위기가 한층 높아지면서 일본에도 서양의 이론과 운동이 소개되었다. 가시마는 "눈이 휘둥그레질 만한 운동이었"다고 말했다. 큰 충격을 받은 가시마는 그 때문에 더더욱 일본에서 '여성해방운동'에 헌신한 선배들의 행보를 뚜렷하게 각인하고 그 유산을 지켜나가야 한다고 생각했다. 그것이 새로운 여성 운동 전개의 초석이 될 터였다. 도메스출판이 근대 여명기부터 현대에 이르기까지 여성문제에 관한 모든 자료를 수집·편집한 자료집, '일본여성문제 자료집성日本婦人問題資料集成全(전10권)'의 기획에 착수한 것은 1971년이었다. 편집위원은 이치카와 후사에市川房枝, 아카마쓰 료코赤松良子, 이치방가세 야스코, 마루오카 히데코丸岡秀子 등 일곱 명으로 책임감을 갖고 각 권을 정리했다. 첫 책인『가족제도家族制度』가 간행된 것은 1976년 2월로, 모두 완결되기까지 5년이라는 세월이 걸렸다. 완간 후 '일본여성문제 자료집성'은 여성사 연구의 기초 자료로 많은 연구에 도움을 주었으며, 1981년에는 '마이니치 출판문화상' 특별상의 영예를 안았다. 기본 문헌으로서의 가치를 인정받은 것이 무엇보다 기쁜 일이었다.

도메스출판이 서너 명의 여성 스태프만으로 이렇게 큰 기획을 실현할 수 있었던 것은, 그들의 출판활동을 뒷받침하는 사람들의 투철한 직업의식과 편집자의 올곧은 마음가짐이 공명했기 때문이다. 1983년 11월자〈아사히신문〉칼럼 '천성인어天聲人語'란에는 다음과 같은 에피소드가 소개되었다.

후두암으로 6차례에 걸쳐 수술을 받고 목소리를 잃은 무라카미 노부히코村上信彦는 투병 중에도 집필을 계속하여『다이쇼기의 직업여성大正期の職業婦人』(1983)의 원고를 완성했다. 10월 초순에 교정쇄를 가지고 병실을 찾은 가시마에게 무라카미는 '감 사 합 니 다'라고 가시마의 손바닥에 썼다. 그 다음부터는 책 제작과 병이 진행되는 속도의 싸움이었다. 14일에 의식불명. 가시마에게 이 이야기를 들은 인쇄소와 제본소 사람들은 단숨에 일을 진행했다. 21일에는 표지인쇄가 끝났고 25일에는 수작업한 견본 책자가 완성되었다. 병상에 전해진 330쪽의 책을 보고 무라카미는 두세 번 고개를 끄덕였다. 31일 일흔넷의 나이로 그는 영원히 눈을 감았다. 무라카마와의 이별의 날, 막 세상에 태어난 책은 관에 함께 모셔졌다.

더욱 유용한 책을 만들고 싶다. 도메스출판의 세심한 배려가 깃든 출판활동은 '일본여성문제 자료집성'의 완간으로 끝나지 않았다. 완결 후 15년이 지난 1996년 3월, 새로운 시점에서 이 책을 보완한 자료집 '자료집성 현대일본여성의 주체형성資料集成現代日本女性の主體形成(전9권)'(센노 요이치 편집 해설)을 출간했다. 이 책은 기획 단계부터 7년 동안 공을 들여 한꺼번에 내놓았다. 주로 2차 대전부터 80년대에 이르기까지 여성의 자각적 성장을 다면적, 중층적으로 검증한 내용이다. "뜻은 높게, 경영은 낮게"라며 밝게 이야기하는 가시마에게 1996년 12월 기쁜 소식이 날아들었다. '자료집성 현대일본여성의 주체형성'을 간행하는 등 묵묵히 지속적인 출판 활동을 펼쳐온 도메스출판에 제12회 '아즈사 출판문화상'이 수여된 것이다.

1975년 'UN 여성의 10년'의 영향으로 전국 지방자치단체와 모임에서는 지역여성의 역사를 정리하는 활동이 활성화되었다. 도메스출판은 이 활동에 셀 수 없이 불려 다녔다. 여성 문제를 심도 있게 다뤄온 도메스출판에 대한 신뢰가 폭넓게 확산되었음을 증명하는 일이기도 했다.

책 만들기는 운동에 참여한 사람들이 자료를 발굴하면서 시작되었다. 그 후 작업이 차곡차곡 쌓여 무대 전면에 드러나지 않았던, 남성 중심의 역사와 차별 되는 지역 여성사가 세상에 나올 수 있었다. 때로는 자료를 보는 방식에 있어서 여러 가지 의견차가 나타나기도 했다. 참가자와 그런 역사의 골을, 리더 역할을 하는 강사와 혼연일체가 되어 해결해 나갔다. 그것은 또한 참가자의 주체 형성을 돕는 계기가 되었다. 이렇게 해서 자치체에서 편집하고 도메스출판에서 간행한 첫 번째 책이 『여명의 항적 가나가와 근대의 여성들夜明けの航跡—かながわ近代の女性たち』(1987)이다. 신간으로 눈을 돌려 보면 『신주쿠 역사를 살아온 여성 100명新宿 歷史に生きた女性100人』(오리이 미야코·신주쿠 여성사 연구회 편집, 2005)이 눈에 띈다. 신주쿠를 무대로 활약한 여성 102명을 집중 조명하여 그들의 삶을 연보와 함께 소개한 이 책에는 이치카와 후사에, 우노 치요宇野千代, 에가미 토미江上トミ, 오쿠 무메오奧むめお, 사타 이네코佐多稻子, 쓰보이 사카에壺井榮, 미야모토 유리코宮本百合子 등이 등장한다.

1999년 11월에 갑작스레 요절한 이마이의 뒤를 이어 도메스출판을 꾸려온 딸 사쿠마 미쓰에佐久間光惠는 철쭉의 축복을 받으며 출판활동을 시작했고 37년간 654종의 저작물을 내놓았다. 그 중에는 커다란 꽃망울을 피운 저작도 몇 권이나 포함되어 있다. 저자와 책을 만드는 현장에 깊이 관여하면서도 언제나 꾸준히 무대 뒤편에서 양질의 책을 만드는 편집자와 만날 수 있다는 것은 행복한 일이 아닐 수 없다.

# 경제적 성공보다 신념에 따라 책을 만드는 사람들

'슌주샤'가 1945년 3월 도쿄대공습으로 사옥과 재고, 지형을 모두 잃었다는 이야기는 본문에서도 언급한 바 있다. 물론 이런 어려움은 대부분의 출판사가 겪은 일이다. 거듭되는 공습으로 인쇄소와 제본소도 피해를 입어 용지를 비롯한 많은 자산이 사라졌고, 시대상을 반영한 용지할당제는 1951년 5월까지 계속되었다. 전쟁의 여파로 종이를 수송하기 어려웠고 편집자와 영업자가 징병·징용에 끌려가 인력도 부족했다. 2차 대전이 일어나기 전부터 출판업을 하던 일본의 출판사는 전후, 이렇게 열악한 환경에서 재생을 향한 길을 걷기 시작했다.

전쟁 중에는 흉포한 언론 통제가 자행되었다. 이런 상황을 불식하고 연합국 총사령부GHQ의 통제 아래 일본 출판계가 복간한 서평지 〈독서〉 권두에 하세가와 뇨제칸長谷川如是閑은 「대립 의식의 실현– 저널리즘의 자유에 대하여」라는 에세이를 발표했다. 하세가와는 자본주의 사회에서 신문과 출판물이 '상품화'되는 현상을 비판하며 "저널리즘은 반드시 일정한 '강령을' 가져야 한다."(『쇼와 격동기의 출판 편집자昭

和激動期の出版編集者』, 2005)고 주장했다. 언론·출판계의 재생은 이런 의식을 전면에 내세운 것이었다.

한편 사람들은 새로운 삶의 지침이 될 실용서, 활자와 도판이 들어간 잡지를 원했다. 훗날 '출판인'이 된 한 소년은 전쟁이 끝나고 피난처에서 돌아와 허허벌판이 된 도쿄 광장에 우두커니 섰다. 문득 귤 상자에 문고본을 넣고 파는 노점상이 눈에 띄었다. '나중에 어른이 되면 고서점 주인이 되어 아이들이 실컷 책을 읽을 수 있게 해 주어야지.' 도와야의 창업자 다나카의 이런 생각은 패전한 일본에서 자라는 수많은 아이들이 가진 생각이기도 했다.

전후 다시 시작된 출판활동을 궤도에 올려놓은 것은 전쟁 중 국책회사였던 도매상이 해체된 뒤 대형 출판사들이 출자해 설립한 두 곳의 도매상(닛판과 토한)이었다. 한쪽에서는 서적을, 다른 한쪽에서는 잡지를 취급하도록 역할을 분담했다. 이렇게 탄생한 도매상은 회사 운영과 사회적 기반을 정비하여 일본의 2대 도매상으로 자리매김했고 출판유통에서 빼놓을 수 없는 존재가 되었다.

대형 출판사들은 전국에 동시 발매할 수 있는 출판 유통망을 활용해 잡지와 서적을 더 많이 판매하기 위해 반품까지 허용했다. 따라서 마진이 적은 서점의 경우 '위탁판매를 이용한 사입과 예상발주'는 사업의 성패를 좌우하는 중요한 요소였다. (서점은 박리다매의 수익구조이므로 상품 회전율을 높이기 위해 많은 상품을 확보하고 판매해야 한다. 그러나 마진이 적기 때문에 팔다 남은 책이 많아지면 서점 경영이 어려워진다. 그래서 남은 책은 반품

할 수 있도록 규정한 것이 '위탁판매를 이용한 사입과 예상발주'다 - 옮긴이)

이런 업계의 특성을 고려해 국가적으로 지원해준 제도가 '재판매가격 유지제도'(도서정가제에 해당함, 이하 '도서정가제' - 옮긴이)였다. 독점금지법의 예외 규정인 '재판매가격 유지 행위'란 '생산자가 판매자에게 판매가격을 알리고 이를 준수하도록 요구하는 행위'를 말한다. 이 제도에 따라 저작물은 신문과 마찬가지로 유통단계에서 가격경쟁이 사라져 정가로 판매된다. 업계 관례를 추인하는 형식으로 1953년에 도입된 일본의 도서정가제는 그 후 40년 이상 공정거래위원회의 주도 하에 유지되었다.

그 도서정가제가 흔들리기 시작한 것은 1978년이다. 공정거래위원회 위원장의 발언으로 도서정가제 폐지가 물 위로 떠올랐다. 그 후 규제 완화의 조류를 타고 1994년 말부터 다시금 공정거래위원회에 의해 도서정가제 폐지론이 전국적으로 확산되었다.

과거와 다른 공정거래위원회의 태도에 일본 출판인들은 '위기감'을 느꼈다. '도서정가제'를 출판계의 기득권으로 운용하고 개혁하지 않는다면 머지않아 폐지될 것이라는 관측이 현실화되고 있었다.

도서정가제 '폐지'를 저지하기 위해 출판계가 제도를 '탄력적으로 운용해야 한다'는 논의가 이루어지던 2002년 가을, 필자는 일본 출판계와 활발히 교류하고 있던 한국출판마케팅연구소의 한기호 소장을 만났다. 당시 필자가 소속되어 있던 일본출판노동조합연합회와 한기호 소장이 양국 도서정가제의 현황과 향후 전망에 대해 논의하는 자리가 마련된 것이다. 그때 한기호 소장께서 일본 출판사의 활동에 대해 소개하는 글을 〈송인소식〉(현 〈기획회의〉)에 연재해보면 어떻겠느냐고 제안했다. 한 소장의 제안은 내게 매우 의미 있는 일이었다.

일본 출판계는 2차 대전 후 일본민주주의 발전과 문화를 사랑하는 국민성 함양에 큰 영향을 미쳤다. 주목해야 할 것은 '소수의견'을 대변하는 출판활동이 2차 대전 직후에도 면면히 이어져왔다는 사실이다. 그 일을 기꺼이 맡은 것은 경제적 성공보다 자신의 신념에 따라 출판활동을 해온 소출판사의 대표들이다. 이들, 즉 전후에 출판활동을 시작한 편집자들은 어떤 생각을 하며 무엇을 이뤄왔을까.

저자와 책을 만드는 현장에 깊이 관련되어 있으면서도 늘 무대 뒤에서 양질의 책 만들기만을 고수해온 편집자들을 취재하여 글을 쓰는 일은 이렇게 시작되었다.

마지막으로, 집필할 기회를 주신 한국출판마케팅연구소의 한기호 소장, 처음 만났을 때에는 연구소의 직원이었으나 이후 프리랜서가 되어 번역에 힘써주신 박지현 씨, 그리고 연구소 직원들에게 감사의 말씀을 드린다.

고지마 기요타카

| 찾아보기 |

출판정신으로 무장한

**일본 소출판사 순례기**

2007년 3월 10일  1판 1쇄 발행

**지은이**    고지마 기요타카
**옮긴이**    박지현
**펴낸이**    한기호
**펴낸곳**    한국출판마케팅연구소
         출판등록 2000년 11월 6일 제10-2065호
         주소 121-818 서울시 마포구 동교동 184-17 경문사빌딩 4층
         전화 02-336-5675 팩스 02-337-5347
         이메일 kpm@kpm21.co.kr
         홈페이지 www.kpm21.co.kr

**인쇄**    예림인쇄
**총판**    ㈜송인서적 전화 02-491-2555 팩스 02-439-5088

ISBN 978-89-89420-46-0